Impression of Japan

日本印象

兼谈日本文化传承与教育

◎ 刘正发（阿里瓦萨）/著

中央民族大學出版社
China Minzu University Press

图书在版编目(CIP)数据

日本印象:兼谈日本文化传承与教育 / 刘正发著. ——北京:中央民族大学出版社, 2012.12

ISBN 978-7-5660-0296-9

Ⅰ.①日… Ⅱ.①刘… Ⅲ.①随笔-作品集-中国-当代 Ⅳ.①I267.1

中国版本图书馆CIP数据核字(2012)第246478号

日本印象:兼谈日本文化传承与教育

作　　者　刘正发(阿里瓦萨)

责任编辑　李苏幸

封面设计　布拉格

出 版 者　中央民族大学出版社

北京市海淀区中关村南大街27号　邮编:100081

电话:68472815(发行部)　传真:68932751(发行部)

68932218(总编室)　68932447(办公室)

发 行 者　全国各地新华书店

印 刷 者　北京宏伟双华印刷有限公司

开　　本　787×1092(毫米)　1/16　印张:15.75

字　　数　230千字

版　　次　2012年12月第1版　2012年12月第1次印刷

书　　号　ISBN 978-7-5660-0296-9

定　　价　39.00元

前　言

作为中央民族大学和日本岐阜圣德学园大学的交换留学生，我于2002年4月至2003年3月留学日本。尽管留学时间不长，但收获很多。留学期间，比较系统地学习了日本语言文化，精读或泛读了很多有关日本历史文化的书籍，参加了留学期间留学学校派遣和组织的各类留学生参与的交流活动，认真体察了日本教育教学及其管理模式，参与计时工的打工生活，粗略考察了日本社会的方方面面。归总起来，日本给我留下的总体印象是：日本是一个现代化和传统文化共存共荣而有机结合的高度发达而文明的国家。时速最高每小时达到443公里的新干线高速铁路及其路旁某个地方某人因某种原因死亡后其后人为纪念他（她）而塑起的小泥人像、祭祀的鲜花和贡品浑然一体；大街小巷里供人们娱乐、赌博、游戏用的一种叫“怕清空”（音译）的游玩场地和居酒屋（酒吧）比比皆是；生活环境幽雅干净，各种垃圾有序分流处理，每天穿在脚上的皮鞋一两个月不擦也铮铮发亮的情景令人难以忘怀；风俗区（有人也叫红灯区）所在地那些井然有序的商业经营状况与非风俗区的商业经营状况没啥两样的情致令人惊讶万分；平时、周末和节假日里大中学生到企业、商店等各种场所从事各类计时工打工的现象十分常见；等等，都让一直渴望了解外国却从没走出过国门一天的我耳目一新，记忆深刻，难以忘却。促使我在日本留学以后不久，就开始认真观察、学习、体验和分析日本的各种文化，专心记录在日本留学期间的所见所闻、所思所想、所感所悟，在学习和交流之余，挤出时间，随着灵感和思绪，开始只言片语地展开零星的写作，想回国后，尽快争取时间出版一部图文并茂、可读性强的留学日本印象的读本。但是，留学归来前忙于亲人赴日旅游的事情，有些松懈，甚至耽搁了一些记录和写作。回国后，正赶上国内“非典”爆发和考博的事情以及一些私事和工作情况的变动，就彻底放下了这件事。大约几年前，在翻阅一些旧照片的时候，不经意间看到了留学日本期间自己亲手拍下的许多照片，加上日本友人的一些来访和来信，有一段时间，我的思绪和记忆总是停留在日本留学的日子里，很想再去体验体验。想想整整一年的光阴，在异国他乡学习、生活、考察和研究，那是多么难忘的一段人生经历啊！在那里朝夕相伴的东西，尘封历史的日月，思绪倒流后历历在目的一切，哪怕就是一些点点滴滴的事情或记忆，依然使我感动不已，感慨万千，百感交集。这不得不又一次促使我拿出勇气，拾起笔墨来完成这件事。于是，我鼓起勇气，抽取时间，在过去已做过的基础上，开始着手整理在日本留学期间的散记、资料和回想，并到图书馆查资料，去书店买参考书，陆陆续续地继续展开此书的写作。好事多磨，快要完稿的时候，震惊世界的日本地震发生了，一时间，使我陷入了沉思：地震、海啸、生命的脆弱与大自然的不确定因素，大自然给予的恩惠与人类的探索和幸福之间到底有什么样的重要的关系？人类伟大的精神与大自然伟大的力量谁强谁弱？人类最终走向何处等等诸多的问题，一年多来一直缠绕着我，使我没有勇气再去碰那个还没有完成的稿子。还有一个原因是在反复阅读过快完稿的书稿时，总觉得还差点什么，总觉得不够吸引读者或使读者爱不释手不说，能从头到尾读完的兴趣都不一定有。思来想去，还是决定加进去当年构思书稿时的瞬间想法：就是访谈几位曾经在那个年代里留学日本后归国者的所思所想、所感所悟的记忆内容，放到书稿里，让读者去品味和研析。于是，就在忙碌的时光里，在放不下手中任何工作的情况下，想办法抽空联络被访谈人进行了访谈工作。今天终于完成了初稿，甚是欣慰。屈指数来，留学日本，一晃已有十年的时间了，就把本书算作是我留学日本十周年的纪念物吧。也献给那些曾为我留学日本和在日本留学期间帮助过我的所有朋友和亲人吧。谢谢你们的帮助、支持和宽容。

本书的内容由四部分构成。第一部分是感受日本文化的记忆。主要概述令我感受很深的一些日本文化元素和社会状况。在写作的过程中参考了已经出版发行的一些书籍和网上公开的资料，在此向各位作者致以诚挚的谢意。第二部分是留日散记。主要是真实地呈现出我在日本留学的时候零星记录的一些学习、生活等各种各样活动的内容，所感所悟的一些不完整的日记，纯粹是一种心得似的闲笔。第三部分是访谈记录，主要是对中央民族大学部分留学日本的教师的访谈后整理出来的内容，从中可以看出这些教师对日本政治、经济、文化、教育、习俗等各个方面的记忆和认识以及在日本留学期间亲身经历的一些人和事。第四部分是附录，主要收录了问卷调查、访谈提纲和本人留学日本后撰写的有关日本大学生打工、日本高校管理制度和以日本为代表的发达国家教育教学管理方面的已经发表过的三篇学术研究论文。

需要说明的是，本书从头到尾，适当插入了一些照片或图片。这些照片或图片都是由我自己亲手拍照或我请人拍照的。选用的目的是体现本人行文情感的真挚与亲临环境的感悟，增强可读性，强化视觉的享受与读者思绪的放飞，一般与照片插入的页面上的文字内容可能关系不大。

2012 年初春于北京天通苑寒舍

目　录

第一章　记忆日本文化

什么是文化？为了回答这个问题，自古至今，国内外不同学科、不同专业的学者和专家从不同的视角，不同的层面给过自己认知的定义。据不完全统计，有关文化的概念或定义，已经有近四百种了，其中，英国人类学鼻祖爱德华·泰勒在其名著《原始文化》中给出“文化就其广泛的民族学意义来说，是作为社会成员的人所习得的包括知识、信仰、艺术、道德、法律、习俗以及任何其他能力和习惯的复合体”的定义广受赞同。文化是一种信仰，文化是一种生活方式，是人类创造出来的一切物质财富和精神财富的总和。文化具有民族性、时代性、地域性、象征性、传承性、传播性等特点。文化是人创造出来并享用的东西，富有浓郁的民族特性，一个民族的人区别于另一个民族的人，最显著的区别之一就是所负载的文化内涵不一样，每个民族都有自己独特的文化内容。那么，作为大和民族的日本人，尽管自古以来就与汉语言文化圈的民族文化相伴随，但鲜明的属于本民族独有的文化特性十分浓厚。比如，武士精神所倡导的“荣誉就是战斗到死”，在战斗失败中宁肯剖腹自杀而亡也决不投降的行动等文化内涵，在世界上的很多民族文化里是没有的。本章辑录的是笔者所接触或查阅后颇感具有日本民族特性的一些日本文化现象和内容。

（一）四海为家的艺伎：日本歌舞伎文化

日本艺伎，是一种文化现象，以歌舞娱乐表演为主的文化，也称为日本歌舞伎。一般认为是日本民族拥有的传统而独特的文化现象，直到今天依然有她的一席之地并散发出顽强的生命力。

一、日本艺伎的兴衰

据有关书籍记载，日本艺伎最早产生于17世纪中叶（有的学者认为还更早）的元禄年间（1688－1704年），在东京和大阪等地方出现后，逐渐传播、流行到日本的很多地方，深受各地达官贵人和商贾的青睐，成为主要的娱乐项目。从性别上说，最初从事艺伎职业的人，全部都是男性，主要工作是在高级餐厅、歌舞厅、酒吧等娱乐场所，以表演舞蹈、演奏乐器和唱歌为主要表现内容，并以此获得的收入为生计。到了18世纪中期，艺伎职业渐渐被女性取代，男性逐渐退出了历史舞台，并沿袭到现在。

在日本历史上，艺伎业曾经十分发达。据说，繁荣时期是在20世纪20年代，全日本各地，有几万名艺伎工作者，基本上向专业化方向发展。日本社会到处莺歌燕舞，寻欢作乐，歌舞升平，四季如花，热闹非凡。艺伎文化繁荣昌盛，众人皆知，成为人人寻求消费的产品。后来受到经济危机、社会萧条和第二次世界大战的严重影响，需求艺伎表演的社会风气日趋减弱，从事艺伎工作的人数不断减少。随着现代夜总会、卡拉OK厅、电脑游戏、赌场、情人旅馆等各种娱乐形式的流行和强盛，人们选择娱乐的方式越来越多，加上20世纪90年代后，日本经济泡沫的严重威胁，社会越加浮躁，人们对纯粹艺伎表演的文化需求，似乎越来越减弱，艺伎业开始走向衰落。到了21世纪初，据说，全日本社会只有上千名从事艺伎工作的人了，曾经辉煌的歌舞伎文化开始退出人们的娱乐生活和视线。真可谓是时过境迁，萎缩萧条，往日的繁盛和荣光不再重来。尽管如此，直到今天，作为一种独特的传统文化现象，日本的艺伎文化，还是广泛受到日本社会的尊敬和传承，艺伎表演依然得到很多日本人的欣赏和喝彩。

日本东京浅草街一角

二、日本艺伎的生存状态

在很多人看来，日本艺伎是一个神秘而富有魅力色彩的群体，在美艳柔情的外表、浓墨重彩的脸蛋和华丽服饰背后，从业者的真实生活及生存状况则鲜为人知。事实上，日本艺伎的生活和文化现象早已被写成很多文学作品，拍成不少影视剧而名扬日本国内外，广为人知，家喻户晓。其中，最著名的是小说《艺伎回忆录》改编后拍成的同名电影，曾因获得过世界电影节最高奖项的奥斯卡奖而名扬全球，广为流传，想必很多人都看过这部电影了吧。还有，在日本，第一个获得显荣全球的诺贝尔文学奖的小说家川端康成的成名作品《伊豆的舞女》和《雪国》也是描写艺伎的代表力作。这一描写特殊群体生活境遇和恩爱情仇的情感名著，令很多人读后潸然泪下，百感交集，撕心裂肺，难以忘怀，艺伎们的生存状态由此可见一斑。

通过这些作品的描写和实地了解后，我们可以看出，从事艺伎工作者，其生活是十分艰辛的，有的甚至很悲惨。这些人经常是日夜奔波、风餐露宿、四海为家、风雨兼程、到处寻觅。很多时候，衣不遮体、食不果腹不说，还承受着各种各样的白眼、非礼，甚至是谩骂和羞辱，她们的境遇真实地不同程度地反映了部分日本人社会生活的残酷现实和生存状况的悲剧。事实上，很多女子都是迫于现实生活的压力和生存发展的需要，而不得不踏进艺伎这个行业的。每个从事艺伎工作的人都有自己坎坷而传奇的人生经历，有的甚至是被家人拿去卖钱还债或因家庭生活困窘而被迫走进艺伎馆的。当然，这并不是说，所有从事艺伎工作的人都是出身贫寒、来自社会底层的。相反，有的艺伎还出生于名门望族、显贵家庭。如小说《艺伎回忆录》里主人公小百合的原型，就是20世纪有名的艺伎岩崎峰子，其祖父曾经是日本天皇的家臣、贵族田中源。还有20世纪会说英语的最著名的艺伎中村喜春，其父亲是当时东京很有名望的医生，家境十分富足和显贵，类似的事件和人物还有很多。不过，出身归出身，做了艺伎以后就得过着艺伎的生活了，几乎跟家庭显贵、富裕与否没有太大的关系了。来消费或享受艺伎表演的人，则很少会去关心艺伎的身份和出身。

三、日本艺伎的技能

在日本，从事艺伎工作的人，必须精通音律、舞蹈、茶道和各种礼仪。因此，要成为一名出色的艺伎，除了一些天赋以外，还得从小开始修炼和刻苦学习。古时候，一般女孩子从五六岁起，就开始进入艺伎馆学习艺伎技能，后来受到法律法规的管束，学习时间一般是从十四五岁才开始的。在艺伎馆里，不仅学习音乐舞蹈、琴棋书画，而且还要学习茶道、礼仪、习俗等传统文化内容。此外，还要学会察言观色、随机应变的本领。并且必须经过试穿和服、翩翩起舞、欣赏音乐、饮茶表演、梳妆打扮等艰苦而严格的培训和考核以后，才能从事艺伎这一行业，也就是说，才能出道表演。大多数艺伎，一般做到30岁左右就择偶结婚而退出表演舞台，结束了自己艺伎的生活方式。当然，也有放弃婚姻，终生职业，一直做到老死的。只是越老越不卖座，越不叫好，越没有市场了，有的甚至只能作为年轻艺伎的陪衬、随从或帮手。所以，常常有人说，艺伎的看家本领就是青春容貌：舞青春姿，吃青春饭，唱消魂歌。

在工作的时候，从事艺伎工作的人，无论在何时何地表演，都要把自己的面部和颈部画上浓浓的妆，涂抹得白白净净、光光滑滑的，头上梳起靓丽的古典盘头，身上穿着华丽夺目的传统和服，款款地出现在消费者的面前，显得十分性感、妩媚和迷人，令消费者耳目一新、备感精神、食欲剧增、乐此不疲。这正是这种艺伎文化自产生以来繁荣昌盛、传承而下、长久不衰的原因吧！作为一种富有民族特色而源远流长、内涵丰富、独具特点的传统文化，您是怎么看待这种日本的艺伎文化呢？

（二）光怪陆离的风俗业：日本色情产业

说起日本风俗这几个字是很有意思的，一般有两层意思。其一是中国式的含义和理解，即指民间的风俗习惯的意思。其二是专指色情行业，包括裸体舞表演和卖淫嫖娼等内容。所以，日本的风俗区也叫红灯区。这是我在日本留学时，一位教日语会话课的日本女教授告诉我的。而且一再叮嘱我，在日本留学期间，千万不要随便去风俗区闲逛；想打工，也千万不要去风俗区去找工作，更不能去那里打工，说那里很危险，很不干净。这位教授的话让我十分感动，也使我嗅到了日本风俗业的神秘感。加上平日在书店、音像店或超市里看见成人区各式各样的成人书籍或音像制品在销售的情景，使我对这个风俗业更是具有好奇感。为此，心里总是有一种想弄明白、看个究竟的冲动和意愿。因此，在没有课的那些日子里，好几次，我都骑着学校发给我的那辆不是很破旧但已经历了一些岁月的自行车，独自或和要好的朋友，本着熟悉或考察学校周围环境和日本大街小巷的意愿，去日本岐阜羽岛市中心、岐阜市火车站等繁华地带转一转，游一游，看看风俗区在哪里，是什么样子的；也近似疯狂般地在图书馆、书店、网站等媒介上翻看或收看有关书籍或视频来搜集相关风俗业的材料。现将有关日本风俗业的相关文化简要介绍如下，敬请读者批评和指正。

一、日本风俗业的由来和发展

吃饭和性交是人的两大自然需求，自古以来就是人类活动和思想的核心和焦点，是推动着人类社会不断发展的基本动力。中国有“英雄难过美人关”的说法，日本也有“英雄好色”的言论。但，不是英雄就不好色吗？显然不是。尽管很多人谈性色变或不敢拿到台面上来讲，但它是人类物种承传的法宝和主要娱乐方式之一。

日本古老的乐器

翻开日本的典籍、史书等相关资料，就有许多英雄豪杰、贤达、武士等各类显赫人物的风流艳事的记载和传诵，也有许多普通人性事的记录和描写。在一些日本人的观念里，嫖娼和赌博对于一个人的生活来说，是一种调味剂和释放压力的东西，也是一种休闲和娱乐的重要方式，长久以来被一些日本人推崇和施行。在许多书籍里都说的“游女”就是妓女的意思，“游廓”或“游廊”就是妓院的名称，“游里”就是妓院聚集的地方或地区。“游”字在日语里，是指游戏或玩弄的意思。“风俗业”就是色情行业，其含义中有从事色情活动，实际上就是一种风俗习惯的意思。“风俗女”，就是从事色情行业的女郎。

据说，“游女”、“游廓”的最早出现是在日本平安时代（794—1185年）的早期，那个时候，零星出现后引起人们的广泛关注和推崇，随后就不断发展繁荣。到11世纪至12世纪长达100多年的诸侯割据争雄中，许多游离失所、四处流浪、无以为生的将士或平民的妻女都沦为娼妓，各类“游女”、“游廓”和“游里”大量出现，处处繁荣娼盛。到江户时代，德川家康（1542—1616年）将军为了削弱诸侯大名、武士的势力，采用以女色泯灭斗志和荡尽钱财的“游廓政策”，出现了江户的吉原、京都的岛原、大阪的新地等扬名四海的游廓聚集地。一时间，灯红酒绿、莺歌燕舞、销魂人生的场景呈现在世人面前。到了明治时代（1868—1912年），中日甲午战争、日俄战争等各种战事的相继爆发，为了赢得更多军人的支持，寻花问柳、卖淫嫖娼之风得到政府的庇护和认可。在男子表“爱国之心”而为国捐躯的同时，女子表“爱国之心”而为战士献身的“慰安”现象逐渐流行。整个日本各地，嫖春献身的现象达到了极盛，甚至殃及到了一些亚洲的其他国家。到了大正时期，打着各种招牌的艺伎馆和私营嫖娼馆开始风行，不但全盘继承了先辈们风流艳史的传统，而且有了更新的丰富多彩的发展。到了昭和时期，饥荒和“太平洋战争”使日本买春卖春的行业中，出现了“卖女”风行和“慰安妇”制度。一种认为性欲的满足能够提高军队战斗力的“慰安”制度开始盛行，导致先后在日本本国、朝鲜、中国设立“慰安所”，并随着日军的步伐发展到泰国、缅甸、马来西亚、菲律宾及太平洋诸岛，残害了数以万计的日本国和其他国家的良家妇女。二战结束后，在日本政府的倡导下，以保护日本妇女纯洁的名义和解决美国占领军的性欲问题，成立了大型经营卖春的组织“国际亲善协会”，日本买春卖春的现象依然毫发未损不说，还变本加厉地存在着。而且，逐渐被黑社会或带有黑社会性质的人物或机构所把持和控制。随着经济的发展与萧条，社会的变革与陈新，日本在法律上，颁布了《“风俗”防止法》、《“风俗”营业法》等诸多法律法规。认为“‘风俗’损害人的尊严，违反性道德，扰乱社会良俗”等言辞不绝于耳，对风俗业的设置有了种种的限制和惩戒的条例。但是，事到如今在日本横滨、福冈、东京、大阪、札幌、冲绳、名古屋等全国各个城市的交通枢纽和人流集散地附近，依然有各种各样的风俗业存在。日本的风俗行业依旧花样百出、琳琅满目、推陈出新、繁荣发展着。与此同时，各种性病、暴力、拐骗、杀戮、欺诈等社会问题也不断在发生。幸好日本制定了《风俗产业法》来管理风俗（色情）业，从而使其相对而言，还是井然有序地发展着。

二、形形色色的风俗店

日本风俗业有各种各样的门面店。最早的风俗店就像中国的澡堂子、大浴场、桑拿房、歌舞厅、裸女圣餐店等之类的地方。据说仅东京一个地方，就有15000多家正规的风俗营业店。在东京的新宿、涩谷、池袋等繁华街道中，不正规的风俗营业点也难以计数。在日本以"风俗"行为为主的营业，是受到法律法规的严格限制或保护的，一般不属于犯罪行为。即使有些也不断受到政府部门的打击和清理，但似乎没有任何影响，依然繁荣昌盛，买卖兴隆。据了解，全日本各个地方都有形形色色的风俗店，归类起来主要有以下几种存在的形式。

1. 情人旅馆

据有关资料显示，日本的情人旅馆最早出现在昭和时期。那时候被称作"边宿"，即有路边住宿的意思。在"边宿"里，老板为了赚更多钱，一般主动给住宿者提供"情人"，由特定的人员派送给住宿者进行交易，按小时收费。这种经营状况曾经一度生意兴隆，遍布日本全国各地。但是，随着《卖淫防止法》的出台和实施，情人旅馆已经变成了只给情侣们提供住宿或短暂休息的地方，旅馆不再提供任何形式的"情人"。与此同时，其他各种各样的新型卖淫形式，又开始在日本各地兴起。

2. 单间浴室

在形形色色的新式卖淫嫖娼活动中，最具有色情味道又最为普遍的现象，是设立在各类宾馆、饭店或普通民房里的单间浴室。其活动交易的特征是在单人洗澡间里，妓女以女按摩师的身份出现，在音乐和香气扑鼻的陪衬下，赤身裸体为客人擦澡、按摩，并根据客人的要求，提供各种各样的性服务。在日本，这种单间浴室基本上是得到了法律的认可和警察的默许的。理由是这种风俗行为，只是发生在一间封闭房屋内的女性店员和男性客人之间的感情问题，纯属个人权利、自由和隐私！在现当代民主国家里，个人的自由和权利，尤其是个人的隐私无疑是受到国家宪法的完全保护的，任何人不能随意地侵犯或干扰。因此，原来一些卖淫集中区，开始化整为零，各显神通，以单间浴室的形式，四处扩散和发展，成为日本全国各地无处不有无处不在的最具有代表性的卖淫嫖娼场所之一而存在着。

3. 海外买春旅游团

日本《卖淫防止法》实施以后的另一种新型卖淫嫖娼形式，就是各种各样的海外买春旅游团的组建和盛行。这种旅游团常常以“男性旅游团”或“单身旅游团”的形式组团。以游山玩水、参观考察等各式各样的旅游名目招揽生意，笼络人员后，更多是出游日本以外的国家或地区。这种旅游，隐藏在跋山涉水、吃喝玩乐等游玩内容中，买春是必不可少的项目。这种旅游最早的目的地，是日本的冲绳岛。因为冲绳岛，在1972年回归日本以前是美军的领地，不受《卖淫防止法》的限制。后来逐渐发展到中国的台湾地区、韩国、新加坡、菲律宾、泰国、美国夏威夷、拉斯维加斯以及南美和欧洲的一些国家和地区。直到今天，这种买春行为依然是日本人卖淫嫖娼活动中最为活跃、最为安全、也是最吸引人的旅游活动，具有广阔的市场。

4. 援助交际

援助交际这个词对国人来说应该是很不陌生的，是指一些日本女子大学生以卖淫的形式进行勤工助学后出现的部分需要经济帮助的女高中生或女初中生悄悄搞卖淫活动的社会现象。这种现象是比较私密和隐蔽的，主要是社会上一些年龄已经相当于或大于女中学生父亲或叔叔的工薪阶层人员、小有成就的公务员、有一定产业的富裕阶层人士、一些政府官员、黑社会中一些显赫人物、甚至是个别街上的混混儿或乞丐，以给女中学生提供经济帮助的名义进行的卖淫嫖娼活动。大部分女中学生搞援助交际活动，一般是通过同学、朋友或熟人的介绍，或者通过电话俱乐部的沟通，或是通过影视报纸杂志上的广告的指引，或是通过街边散发的小广告的信息来实现的。几乎交易活动的

日本岐阜县金华山上的钟表

成事地点都在各式各样的风俗店里。有关援助交际的具体阐述内容，详见本书《令人费解的社会问题：少女们的援助交际文化》中的内容，这里不再赘述。

5. 约会俱乐部

约会俱乐部是一种以婚姻介绍所为幌子的秘密进行卖春买春活动的组织机构。一般女子以寻找配偶为借口，在婚姻介绍所里登记注册，男子则给俱乐部缴纳一定的会费成为会员。男女双方通过约会俱乐部相关人员介绍认识后，有意者开始约会，开始交往或者交易，做彼此愿意做的事情。这种约会的地点五花八门，一般由男女双方商定，俱乐部是不直接提供约会场所的。俱乐部依据所介绍的业务情况，向女方征收一定比例的卖春所得钱款，为自己的劳务报酬。这种卖淫嫖娼活动，几乎都是你情我愿的事情。因此，一般很难暴露或者被发现，是一种比较安全或者隐蔽性很强的卖淫嫖娼活动。

6. 粉色沙龙活动

粉色沙龙活动是一种名气经久不衰的卖春买春行业，是很多看上去文质彬彬、西装革履的白领男子争先恐后前往的地方。其前身是设有舞台的酒吧。一般情况下，客人们在十分昏暗的、粉红的、光怪陆离的、霓虹灯闪烁不定的环境中，在震耳欲聋的音响声中，可以随便进进出出，随心所欲地施展魅力；也可以随便在某个不起眼的位置，与精心派送出来的陪酒女，一边喝酒，一边闲聊，一边欣赏舞女的舞姿、身体和动作表演。这个时候，全裸或半裸的脱衣舞或钢管舞令客人们心旷神怡、目不转睛、手舞足蹈。有的客人，甚至通过抓彩票、玩游戏取胜的方式，成为幸运者，趁机当众进行一番激情交欢的表演。有时候，身边陪酒女郎搞出来的即兴动作和猜谜饮酒之类的活动，也令无数客人忘乎所以，陶醉其间。

7. 虚拟场景夜总会

虚拟场景夜总会也叫主题夜总会，就是一些设立有虚拟场景的夜总会，在恰似真实的特定主题内容的场景下，为客人们提供各种各样的色情服务。如《痴汉电车》的场景就是让客人进入一个像地铁一样的空间，在里面花一定时间，触摸一群女孩子后，选择其中的一位进入一个私密的房间里，随心所欲地做事。类似的流行主题虚拟场景非常多，如护士办公室、学校教室、家居小屋、小汽车、荒野山谷等稀奇古怪的地方，都可以用模仿真实场景的形式为各种各样的客人提供所求所需的各种色情服务。很多时候，选用什么样的主题场景，完全依据客人的嗜好，由客人们自主选择决定，夜总会按相应的规定，收取费用即可。

除了以上介绍的风俗店和服务项目以外，日本风俗业还有各种千奇百怪的特殊服务。这些特殊服务，随着大众化娱乐的需求，出现了满足顾客各类嗜好和性癖的服务项目。如有恋母情结或恋父情结的客人到来时，便为其提供一间卧室和一位年轻的“妈妈”或“爸爸”，让其尽情地撒娇和享乐。如有妄想症者到来，就为其提供妄想内容的服务。总之各种喜好嗜癖的客人，都可以在奇奇怪怪的风俗店或按摩店里得到相应的满足或者发泄。

总之，日本风俗业历史悠长，稀奇古怪，风情别样。不过，想在竞争激烈的色情业中生存发展，就必须不断想方设法推陈出新，招揽顾客，以适应喜新厌旧、嗜好怪癖、行为怪异、追求享乐的各种日本人。

值得一提的是，近些年来，为各类女士提供性快感服务的商店和经营者开始出现，各种“风俗女”、“风俗男”也越来越多。而且，低龄者和老龄者不断涌现和参与。但是，日本色情产业一般分为可以进行性交活动与不可进行性交活动两大类，这两大类在税收和管理方面都有很大的差异。尤其是20世纪90年代，日本新的《风俗业改正法》实施以后，日本的风俗业管理越来越规范。风俗活动只限于风俗区，即红灯区。尤其是卖淫嫖娼的事情，一般都不会出现在宾馆、发廊、洗浴中心、KTV、卡拉OK、按摩房、足浴中心或公园、乡村公路边的饭馆等场所；不会每到一个城市的繁华街心、码头、车站等地方就有拉客者，看不到风俗女生拉硬拽或花言巧语引诱顾客上当受骗的现象；也看不见在校园、公园等公共场所里，众目睽睽之下搂搂抱抱、拉拉扯扯的现象。可以说，日本的大中城市、街道、公园乃至乡镇村落都非常雅致、幽静和安宁。无论是川流不息的街道中，还是闲庭信步的花园里，人们的言谈举止方圆有形、有规有矩、彬彬有礼，呈现给人们的是一种舒适宁静、高度文明和健康美好的环境。这是许多外国人对日本社会的初步认识和感受。

（三）令人费解的社会问题：少女的援助交际现象

日本的色情产业历史悠久，源远流长，历经明治维新和第一、第二次世界大战后的现代化发展，依然红红火火。到了20世纪60年代经济飞速发展的时候，源自西方发达国家性革命浪潮的新观念，也加速扩展和蔓延到了日本社会的各个角落。到70年代以后，日本青少年的性观念发生巨大变化，现代科学避孕技术的不断提高，学校性教育偏离轨道，成人性用品商店、形形色色的风俗业不断增多，一些中学生开始品尝禁果，有过性行为的人数不断攀升，在一些女大学生和社会风俗女的影响下，部分女中学生中出现了卖春的卖淫现象，女中学生的援助交际开始产生并流行起来。说起来，令人难以置信的是，在校女中学生们建立援助交际的过程十分简单，通常是将自己的传呼机、邮箱地址、移动电话号码等贴在校园、路边或大街小巷的一些宣传留言板上以后，就等待需要的人来联系。某个有需求的男人见到相关信息后，就会拨打电话或发信联系，寻找机会与其见面商谈就是了。当然也有熟人或朋友之间互相介绍的。双方在情人旅馆、汽车旅馆、酒店、出租屋甚至在荒郊野外等场所进行性交易。这就是所谓的援助交际，是女中学生们卖春或卖淫的代名词，也就是变相的色情交易现象。

与日本高中师生交流时留影

日本援助交际存在的原因，除了色情文化源远流长和受开放的西方意识形态的影响和冲击以外，还可以总结出以下几点：一是崇尚金钱的思想意识和追求享乐、安逸、虚荣的欲望不断侵蚀着年轻少女们，越来越多的女中学生追求时尚，需要花钱而不惜出卖自己的色相和肉体。二是一些事业上有所成就的社长、部长或课长们，为了放纵自己或证明自己的成就而到处寻花问柳，寻求猎物，寻找刺激，这正好与渴望得到金钱消费的女中学生们一拍即合。三是一些渴求体验肌肤快感和享乐生活却有些力不从心的中年人，想方设法通过偷情这种野路来激发自己的能量，找回所谓的尊严与幸福。四是一些普通的公司职员们，在得不到“OL”小姐（办公室小姐）的追求或青睐时，把眼光转向了更为年轻却又缺少零花钱的女中学生们。五是向来主外的一些日本男性，在工作上感到极大的压抑或被无视、被践踏而极度需要被尊重时，只好用钱来买瞬间即逝的自尊或发泄来宽慰自己。六是一些女中学生为了得到更多钱财，给一些色情杂志社或音像制品商拍摄裸体的照片，或通过出卖色情表演的影像来获利并期望受到更多的关注。七是一些女中学生们无心求学无所追求或遭遇突发事故为生活所迫而走向援助交际的迷途。八是书店、网络、影视等各种成人小说、成人图片、成人视频等的泛滥而耳濡目染所导致的。援助交际已经成为日本社会流行的新话题和令人费解的社会问题了。

与少女援助交际现象相伴随，各种凶杀、抢劫、绑架、勒索、威胁、恐吓等一系列刑事犯罪案件和社会问题也在不断发生。因为女中学生在援助交际过程中遭遇麻烦或危险的时候，几乎都是无助的，甚至是很无奈的。毕竟这是社会生活中为大多数人不齿的一种行为。所以，无论是父母、亲友、警察或是学校的老师，女中学生都不能也不会轻易去求助的。因此，很多女中学生在进行援助交际后常常是钱色皆空，甚至命丧黄泉路。可见，日本女中学生中援助交际现象的存在，给日本社会带来的治理成本，已经成为日本社会令人烦忧费解和头痛的问题了。

（四）光荣而执著地死去：日本自杀问题

在上初中的时候，断断续续收看的电视剧《霍元甲》、《陈真》等一些中国人拍摄的影视剧里，日本人举剑刺向自己腹部的那种宁愿自杀也不愿被别人杀死的镜头一直埋藏在我心中，也时不时听到人们议论日本人崇尚自杀的言论，都说日本人认为自杀是一种谢罪，或者是一种有尊严的行为。到日本以后，知道这个话题很敏感，但还是想弄个清楚，就经常留意电视、报纸等一些媒体的信息，也翻阅了一些书籍，还找机会与要好的日本朋友讨论此事。功夫不负有心人，通过一段时间的努力，总算把日本自杀问题梳理了一遍，并有了自己的一些解读和理解。

一、日本关于自杀的术语和高自杀率现象

日语中关于自杀的术语很多。这里列举一些：Hara kiri（汉语可

读为"哈纳克斯"，意为剖腹自杀）是指封建帝王时代，日本武士的自杀行为，是日本武士道精神的具体呈现。这是习武者为了逃避死在敌人之手，或者逃避耻辱而死的一种值得尊敬的自杀方式。Shinju（汉语可读为"性举"，意为情杀）是指两个有情人不能终成眷属而一起为情自杀，也叫殉情。Oyako（汉语可读为"哦雅阔"，意为亲人死）是指整个家庭所有亲人一起自杀死亡的现象。Obasute（汉语可读为"噢巴苏特"，意为老人死亡）是指年长者或老年人因为生计、孤寂等某种原因所困而自杀身亡。Kamikaze（汉语可读为"卡米卡兹"，意为彼此都死亡）是特指第二次世界大战期间，日本空军敢死队队员开着装载炸弹的飞机，撞击美军军舰等目标，并与之同归于尽的自杀行为，等等。

人的自杀现象由来已久，几乎伴随着人类社会的产生和发展而延续下来。从世界范围看，各个国家、各个民族的人都有自杀行为的发生，自杀现象遍布在全球的每一个角落里。不过，日本的自杀现象却太突出了，特别是泡沫经济破灭后的20世纪90年代以来，自杀的人数更是出现了显著的增加。高自杀率一直严重地困扰着日本社会，几乎每天的报纸、广播、电视和网站等各种媒体都充斥着各种各样自杀的新闻报道。据不完全统计，1998年日本自杀者人数突破3万人，从1999年开始，每年因自杀身亡的人数超过3万人。其中2001年是3.1万多人，2002年达到3.2万多人，2003年更是达到3.4万人之多。更令人忧心的是，日本青少年的自杀率呈大幅度攀升的趋势。在日本，19岁以下的青少年自杀率，每年都以25%左右的速度递增。也就是说，日本每天大约有100人自杀身亡。这个数字比整个日本交通事故死亡人数的4倍还要多。由此可见，在所有发达国家中，日本人的自杀率是最高的。

二、日本自杀率高的原因

人固有一死，但以自杀的形式结束自己的生命，不同的人或不同的民族均有各自文化的解读，原因也是多种多样的。不过，无论出于何种原因而自杀，其结果都是挺刺痛人心的。日本社会自杀率高的原因很多，但归结起来，不外乎是由以下一些缘由构成的：一是久治不愈的各种疾病等健康问题的困扰，使许多病人难熬疾病带来的痛苦，更不愿家人和亲人为其操心而选择自杀的方式，来结束自己的生命。二是日本经济不景气甚至衰退，导致许多人因失业、公司或企业破产，债务沉重而选择自杀身亡，一了百了。其中，有不少中年人负债累累，甚至认为一旦自己失业后，难以面对家人不说，还意味着很少再能被雇用，一生的事业就此毁灭，心灰意冷，只好选择自杀来了结苦难的人生。三是一些人工作压力太大而过劳死。四是很多日本年轻人性格内向、拘谨，在生活、学习和工作中，遇到失恋、受欺负、达不到家长的期望值和一些老师的管教失当等各种问题时，选择沉默或逃避，久而久之，内心的苦闷得不到有效的疏理和排解便走向轻生的道路。五是日本人从古至今十分赞赏樱花刹那间绚丽芬芳后，瞬间寂灭的那种短暂的美，少部分日本人在潜意识里或思想意识中，认为生命应当像樱花一样美丽而短暂。于是，很多人情不自禁地追寻着樱花那样的绚丽而自我毁灭和自我升华从而结束了自己的人生。六是日本传统文化认为，一个人自杀是一种尊严，是对失败负责任的态度和行为，是崇尚武士道精神的最高境界，而非不齿的行为。因此，敢于面对失败，以死来证明自己是敢于担当责任的。七是曾获诺贝尔文学奖的川端康成和著名作家三岛由纪夫等很多古往今来的文人墨客，都在其文学作品中，运用自杀的言行来书写和描绘凄美的人生，褒扬人生短暂的美。这种文学作品所赋有的寓意，在经意不经意中渗透着、感染着无数读者的心灵，使一些读者学着作品中人物的言行或方式而自杀身亡。八是像《自杀俱乐部》一样的影视剧，《浪潮中的宝塔》、《完全自杀手册》那样的畅销书和各种网站上充斥着自杀的信息时常影响着人们的意志和情绪，使一部分人受其熏染而走上自杀的道路。九是像富士山下，著名的风景区——青木原树海里神秘的自杀圣地，被各种媒介大肆渲染报道后，令很多人向往或渴求到那里去结束自己的生命。据说，在19世纪，青木原树海是穷苦人家通常弃婴和处置老年人的地方，聚集了十分浓厚的怨气，很是阴霾、神秘、诡异，令罗盘都无法在那里正常指向。故而，很多想自杀的人，认为那里是一个有神秘力量存在而可以光荣地死去的地方。因此，每年都有来自日本各地的各种各样的自杀者，到那里去了却自己的生命。十是互联

中日留学生在欢聚中释放压力

网、手机等现代通讯的高度发展和普及以及各种稀奇古怪、离奇神秘的死亡电子游戏的诞生和普及，容易导致一部分人自杀或集体相约自杀或殉情等。十一是一些人沉溺于暴力的录像、影像和游戏中体验死亡，学会游玩后选择“以身试死”而死亡。十二是很多人的观念中，认为自杀并不是一种可耻、丑陋和罪恶的行为，也不是懦弱的选择，而是一种对自身最极端惩罚来洗掉失败的耻辱，赢得世人尊敬的最佳选择。因而，自杀行为从来都被社会寄予同情和理解，而非责难或惋惜。

总之，日本人自杀的原因五花八门，涉及政治、经济、社会、文化、游玩等各个方面。但是，经济问题、健康问题和家庭问题，应当是导致日本社会自杀率高的三大主要原因吧。

三、政府遏制自杀采取的措施

近年来，日本政府针对本国自杀率高这一社会顽疾不断反省并进行了一些治理，采取了一系列有效措施。主要有：一是要求建筑设计师在对楼房进行设计的时候，要考虑到预防自杀的因素，所建造的楼房尽量使想自杀者找不到跳楼自杀的地方。二是在一些铁路车站的站台上，加设障碍物、自动防护玻璃门等设施来杜绝在列车行驶中卧轨自杀事件的发生。三是在一些铁路车站和长途汽车站，加设明亮醒目的镜子，通过镜子的魔力来提醒那些想自杀的人，从镜子中看到自己的容貌和身影后打消自杀的念头。四是要求保险公司给自杀投保人提供适当的保险理赔，取消高额的赔偿来杜绝自杀骗保的行为。五是在广播电台、报纸杂志和电视台里，设立昼夜接听的生命热线电话或视频聊天咨询服务。六是在互联网上，开设预防自杀的官方和民间网站，规劝人们设法远离孤独和痛苦，爱惜生命和情谊。七是提倡和鼓励互联网服务商、手机开发商、学校和公共机构，使用过滤软件来阻挡传播自杀信息的网站；同时，要求网络服务商揭露在网上散布有害信息的个人详情，甚至有警察取缔一些过分蛊惑人心的自杀网站。八是政府专门拨专款成立防止自杀的机构进行预防工作，提供各种心理咨询服务。此外，一些民间机构推行“心的关怀”、“笑的运动”等活动来减轻人们的压力，舒缓人们的情绪，减少自杀行为的发生。一些学校更加重视教育和引导学生尊重生命、珍惜时光的思想教育。还有政府向各公司和企业颁发印有自杀前的种种行为迹象的小册子，要求管理者注意员工的异常行为等等。

总而言之，尽管日本政府不遗余力地采取了各种行之有效的措施来预防人们自杀行为的发生，取得了一些成果。但是，日本社会自杀现象依旧在不断出现，这是值得人们进一步深思、反思和深入研究的问题。

（五）绚丽多姿的传统服饰：日本和服文化

大体而言，世界上任何一个民族都有自己民族特色和独具风格的传统服饰文化。别有风情的日本和服，是凝聚着日本文化性格的传统民族服装，也是值得日本人自豪和炫耀的文化资本和文化遗产。遗憾的是，这种多姿多彩的和服，已经步入逐步消失的行列。如今在日本人日常生产生活中，除一些专门从事花道、茶道等传统特殊行业的人以外，绝大多数日本人都身着现代式的服装，从事着各种工作和娱乐休闲活动。传统和服只在节日、晚会或举办婚礼、葬礼等某些特别仪式的时候，或者出席某种特别的场合时才穿用。和服产生的历史很悠久，在日本历史上，和服曾经被称之为着物。明治维新以后，才为了便于区别西式服装而称之为和服。和服源于人们对山水风物等自然风光的欣赏与眷恋，对人本身的精神与情境的追求与感怀，以十分高雅的艺术性和独具特色的款式、纹理、花色以及精湛的手工制作技艺和文化附着而闻名于世。

绚丽多姿的日本和式服装

和服的制作工艺十分精细，材质优良，缝制精心。最早是手工制作的，后来才逐渐被机器缝制所取代。如今，机器缝制的和服占绝大多数。但是，机器制作的和服，价格相对便宜，质地华丽而文化含义却弱化一些。和服的穿着十分讲究，礼数繁多，无论是坐姿还是站姿，抑或是走动都有特别的意象和具体的要求及步骤，用以全方位体现着穿着者优雅的气度与审美的内敛。和服种类繁多，图案和色彩绚丽多姿，异彩纷呈，文化底蕴深厚而独特。

一、和服的产生与发展

日本和服的起源众说纷纭，仁者见仁，智者见智。但产生于古代日本人用树叶或动物皮毛取暖御寒后的绳纹文化时代后期和弥生文化时代，并历经各时代的不断改良，融合中国隋唐、明清等各代服饰和西方传教士服饰的诸多元素后形成的，并不断发展成为今天这种独具风格、款式多样的服饰的历史事实，却是谁也不能否认的。据有些学者研究和描述，日本和服的产生和发展大致经历了四个阶段。

第一阶段就是在绳纹文化时代后期和弥生文化时代，最早出现两种服装样式。一种是套头式圆领衫，造型类似早期北方游牧民族的服饰，高圆领，针织套衫。另一种是对襟式，左衽胸门襟，领尖至腰部结扣，袖子为筒形，长度与膝齐，造型类似早期南方稻作民族的服饰。在材质布料的选用上；无论是哪一种样式，都选用楮布、麻布、棉粗布、藤布等各种植物纤维来制作，采用茜草染红、荩草染黄、紫根染紫等多种染色工序和方法，利用树叶、花草、虫鸟、海中生物等模型，印制各种图案和花纹。

第二阶段是日本历史步入平安、镰仓和室町时代，中国隋唐服饰传入日本后，与日本的原有和服款式有机地结合。经过修饰、增补和加减外衣摆裙及袖口后，成为上层人士、富贵人家女性或达官贵人们争相置办和竞艳的衣物饰品。穿戴和服已经成为日本历史发展和社会开放的象征，也附着有阶层和地位的文化元素。

第三阶段是日本历史朝代进入桃山时代，受到当时传入日本的西方基督教传教士服饰款式的启发和影响，参照朝鲜民族使用的平带样式，创造出一种两端带穗的女用带子名古屋带。后来又制造出一种宽约 3—4 厘米的博多带，并将衣带改进，放宽后演变成今天对折式宽约 20 厘米左右的日本带。人们为了掩盖身材缺陷等因素，将日本带从腰部上移到胸部，其下的结眼打得更大一些后，身段显得更加妩媚多姿而完美。这种和服款式深受人们欢迎，尤其是受到那些身材矮小等身体上有先天缺陷的女士的无限青睐。

第四阶段是日本历史走到了江户时代的时候，人们把和服的结眼从前腰部移到后背部，在后背上打结呈小包袱状，摘去胸饰、项饰等饰品后，基本形成今天这种独具特点别具一格的和服款式了。这种和服款式是一种衣领宽大而延伸到腰间，向左衽并用布带系上，衣袖宽而短，袖口长而肥，衣襟长而垂至脚部，腰间用布带系上，女式后腰背上系有长、方、蝶、瓣等不同形状的小布包式的结眼，色彩各异、绘有各式图案的织染和刺绣制作的长袍式外衣。到明治维新以后，西方文化长驱直入，逐步改变了日本各个领域的传统文化，服饰文化也不例外。简洁笔挺的西服逐渐取代和服成为大众服饰，尤其是第二次世界大战以后，除了特定工作、特别仪式、节假日等特殊场合外，日本和服已经成为达官贵人或博物馆的收藏品和观赏品了。

二、和服的种类与款式用途

和服种类繁多，依据不同的分类标准，可以分出若干类别。以性别来分类，有男性和服和女性和服之分。以婚否来分类，有未婚和服与已婚和服之别。以穿着场合来分类，有便服和礼服之分。以职业分工来分类，有工作服与休闲服之别等。在此，简单介绍男性和服和女性和服的差异和特点。

1. 男性和服：日本和服的男性和服款式少，色彩简单，多深色，细腰带，背部饰有家徽，穿戴方便。一般以染有黑色花纹的外褂和裙子为正式礼装，搭配服装很正式。黑色以外的其他颜色染有花纹的外褂和裙子是简易礼装，搭配服装比较随意。

2. 女性和服：女性和服款式比较多，与男性和服最大的差异是，后腰背上系有长、方、蝶、瓣等不同形状的小布包式的结眼，这一点也是所有女性和服的共同点。色彩艳丽，宽腰带，穿戴繁琐。不同款式的和服选配不同的发型和发饰。系腰带的方式方法也有所不同。根据劳作、拜访、休闲、游玩和购物等外出目的不同，穿戴和服的图样、颜色、样式等也有差异。一般已婚妇女多穿戴留袖子的和服，未婚姑娘多穿戴振袖的和服，也有不分年龄、婚否穿戴的和服。

日本传统的和服款式多种多样，归纳起来，具体有以下几类款式。

1. 留袖和服：主要是已婚女性参加婚礼、葬礼、典礼等正式仪式场合时穿戴的礼服。一般以黑为底色，染有五个花纹，前身下摆两端印有图案的叫黑留袖和服。一般其他颜色面料上印有三个或一个花纹且前身下摆两端印有图案的叫色留袖和服。

2. 振袖和服：主要是未婚姑娘的时尚礼服，根据袖子长短分为大振袖、中振袖和小振袖。其中穿戴最多的是中振袖。在参加成人仪式、毕业典礼、宴会、晚会、走亲访友等场合时都穿戴这种礼服。现在已婚妇女也有越来越多的人穿戴中振袖去参加各种晚会等活动。

3. 访问和服：一般不限制穿戴人的年龄和婚否。这种和服是一种简易的礼装，整体染上各种图案，从下摆、左前袖、左肩到领子展开后是一幅完整的图画，色彩鲜艳，深受欢迎。在开学仪式、朋友聚会、工作宴会、舞会、茶话会等各种场合都可以穿戴，很是流行。

4. 小纹和服：是一种时髦服装，整体上染有碎小的花纹。在日常生活中很适用于练习者穿戴，情人约会或外出购物或不太正式的晚会、宴会等场合，均可以穿戴。

5. 素色和服：这是一种颜色单一的和服。在除黑色以外的其他颜色上染有花纹时可以作礼服，没有染上花纹时便作为日常便服。

6. 付下和服：这是一种特别的便服。和服的袖子、前后身、领子的图案，全都是沿自下而上的方向印染的和服。这种服装比访问和服舒适、轻便。

7. 葬礼和服：颜色连腰带在内全部都是黑色，参加殡葬仪式场合时穿戴。逝者的穿戴与活人的穿戴有区别。

8. 婚礼和服：结婚时穿的礼服。新娘穿戴白色丝绸制作的和服，头戴一块白盖头和面纱，内衣和外衣均是白色的装束。新郎穿戴背、两胸和两

笔者与穿着和服的日本女生合影

袖五个地方绣有自己家族花纹的黑色长袖和服、平布斑纹的褶裙和绣有五个家族花纹的外衣。

9. 浴衣和服：泡温泉或沐浴前后穿戴。

三、和服带子的种类

和服的带子是整套和服的重要组成部分，其主要的功能是起束身、打结和装饰作用。

和服带子种类很多，主要有丸带、袋带、名古屋带等。

1. 丸带。丸带是女性和服最初使用的带子，其正面染有花纹，颜色华丽而典雅。

2. 袋带。袋带是日本最流行的大众喜爱的带子，其宽 25 厘米左右，正面染有花纹，底面是素色。其中织入锦线或金线的带子是搭配礼服的，其他染有轻快图案的带子是搭配时装服的。

3. 名古屋带。名古屋带是太鼓两端分别连有带穗的两条较细带子，系起来舒适方便。

4. 袋名古屋带。袋名古屋带是一种更轻便舒适的带宽约 25 厘米的袋带。

5. 半中带。半中带是一种带宽只有普通带子一半左右的没有里衬，也不用细绦带的可根据自己喜好来打结的带子。

四、和服配饰品的种类

和服配饰品是穿戴和服显出华丽多姿的重要组成部分，种类多样，主要包括带扬、带缔、带板、带枕、伊达缔、腰纽、胸纽、比翼以及穿戴时的内衣、梳具、履物和其他饰品。

1. 带扬。带扬和带缔是一整套和服中十分重要的小配件。带扬的功能是在制作带结时能够固定和包覆带枕的作用，在装饰上严格与和服及和服的带子配套。带扬的制作一般选用纺绸、绫、绉、织物等材料，在上面装饰扎染纹样、友禅染、小纹、刺绣图案或素色等。

2. 带缔。带缔有绳带、编织带和绗缝带之分。其中有礼服专用的带缔，如绗成圆筒形的丸绗带；有正式礼服和便服均可用的带缔，如掺和金银丝的绳带等。带缔的功能是起着系紧和服带结或结眼的作用。带缔还分厚实宽带和窄幅小带，其价格高低不一，窄幅带缔一般只用在浴衣上。

3. 带板。带板放在带子前面，其功能是整形中防止带子起皱的作用，宽度比带子窄一些。

4. 带枕。带枕的功用是制作太鼓的带山和塑造变化带结的造型时用。有大有小，不过，制作时一般都选用标准型或普通型的。

5. 伊达缔。伊达缔系在和服领窝以下的胸口位置，其作用是防止穿戴走形或起皱。制作时一般选用质地较薄的博多织物。

6. 腰纽。腰纽是和服穿戴或着装时用于比试或测量和服的长度尺寸的。

7. 胸纽。胸纽除了用于测量或比试和服穿戴时的长短尺寸外，还起到胸口假纽扣的效果。

8. 比翼。比翼是留袖上的一种特定饰品，目的是能让和服两层缝合看得出来，一般镶嵌在和服的袖口、领、衽和从腋下到袖下的开口部分。殡葬用的和服不能用比翼装饰。

9. 穿戴和服时的内衣主要是指足袋、肌襦袢、衬裙、长襦袢、半领。

足袋即袜子。一般足袋的颜色要求选用纯白色，制作材料选用上等宽面绸缎，袋尖要求四个脚趾套在一起与大拇脚趾分开。

肌襦袢即贴身汗衫或领子。主要功能是起到夏天吸汗、冬天保暖的作用，制作材料选用天然纤维制成的细纱、罗纱等。领子一般制作成窄幅的V字形状。

衬裙的作用主要是防止裙子玷污和起到保暖功效。制作材料选用纺绸、绉织物、尼龙等优质面料。

长襦袢即长衬衣，是穿在和服里面的一层衣服，主要功能是在穿戴和服时保持平整和外形的美观以及起到防污的作用。

半领即衬领。半领缝在长襦袢上起到防污的作用。制作材料选用绉织物和盐濑纺绸等优质面料。

10. 履物主要包括草履和下驮。草履是包括布鞋、皮鞋、漆皮鞋等脚后跟约在2到8厘米长的鞋的总称。穿戴草履一定要与和服的用途相匹配。一般与和服的礼服一起穿戴的是布制的脚后跟稍高一些的草履，与时尚的和服一起穿戴时，则选用漆皮鞋的草履比较时髦。

下驮即木屐。下驮种类有涂漆下驮和白木下驮等。泡温泉或洗浴等场合穿戴浴衣时，一般都赤足穿下驮。雨下驮是指下雨天穿戴时套上防雨和防泥的木屐罩的木屐。

11. 其他饰品包括手提包、带扣、发饰等。手提包是穿戴和服时的重要附属饰品。选用什么样的面料和花色的手提包务必与和服的款式和用途相匹配。选用佐贺锦、博多织和织锦作为面料的手提包通常与礼服的穿戴相匹配。

带扣与带缔的作用相同，但带扣上通常装饰有珍珠、七宝等小饰品。

发饰有梳、簪、丝带、珊瑚、翡翠等。选择什么样的发饰务必与所穿戴的和服用途和逗留的场合相吻合，如穿着华丽的和服去参加婚礼时发饰就可以花哨绚丽一点；相反，去殡葬场合则务必避免这种发饰的穿戴。

可见，日本和服的各种配饰物品都有它自己的功能和作用，而且必须与整套和服的种类、款式和用途相匹配才物尽所用，物美尽美。

综上所述，日本和服是一种承载日本传统文化的服饰，具有富丽华贵、婀娜多姿的特点，有着浓郁的日本民族文化特性，在世界服饰文化中占有不可取代的一席之地。

（六）色香味独具的饮食：日本料理文化

去日本之前，只是在日语书里或教授日语的老师口里了解到一些日本料理的基本知识，却从来也没有品尝过日本料理的味道。到了日本以后，解决一日三餐的问题倒是难不住我，最主要的中晚餐是在自己所租住的带有简易厨房和浴室的那间十多平方米的房间里，身体力行地完成每一顿饭的烹制和享用的。不过，在近一年的时间里，不知在日本好友的家里，或日本料理店里，跟着朋友或独自品尝过多少次各式日本料理的事情，已经记不太清楚了。因此，多少对日本料理文化有一些更深的接触、体验和探究。日本是一个海岛国家，传统上日本人的饮食主要有以米饭为主的主食和以鱼、虾、蔬菜为主的副食，加上以鸡肉、猪肉为主的肉食构成的。肉食曾经受到过佛教的影响而一度被禁止食用。今天的日本饮食种类繁多，搭配讲究，色香味独具特色，富有浓厚的日本民族传统文化的内涵并深受国际饮食文化的影响。总括起来，可以归纳为日本料理、中华料理和西洋料理三大类。而每一类又可以分为若干种小类。日本料理是日本人固有的饮食种类，典型的有刺身、寿司、天芙罗、呷哺呷哺等品种。中华料理是从中国传入日本的饮食种类，主要品种有各式炒菜、饺子、包子等。西洋料理是指从欧美的一些国家传入日本的饮食种类，主要有法国面包、意大利面条、印度咖喱饭、巴西烤肉、美国麦当劳和肯德基等各国的快餐食品。此外，还有乳制品和各种酒类饮品等饮食类别。这里重点探讨日本固有的饮食文化习俗——日本料理文化。

一、日本料理的产生与发展

日本料理，最早称之为和食，传承到今天，还有很多日本人依然称之为和食。日本和食是日本人在长期的生产生活中依据自己的居住环境和喜好创造、发明和享用的一种饮食。据有关书籍记载，这种和食的产生年代已经很久远，确切年代已经无从考证，但在长期的发展和传承过程中，很多是受到中国古代各个朝代饮食文化的影响后改良加工而成的。如寿司的制作法、天芙罗烹制法、怀石菜的制作等等，据说最初都是从中国的不同时代传入日本的菜肴作法。一家人围在一张桌上吃饭的形式和江户时代的宴席菜盛行，也是受到中国饮食文化的深厚影响而流行起来的。不同时期，日本各地都有不同风味的菜品出现，典型的有关东菜系和关西菜系，两大菜系的菜肴味道有异。关东菜系是以东京湾一带为中心发展出来的日本和食菜肴，新鲜美味的江户杂煮就是其中最具代表性的一种关东菜。关西菜系主要是以京都和大阪等地用蒸煮法制做出来的菜肴为代表，如十分有名的汤豆腐等。

日本料理从饮食的名称、内容、材料和调味品都有鲜明的民族特色和文化内涵。主要特点是清淡、新鲜、色美等，自古以来就讲究色香味，素有五味、五色和五法俱全的评说。五味是指酸、甜、苦、辣、咸五种味道。五色是指黑、白、红、绿、黄五种颜色。五法是指生、烤、煮、蒸、烫五种烹制法。制作这些饮食美味的材料，主要是由虾和鱼等海水类产品和米饭及日本酒为主，其他材料为辅构成的。制作者通过五法做到五色和五味高度相结合的艺术美，来达到食者的感官享受和内体享用的完美结合，不得不令人赞美和经久传颂。其中最常见的有刺身、寿司、天芙罗等名家菜肴。

二、典型的日本料理种类

日本料理种类繁多，各具特点。最具典型的有刺身、寿司、天芙罗、呷哺呷哺、吉野快餐等各式菜肴。这里主要介绍刺身和寿司两种最具代表性的日本传统和食。

1. 刺身

刺身也叫生鱼片。是指海洋鲜魚、鲜贝、鲜鱿鱼、乌贼鱼等海鲜类生物的肉，切成薄片及其卵子等生东西，配上新鲜的黄菜叶、白萝卜丝等生菜构成的。刺身是一种在食用时，蘸着混有芥末的酱油而不经任何烹煮就可以生吃的食品。刺身原来是日本北海道渔民在宰杀和出售生鱼片时，为了辨认不同种类的鱼而取其皮，用竹签将鱼皮刺在该生鱼片上的一种作法而得名，后来没有这种做法了。但刺身这个名字不但保留传承下来，而且泛指各类生鱼片及其配类的食品。在制作生鱼片的各类海鲜中，据说每条重数十公斤到上百公斤的金枪鱼最好，用其制成的生鱼片是公认的肉细嫩、味鲜美、色粉亮的最高级生鱼片。很多有名的海鲜店或超市在宰杀一条金枪鱼前，宰杀者们集结在一起，全副刀具，摇旗呐喊，用车推着金枪鱼在店内绕几圈，以招揽顾客注意和购买享用。我在岐阜县柳津厅的伊藤洋华堂超市里，就不止一次地看见过这种热热闹闹的金枪鱼宰杀场面，很是壮观和难忘。有时候，还当场尝到刚宰杀出来、切成小块、蘸着芥末和酱油后、为了促销而请顾客品尝的新鲜金枪鱼生鱼片。我也有品尝后爽极了而狠心下血本买回一些到宿舍里吃的情况哦。食用生鱼片是很讲究的，一般先吃清淡或油脂少的鱼片，逐次升级，味重或油脂多的鱼片最后才吃。如果在食用一顿丰盛而美味的生鱼片宴席的话，食用程序的先后顺序一般是这样的：北寄贝—八爪鱼—象拔蚌—赤贝—带子—甜虾—海胆—鱿鱼—花鲛—鲕鱼—池鱼—章红鱼—油甘鱼—鲣鱼—池鱼王—吞拿鱼背—三文鱼—剑鱼—金枪鱼。食用生鱼片贵在追求鲜活，要求一条鲜鱼，从被选中到加工完成，到商铺出售，再上到餐桌，吃进口里都要保持鲜嫩和新鲜，一个“活”字可以概括其全部的特色。因此，生鱼片也被称作鲜活料理。

学生们在做日本料理

2. 寿司

寿司俗称饭团。实际上，传统的日本饭团是各种寿司的雏形，其制作方法是用半碗米饭揉团成一个三角形状，里头放入一两颗腌制的酸梅，外用一片干海苔紫菜包裹就做成了。在流传四海的桃太郎的故事等许多日本传统文化传承中，都有很多有关饭团的精彩的描述。据说寿司制作的原产地在中国的四川，大约 7 世纪时传入日本，10 世纪时普及和流行。制作材料和方法是用米饭和鲜鱼肉、鲜贝肉、鸡肉、猪肉等挤压在一起，随着米饭的腐败和发酵，米饭中的酸味使肉类凝固，并使其变呈半腐败状态后食用。由此而被称为寿司。可见，寿司是由米饭和肉类等其他材料构成的。据说古代的时候，日本人只吃肉类的部分，把米饭当作制作寿司的材料而不吃，直到庆长年间才开始连饭带肉一起吃的。如今随着原材料、制作方法和口味变化的不断增多，各种寿司层出不穷，种类繁多。典型的有驯寿司、早寿司、握寿司、卷寿司、蒸寿司、新派创意寿司卷等。这些寿司种类制作方式都有差异。驯寿司以自然发酵的方式制作，耗时又费力而逐渐被淘汰。早寿司以加热的方式发酵或直接在米饭中加醋放一夜而成，故又叫一夜寿司。握寿司只在米饭上掺醋后将新鲜的生鱼片等材料放在上面即可食用，方便而味美，很受青睐。卷寿司是将加了醋的米饭和肉片、香菇、蛋卷等材料用加工过的紫菜卷裹成圆柱形的寿司。蒸寿司是将加了醋的米饭和蘑菇、鸡蛋等材料一起搅拌蒸熟后即可食用的寿司。新派创意寿司卷是用米饭和各种欧美饮食材料搭配加工而成的各种新创寿司。此外，以寿司店命名的如寿司吧、转转寿司连锁店遍布日本大街小巷和世界很多国家及地区的都市或繁华地带里，不停地传播着日本寿司文化和日本的其他文化，寿司已经不再仅仅只是一个饭团了。

三、食用日本料理的礼俗

到日本人的家里做客，或在料理店里的包间里吃饭，都有一些礼仪习俗或规矩。具体有以下一些礼俗。

对鞋的处理是这样的：在进家里或包厢前都要脱掉脚上的鞋，并把鞋头朝外放置，以方便自己出入，或避免别人出入时踢到而出现不雅的情况。

对座位的排序是这样的：在进入家里或包厢里后，主人或上司坐在靠内侧离门口最远的地方，晚辈或下属则坐在离门口最近的地方，以便帮忙做些传菜或关门等的事情。如果是朋友请客聚会，通常会让请客付账者坐在离门口最近的地方。坐定后，随身带的包或物品放在自己的背后或指定的地方。

对坐姿的要求是：正式的坐姿是双脚膝盖触地，大腿压住小腿，左右脚掌交叠跪坐。直到疲劳或难受的时候，才可以把双脚弯成倒V字形斜坐在垫子上，或听从主人的吩咐改变坐姿。如在和式桌下有方形凹槽，可直接坐在垫子上放直双脚即可。

对点菜的要领是：公司或单位同事聚会，晚辈或下属先拿起菜单让长辈或上司点酒、点菜或听从吩咐。如是朋友请客则让付账的人点菜点酒或听从吩咐。

对喝酒的要求是：喝酒时，男性用双手拇指和食指轻按杯缘，其他手指自然向内侧弯曲而持杯。女性右手拿住酒杯，左手以中指为中心，用指尖托住杯底。饮酒过程中，上司或长辈的酒快喝完时，女性职员或下属或晚辈要适时帮对方斟酒。斟酒时，无论斟什么酒，斟酒者都要右手拿起酒瓶，左手托住瓶底斟上。被斟酒者右手持杯，左手托着酒杯底部接受斟酒。两人对饮时，彼此给对方斟酒，不能自己给自己斟酒。

对食用生鱼片的要求是：在用餐过程中吃生鱼片时，先将芥末挖一点到酱油碟子内与酱油搅拌均匀后，再将生鱼片的前 1/3 蘸着芥末酱油吃，或将芥末沾到生鱼片上后沾着酱油吃。

对使用碗筷的要求是：用餐过程中对筷子的使用格外讲究。用餐前，将筷子从筷子袋里取出后，把筷子袋纵放在食物左侧，或放在坐垫旁，筷子横放在自己和食物之间的筷枕上。如没有筷枕就将筷子袋轻轻打个结，当作筷枕用。用餐间隙要将筷子放回筷枕时一样要横放，筷子两端不能正对着人。用餐过程如筷子沾有残余菜肴，可用餐巾纸擦干净，而不可用嘴去舔筷子上食物。用餐完毕时要将筷子装入原来的筷子袋内，摆回筷枕上。无论在哪里用餐，都要等主人或上司或长辈先动筷子后，其他人才陆续动筷子吃饭吃菜。

对用餐前后的要求是：动筷子用餐前，务必要说“我就不客气了”或“我要开吃了”这么一句话后，方才可以动筷子或拿酒杯。用完餐后务必要说“我吃饱了，谢谢您的热情款待”方才停止用餐或离开。

用餐完离别时的要求是：主人或请客的人会对客人说“谢谢你今天的赏光，很荣幸与你用餐”等礼貌用语。客人或被请的人要回答“谢谢你的招待，用餐很愉快，餐点很美味”等的礼貌语后，方可道别离去。如果是朋友请客，过些天还要回礼请一次，以示礼尚往来，情意长久，以谢昔日款待之情。

送别仪式上的日本料理

整个用餐过程中要做到和颜悦色、温和儒雅、举止有度、轻松快乐、尊俗明礼、彬彬有礼、落落大方。

（七）轻便结实的住宅：日本和式建筑文化

现代日本的民居主要有两种类型，一种是木质结构的和式建筑，一种是钢筋混凝土结构的现代建筑。前者是传统的日本民居形式，富有浓郁的日本民族文化和地方色彩。这种建筑最传统的样式，目前在日本岐阜县白川乡和五箇山一带作为世界文化遗产而保留和传承了下来，每年都有数以万计的游客到此一游，为当地老百姓创造了丰厚的财富。下面就日本传统和式建筑做一些介绍。

日本传统和式建筑的主要用途是供人居住，一般属于私人住宅类。在日语里有一户建筑和长屋建筑的样式，二者是有区别的。一户建筑是指独门独院型的住宅样式，长屋建筑是指外形狭长的住宅样式。这两种类型的房屋，一般都是一层或两层带有阁楼的木质结构住宅，主要建筑材料都是木材和茅草。尽管木质结构的房屋防火、防震都有一些缺陷，但采光、通风、环保都是非常好的。因此，从古至今，深受日本各阶层人士的喜爱和青睐，并融进了很多现代居家的元素，成为很多日本人最常见的居住样式。

日本传统和式建筑的结构特点十分明显，房屋室内比室外高，进屋时，先在玄关脱鞋后，或赤脚或穿着拖鞋或木屐进室内。房屋所有建筑材料基本上都是没有漆过油漆或土漆的木材。房屋的门窗、板壁、屋顶内层结构都是原茬式镶嵌技术制作的；屋顶外部铺上柏树皮或瓦片或茅草，安放在木质的柱梁上。屋内铺设木地板，地板上面铺设用稻草、竹子等编制而成的长方形或正方形榻榻米，夜晚就寝时从壁橱里拿出被褥、枕巾铺在榻榻米上就可以睡觉了，起床后再放回壁橱里。

古代建筑的室内，离门 2/3 的地方即房屋的中间挖坑设有火塘，火塘上面吊有吊锅，火塘四周是人们起居和饮食的地方。现在不使用火塘了，而是放一张设有电炉的桌子取暖和吃饭，人们围在桌子四周席地而坐。有的家里还放一张矮脚桌子，用来吃饭、写作、看书、学习等。有的家里却没有。日本人的房屋中央设有火塘及相关使用设备的建筑特点，与中国川滇凉山彝族修建房屋时，在设门对着那间堂屋上方，离墙不远处，挖坑设立火塘的作法几乎相同或相近。为什么有这种相似的文化现象，是很值得研究和探讨的问题。

室内一般是一间很空旷的房子，不设固定的房间间隔，而是使用折叠屏风，或帘子或草垫等轻巧的物料作简单的隔断，或拉门来安排起居的间隔或采光。修建一座新的房屋之前，一般要请风水先生看风水，测算吉日动工动土。动工动土时，要举行祭地的仪式。

动工仪式一般由神主主持，在地基四个角处插上带有叶子的竹子，地基中央设立祭场，神主祈祷除妖、祭献食品，宣读祭祀辞，祈求吉祥，设宴庆贺。新房快建成上梁时也要举行上梁祭祀仪式。上梁仪式一般由神主主持，主要是在梁上竖起具有请神下凡关照功能的扇子和能起射杀除掉妖魔鬼怪的弓箭，并在梁柱上供奉酒水、米面等供品。这种修建房屋动工动土和上梁时，占卜择吉日举行相应的祭祀活动的习俗，跟中国川滇凉山彝族人修建房屋时，在动工和上梁时请毕摩或懂的人，测算吉日动土和乔迁祭祀的习俗，有很多相似和相同的地方。

日本传统和式建筑艺术特点和风格造型除了表现在普通的住宅上以外，还体现在广泛分布日本各地的神社建筑物上。三重的伊势神宫、奈良东大寺、京都皇宫、京都金阁寺、京都桂离宫等，都是其中最具典型的传统建筑物。

（八）多姿多彩的婚礼：日本婚俗文化

有人说婚姻是爱情的坟墓，也有人说婚姻是爱情的结晶，还有人说婚姻是婚姻，爱情是爱情，两者没有多大的关系。无论是有爱情的婚姻还是没有爱情的婚姻，婚姻本身就是维系人类和谐存在的一种方式。自古以来，每个民族都有其独特的有别于其他民族的婚姻习俗。日本人有其传统的婚姻习俗，也有受他国影响的结婚仪式。据有关资料的不完全统计，在日本人的婚礼仪式中，神前婚礼占50%、教堂婚礼占40%、人前婚礼或佛前婚礼等其他婚礼占10%。神前婚礼的高比例体现了日本社会自古以来以敬神崇祖、重视终身大事的传统文化的传承和传播对现代社会的影响和延续。无论是哪一种形式的婚礼，结婚双方不外乎都是通过自由恋爱后结婚或通过媒人介绍认识后结婚的。不过，很多日本人，即便是自由恋爱后结婚，一般也要采用介绍人介绍结婚的形式，经过相亲、订婚、送彩礼、举行结婚仪式和婚宴等婚礼文化的程序。而且，在婚礼庆祝的场合，忌讳说去、归、返、离、破、薄、冷、浅、灭、重复、再次、破损、断绝等不吉利或凶兆的言词。

一、独具特色的相亲过程

来日本之前，对日本的相亲问题只是在一个名叫《相亲》的电影里看见过。由于受一些观念的约束，当时就想日本是个高度发达的国家，什么都应该是先进的，尤其是人们婚恋自由，恋爱成家，怎么还有相亲的事情呢？因为人们总是认为自由恋受而结婚是先进的，而媒人介绍、父母确定而结婚是落后的。基于这样的认知，对影片里的内容和情节感到十分惊讶和有些不解。到了日本以后才知道，原来日本人通过相亲成婚成家的事例还真不少，而通过自由恋爱结婚成家的比例也不是很高。那么，日本人的相亲是什么样的呢？现简要介绍如下。

节日里自由交流的场景

1. 相亲的理由

日本人相亲，是很有特点的婚俗文化内容之一。追根溯源起来，相亲的事情，具体发端于何时也讲不清楚了。不过，在日本社会里，有很多人是反对年轻人自由恋爱成婚的，认为相亲结婚才是组成婚姻家庭的主要渠道和大家认可的方式。如日本家庭社会学教授山田昌弘就通过著书立说来强调他的观点。他说："20—30 年前多好，只要男的一方收入能稳定增长就万事大吉，大家婚后生活也是安安稳稳、万事不移的。所以无论男女那时候都能得到安心的婚姻，到了适龄期可以通过公司内结婚或是相亲等方式来自然成家。现在呢？恋爱和结婚的自由化，反而使得婚姻变得麻烦多多起来了……"除了这些认为现实婚姻波动是不是因为相亲结婚而导致的观点外，很多年轻人是因为自由恋爱失败，或因工作繁忙而没有时间去谈恋爱，或因工作单位的限制，或因交际交往圈子、范围的狭小等原因错过了很多机会，却又不得不结婚而去相亲。事实上，事情并非这么简单，相亲是一种传统文化传承下来中文化因子承载文化习俗的原因所致吧。

2. 相亲中的媒人

日本人相亲，是由媒人促成的事情，媒人一般有邻居的阿姨、公司的领导、同事、同学或者朋友等一些热心的介绍人以及一些婚姻中介公司。媒人的任务就是分别给相亲的双方，在相亲前介绍彼此的情况，把双方的照片要求通报给对方后，如果双方有意见面，就约定时间和地点，让相亲的双方见面和交流。媒人如果促成一例相亲的话，会得到相亲者双方共同出资准备好的感谢金。这笔感谢金，日语叫做相亲料，一次约3万日元左右，主要用于双方相亲见面时的花费。如果双方相亲后步入婚姻的殿堂，媒人不但是成婚双方的大恩人，还会再得到一笔不菲的感谢金。这笔感谢金，日语叫做成婚料，数额3—5万日元不等，也有更多的，主要是成婚双方感谢媒人的礼金，归媒人所有。当然，如果是婚烟中介公司促成的，就按公司的规定收取有关费用。

3. 相亲前的准备和相亲时的情景

日本人相亲前的准备，是根据传统文化习俗传承下来的要求：准备好各自亲笔书写的彼此简历和家世的信纸后，放在一个白色的信封筒里，折叠成三折后与一张十分代表个人形象和素养的照片一起交给媒人去办理之后，就等着媒人的音讯了。这种信封筒也叫钓书，有中国古语“姜太公钓鱼、愿者上钩”之意。如果媒人确认了相亲双方彼此有意见面的话，媒人就去跟相亲双方进行斡旋和协商，定好相亲的具体时间和地点。相亲的具体时间因各自提出的几个备选方案，经媒人协调后确定，一般选在彼此工作不太繁忙、身心比较放松的时候进行，一般定在周末或者节假日的上午或下午举行，也有定在平时某个日子的上午或下午见面的。相亲的地点也根据相亲双方提出的建议，由媒人协调后确定告知双方。相亲地点一般定在中高级饭店或旅馆见面，也有避免受骗而定在温泉浴池里赤裸相见的。相亲当日，双方要按照事先约定的具体时辰，准时到达约定的地方。假如媒人是男方的领导或者亲友的话，女方要请一位亲友陪同，反之亦然。相亲之日，媒人和相亲双方及陪同者在座次上的安排，是很有讲究的。媒人坐在房中桌子的正中，男方坐在媒人右侧稍远的桌子边，女方坐在媒人左侧靠近媒人一侧的桌子边，女方陪同人坐在女方左侧对面是男方的桌子边。相亲双方相见是在桌子两侧斜对而坐的，而不是相对而坐。这种座次的安排是极富有日本人含蓄的文化内涵的，有利于彼此侧面观察和翻阅钓书，以及聆听媒人的言辞。相亲双方相见后，就去吃饭或看电影或去卡拉OK厅唱歌或逛公园、爬山等进行进一步的交流、沟通和了解。这些交流方面的内容就看彼此的印象和感觉是深是浅，包括钓书里没有而需要了解或知晓的情况，如彼此的兴趣爱好、是否恋爱过、彼此的血型、工作状况等等都涵盖在里面。第二天，双方分别向媒人汇报自己的感觉和意见。如果双方均有意就继续交往，反之或一方有意另一方没有则戛然而止。

总之，相亲成婚，在日本还是很流行的，得到很多年轻人的追捧和践行，尤其是那些不知不觉错过婚恋季节的人们，很是青睐。日本人相亲是日本传统文化在现代化社会中传承和传播的呈现，极富有日本民族的特性。

二、奇特的订婚仪式

日本年轻人订婚时，要举行正规的仪式，在正式的场合见面、喝茶、用餐、互赠礼物等，届时双方家长和媒人都要参加。赠送的礼品十分奇特而且具有特别的象征意义，并用华丽的包装纸装饰好。礼品如干墨鱼，象征男性生殖器。海藻，象征女人能生儿育女。一根长长的亚麻线，表示白头偕老。一把折扇，象征未来财源滚滚来等。这种订婚仪式是日本传统文化所赋予的一种民族文化心理的展现和传承。

三、丰富多样的彩礼

尽管日本地方不大，但婚礼习俗“百里不同俗”，各地送彩礼也有所不同。传统的彩礼有七品，有白扇、白麻线、海带、鲣鱼干、寿留米、柳樽、礼金。如今很多日本人可以到百货公司购买商家早已配置好的五品、七品、九品等包装好的彩礼。在彩礼金上，日本人很忌讳送认为不吉利的数字，如 80 万等。参加婚宴的人，向新人赠送礼金，礼金数额避讳四、九等不吉利的数字，金额也是根据亲友关系的亲疏远近和地方习俗的不同而有所差异，一般为 5000 元到 5 万日元不等。兄弟姊妹、堂、表兄弟一般是 5 万日元，夫妇一起出席的是 10 万日元等等不一而足。

四、神前婚礼仪式

由于选择的结婚模式不一样，婚礼的仪式程序也不一样。在神前举办婚礼，婚礼的仪式程序共有十二道程序。

1. 入场：主祭人、祭事人、媒人夫妇、新郎新娘和应邀参加者，先漱口洗手后进入布置一新的婚礼现场。新郎新娘端坐在神前正面，媒人夫妇坐其后面，两家亲属和好友分两边就座。

2. 开场致词：由司仪向全体人员宣告开始进行婚礼仪式。

3. 修净仪式：由司仪指示全体起立，接受祭事人的誓词并以大麻净身。

4. 献贡品仪式：向神灵供奉山珍海味和水果佳肴。

5. 奏上祝词：由主祭人在神前念祝词，全体人员起立祈念。

6. 誓杯仪式：由祭事人向新郎新娘供奉神酒，两位新人在神灵面前交换酒杯誓为夫妇。

7. 交换结婚戒指：两位新人在神灵面前交换戒指。

8. 奏上誓词：由新郎在神灵面前宣读誓词，新娘与新郎并列而站，并接受新郎的姓氏作为自己的新姓氏。此时全体人员起立聆听两人的誓词，祈祷两人的未来更加美好。新郎念完誓词后将其献到神灵面前。

9. 供奉神木：主祭人向神灵供奉神木和行礼后，新郎新娘也一同供奉神木并行礼，媒人夫妇供奉神木并行礼，在场其他人员也同时行礼。

10. 亲属饮酒仪式：祭事人将神酒献给两家亲属共饮，以此巩固亲属关系。

11. 主祭人祝词：仪式结束之前，主祭人祝福两人婚姻美满，祈祷新婚夫妇拥有美好前程，祈祷和祝福两家亲属繁荣富贵、健康平安。

12. 退场：司仪宣布婚礼仪式结束，主祭人、祭事人退场，之后所有人员按顺序陆续退场。

穿着日本和服的中国留学生

这种传统的神前婚礼一般在当地的神社里举行，或在设有神殿的高级宾馆或饭店里举办，而且一定要事先或事后向神灵和祖灵禀报。婚礼当天新郎新娘从家动身时，先向家里的神坛、祖灵行礼道别，这是日本传统婚礼中很重要的一个步骤，不得有缺漏。其他教堂婚礼等婚礼的仪式也根据相关的程序严格进行。这里不再赘述。

五、传统婚礼的着装

在日本传统的婚礼上，新郎一般穿着后背、两胸和两袖五个地方绣有自己家族花纹图案的黑色长和服和平布斑纹褶裙，外穿同样绘有五个家族花纹图案的外衣，手持白色扇子，脚穿白色便鞋。新娘头发挽起，用龟壳梳子束紧。脸用脂粉描得雪白，头戴一块雪白盖头面纱。从内衣、夹服到外套都以纯白色的丝绸和服来装扮，象征着新娘从精神到身体都归于“空白”，从此，纯洁地开始新的生活。整个婚礼仪式活动中，新娘通常要更换好几套衣服，一次是换上颜色是金、银、红三色的绣有仙鹤、花朵等吉祥图案的华丽礼服，然后再换上深色、未婚少女穿的和服等，象征新娘已经在新的家族中重生，结束了纯真少女时代和往日的情怀与思念。

六、寓意丰富的婚宴

在日本传统的婚宴上，桌上的每一种食品，几乎都有特别的寓意，有的代表着幸福、富裕，有的意味长寿、多子多福，还有的代表一种美好的祝愿等。如鱼头和鱼尾向上卷起，整条鱼围成一个圆圈，象征夫妻永不分离。深红色的龙虾，代表好运气。餐后的甜点选择用甜黏米做成的黏米圆来招待客人，预示着新婚夫妇婚后生活甜美、幸福等。

总之，随着时代的变迁和社会的发展、变革，日本人的婚俗也发生了很大的变化，总体上，传统的婚礼在传承和延续中增添了很多新的元素。值得一提的是，近年来越来越多的日本青年男女选择了不同形式的结婚仪式，颇为别开生面和与众不同。根据日本法律的有关规定，日本人男满 18 周岁、女满 16 周岁以后就可以结婚。但晚婚晚育十分流行，不婚不育也逐步增加。据有关媒体报道，1990 年，男子初婚年龄是 28.6 岁，女子是 25.9 岁。1998 年，日本共有 78 万多对新人结婚，婚姻率是 0.63%；共有 24 万多对夫妇离婚，离婚率是 0.19%，接近结婚率的 1/3。结婚自由，离婚也自由，20 世纪 50 年代以来，日本的离婚率逐渐增多。但传统的婚俗文化依然保存得很好，在有些地方还很讲究和十分流行。

（九）肃穆庄严的葬礼：日本殡葬文化

有生就有死，有死就有死的仪式。有人说人死后的仪式是做给活人看的，其实也是做给死人看的。因为尽管死了的人自己已经看不见了，但是他或她活着的时候，不是已经不止一次地看见过很多人死后所作的种种仪式了吗？日本民族是一个十分重视殡葬礼仪的民族，许多传统繁琐冗长的殡葬礼仪式传承至今，依然流行不止。日本人葬礼习俗有其民族浓郁的独特文化内涵和繁杂的程式，很多与各种宗教内容有关。

日本人的葬礼，可分为佛教式、神道式、基督教式和无宗教式 4

种。佛教式葬礼是在佛教寺院里举行的一种葬礼习俗。神道式葬礼是在神社里举行的葬礼习俗。基督教式葬礼是在教堂里举行的葬礼习俗。无宗教式葬礼是在普通葬礼仪式场上举行的葬礼习俗。

日本人的殡葬模式，主要分为土葬、火葬和风葬三种模式。土葬与中国汉民族的传统土葬样式相似。火葬是在殡仪馆里举行的，火葬后把骨灰盒埋人本家族的墓地里。风葬只存在于日本的冲绳、北海道等地的一些偏僻的海岛地区。

无论葬礼在哪里举行，采取哪一种葬式，葬礼气氛都十分庄严肃穆，仪式程序繁琐有序。基本上都要经过确认、饰容、建祭坛、念经、守夜、告别、火化和埋葬等仪式程序。当然，因各个地方或各种殡葬礼仪传统习俗的起源、传承上的一些差异，各种葬礼的仪式程序，在细节上也有一些差别或不同。

一、确认逝者离世和告知

日本人无论是自然死亡还是自杀、他杀或意外死亡，不仅要得到家属的确认，在火化或埋葬时还要取得有正规医生或法医开具的死亡诊断书和官方认可的埋葬许可证书，才能火化或埋葬。这是日本社会文明进程加速发展后，日本法律法规上的明确规定，也是日本社会进步的具体表现。

日本人的葬礼仪式一般举行三、五天不等，也有七、九天的。一切由逝者的家属、亲戚或单位的人出面安排商定具体事宜。不同的葬式，在选择守夜、告别仪式、火化、埋葬等日子仪式程序时都有不同的要求。如佛教葬式，在选日子时，要考虑佛教的戒规。

日子选定后分头通知有关人员，告知哪天举行守夜（日语译出来叫通夜），哪天举行告别仪式，哪天火化或埋葬等具体事项。一般告别仪式是在守夜次日的中午举行。家属、亲戚、朋友、左邻右舍和单位领导都要穿上黑色的礼服，参加逝者的守夜和告别仪式。一般人只要在告别仪式的那天去一下就可以了。这种人死后通告相关人员死讯的方式，与中国川滇凉山彝族人死后，告知亲戚朋友等相关人员的作法很相似。

二、遗体处理和饰容

日本人对逝者遗体的处理有许多道程序。一般用酒精或温水或药液给逝者净身。男的剃须整发，女的梳头化妆。然后，穿戴好丧服寿衣后，才能入殓。日本人的传统丧服寿衣都是白色单衣和服。一般采取右斜肩左开式的相反于活着的人穿着的穿法后入殓，以示区分。有的也让逝者穿着其生前特别喜欢穿戴的服装后入殓。如果是佛教式葬礼就作“北枕”，即死者的遗体按照相关要求，把头朝北放入。然后脸盖着白布；两手合掌；手中放入佛珠或纸钱；胸上放把小刀，以除魔、避邪、防妖。处理整装完毕后，将遗体安放于事先选定好的棺木中，摆放在祭坛中间，就可以进行守夜仪式和告别仪式了。

三、搭建祭坛

日本人死后，传统的葬礼要迅速搭建祭坛供吊唁。祭坛一般有三层，正中间上方放着逝者的黑白遗像，两侧放着荷花灯、花篮、鲜花、水果等吊唁物品。遗体棺材放在下面一层的最前面。摆放棺材的样式，因佛教宗派的不同而各异。一般在遗体旁边，放一张罩有白色布的桌子，上面搁着点有香烛的香炉、燃着蜡烛的蜡烛台、插满鲜花的花瓶，水果、年糕、清水、米饭、香烟、瓷碗等物品，以及逝者生前喜欢的食品和用过的碗筷。盛满米饭的碗里插上一双筷子，也摆在桌子上。祭坛布置完毕后，和尚僧人就开始念经。整个祭坛背景十分讲究，一般以花墙作背景，温馨而不失庄重、气派宏大又精致典雅。

四、守夜、告别、火化、埋葬仪式

守夜是指在逝者遗体火化前或埋葬前，逝者的亲属和与逝者交往深厚的人们聚集在一起，为逝者烧香、祈祷和祝福的一种庄严的仪式。古代最早的守夜仪式是让兽犬等动物彻夜守护遗体，后来逐渐演变成由亲属和邻居出席守夜。守夜仪式，一般从晚上 6 点左右开始举行。仪式上，亲属坐在祭坛前烧香、祈福，僧侣或和尚不停地为逝者念经诵典，祈祷逝者成佛成仙。等僧侣或和尚念完经后，参加守夜

日本人的墓葬一角

者、邻居和亲属一起用餐。之后，直系亲属轮流烧香，通宵守护在逝者身旁。

告别仪式是在守夜的第二天举行，主要是亲朋好友、同事搭档与已成佛的逝者作最后一次的告别仪式。在告别仪式上，家属跪坐在祭坛右侧，其他吊唁者跪坐在祭坛左侧，僧侣或和尚在中间念经，宣读悼词和唁电。在诵经结束后，主持葬礼的僧侣或和尚带头烧香，而后按照逝者的亲疏、远近关系，家属和吊唁者依次进香祈祷，之后僧侣或和尚移出一旁，腾出中间通道，为家属和吊唁者作告别仪式。然后，棺材从祭坛上搬下来，打开棺盖，让亲属观看最后一眼逝者的遗容，把祭坛上的供花放入棺内后，定钉封棺，将棺材送进灵车里运往殡仪馆火化或去选定好的地方埋葬。火化前或埋葬前烧最后一炷香，念最后一次经。如进行火化的，遗体火化后，家属收捡骨灰装入骨灰盒，包上白布捧回家中祭祀数日后，择日举行埋葬仪式；或火化后及时举行埋葬仪式。埋葬时还请僧侣或和尚诵经烧香后，有的亲属才把骨灰盒埋进墓中。墓碑上刻印姓名和生卒年月日。墓前摆放康乃馨、蝴蝶兰、菊花等鲜花。此后，有的家属定期进行扫墓，并为逝者举办纪念活动。每年的盂兰盆节、春分、秋分都为逝者举行纪念追思活动。有的家属还为逝者举办周年纪念日，如一周年忌、三周年忌、七周年忌等忌日。据说，家属为逝者举办五十周年忌日活动，是逝者最后的年忌了。从此，不再为逝者举行任何形式的纪念活动了。

五、答谢参加殡葬的人

日本人在举办葬礼过程中和结束后，都要向吊唁者、僧侣、牧师和帮忙者表示感谢或回礼。一般有以下几种方式：在家设宴款待参加守夜和参加告别仪式的人。在家里或在宾馆饭店里宴请一起去殡仪馆和参加埋葬仪式的人吃饭喝酒。用专门的小纸袋装上一两千元数额不等的钱，来答谢司机或殡仪馆里的工人。以车马费的名义送钱给一些前来帮忙的人。僧侣或和尚的酬金，要根据诵经时间的长短和次数来支付。酬金的数额，一般通过中间人事先商定，仪式结束后装在写有“御布料”等字样的纸袋里送给。如果使用教堂举办基督教式的葬礼，要向教堂捐款，用写上“御礼”等字样的纸袋，装上事先商定好的酬金送给牧师。对送来香典钱的人，要回赠谢礼钱，寄送感谢信等。一般谢礼钱的数额是香典钱的一半或三分之一。有的也回送澡巾、被单、毛料、白布料、陶器、漆器、茶叶等礼品。这就是日本殡葬习俗中答谢礼仪的具体内容。

六、参加葬礼的注意事项

日本人的葬礼仪式过程十分庄重，参加者要格外的留心，其具体的注意事项有：通常参加者在收到讣告以后，要打电话吊唁，详细询问守夜和葬礼的日程，准备去吊唁。如果是出差或忙碌不能参加守夜和葬礼，只要发送吊唁电函就可以了。如果是交情很深的人，穿着平常的衣服，在守夜前约好的时间里去短暂吊唁也可以。如果赠花的话，关系到祭坛布置设计的问题，必须事先询问清楚后，再做决定赠什么样的花。提前确认好守夜、告别或葬礼的具体时间和地点，并留出充裕的时间。在选择服装鞋帽和随身物品方面，需要穿黑色西装或正装和黑皮鞋、黑帽子、黑皮包等，避穿或携带光泽衣服、鞋帽或结婚戒指、念珠、单纯珍珠项链以外的首饰。烧香钱的“香典”等礼钱要用专门的小绸巾包起来带去，念珠要放在专门的念珠袋里带去。佛教葬礼上，必须烧香时，抓一把沉香放进香炉里焚烧，或放到额前祈祷后，放进香炉或直接放进香炉里，具体如何做一般要根据不同派系的戒规而定。烧香后合掌吊唁的举动是很重要的。如果参加葬礼过程中被逝者家属要求吃饭、瞻仰遗容、致悼词等做点什么的话，没有充分的理由千万不要拒绝或推脱，坦然接受是对家属最好的安慰和支持。当然，知晓葬礼礼仪和规则很重要，但最重要的还是参加哀悼、吊唁等整个葬礼时的真情实意和感怀之心。

总之，日本人的殡葬习俗，很有日本民族的文化特点，多数葬礼葬式都跟宗教有关。葬礼仪式采取何种形式举办，一般根据逝者的遗言或生前所秉持的宗教信仰来决定。如今很多日本人认为日本传统殡葬礼仪程序繁杂，费用高昂，负担压力重。因此，一些呼吁改革殡葬习俗的呼声越来越大。省掉繁文缛节，营造温馨祥和气氛的新式殡仪馆，已经开始崭露头角了。

（十）神秘信仰的场所：日本神社文化

在日本宗教文化中，神道教文化是日本自古以来就有的本土宗教信仰文化，佛教、儒教、道教、基督教、新宗教等都是外来的宗教文化，是舶来品。无论是哪一种宗教都有其仪式、内容、活动场所等相关元素。本节就神道教的活动场所——神社文化作简要的介绍。

一、神社的产生和发展

神道教是日本最古老的宗教信仰。远古时候的日本人，认为自然界的山川草木、日月星辰、虫鸟鱼兽、风雨雷电等万事万物均是神灵或神灵附体，或是神灵的化身而百般敬畏和崇拜。作为万物中最有灵气的人死后，其神灵会保佑并庇护子孙后代的安康顺势、兴旺发达。由此，产生了以自然物崇拜和祖先崇拜融为一体的神道教文化观念。这种神道教文化，是一种神秘的信仰文化活动，典型的活动场所就是神社。神社是日本特有的一种宗教建筑和宗教组织活动的所在地，建筑结构别有风格，富有神秘而奇特的文化内涵和文化习俗。

设在日本人家里的神龛

神社与日本人远古的农耕文化仪式息息相关，在神灵信仰的观念中，人们为了祈求神灵保佑农事顺利、五谷丰登、牛羊健壮、人丁兴旺等，举行的各种祭神祭祀的感恩活动中，从最初简朴的膜拜，逐渐发展到大规模的礼仪活动，再到大肆渲染、顶礼膜拜的过程，其活动场所的产生和发展，也是从祭祀中央四周种植松柏树等植物的神篱，或砌垒岩石等神座的磐境，到临时搭建房屋迎接神灵降临祭祀，再到大兴土木建造坚固持久的神殿的复杂过程。在神殿里举行的各种祭祀活动中，由于各部落或同区域的人都集体参与，参加的人数越来越多，仪式越来越繁杂，内容越来越丰富。祭祀时，参与的人们，十分热情地迎接招待各种神灵鬼怪前来共饮食，同歌舞，以表对神灵的感恩、谢意和祈求继续保佑和庇护。这种神道仪式活动发展到公元8世纪，神道教的世界观和皇室谱系被建构完成后，人与神就巧妙地融为一体了。

日本人普遍认为日本天皇是日本最高神——天照大神的直系子孙，是日本最高的统治者。这样，人就被神化了，而神也被人化了，神人合一的观念也就产生了。明治维新后，神道教占据日本宗教界的重要位置，日本全国各地出现了大兴土木建造神社、宣讲神道、祭神忠皇的祭神、祭皇、祭政为一体的社会风气和国政体系。于是，凡有人居住的地方，就建有神社。神社附近的人们都是神的子孙后代，神保佑和庇护着子孙后代的健康和幸福。神的子孙后代也有义务保护神社，祭祀神灵，参加神社主办的各种祭祀活动。第二次世界大战时，神道教成为日本的最高宗教，并导致鼓吹圣战等思想发展到极致。二战结束后，神道教才被废除而成为普通宗教之一。如今，神社依旧是众多日本人从事神道教活动的地方。据不完全统计，全日本有8万多个神社。其中伊势神宫的神明造和出云大社的大社造是最具典型的神社建筑。在神社里供奉祭祀的神多种多样，有造物神，如高皇产灵神等；有职业神，如金山彦命等；有天地神，如加茂别雷什等；有动植物神，如高龙神等；还有食物神、祖先神等。在东京的靖国神社里，还摆放着包括第二次世界大战中战死的无数战犯的鬼神塑像在内的数以千计的历代日本人公认的神灵供朝拜者祭拜。这种现象在世界上的很多国家里是无法想象和难以置信的一种作法，也没有一个国家以国家的名义这么做的。

二、极具影响的神社

最初的神社只是某一地区祭祀活动的场所，后来伴随着神道教义四处扩散和发展，逐渐遍布全国各地。其中最具影响的有伊势神宫的神明社、宇佐八幡宫的八幡神和稻荷神社等。

伊势神宫的神明社，最早是国家从事祭祀活动的场所，到战国末年逐步发展到全国各地，到处建有神明社，如今已有大大小小18000多处神明社建筑物。

宇佐八幡宫的八幡神，源自于源氏家族的武术神，早已受到广泛的尊崇和祭祀，八幡神的活动场所遍布各地，如今已有25000多座八幡神社建筑物。

稻荷神社，是祭祀稻荷大神的场所，作为农业神的宇迦之御魂神深受人们信仰，并进一步扩大到商业神、房屋神等领域，变成农民、武士、商人等各阶层信仰和祭祀的神，大大小小的稻荷神社遍布日本各地，如今已有32000余座稻荷神社建筑物，是日本最多的一种神社。另外，天满社、天神社、日御奇神社等各种神社分布全国各地。自1946年以后，各神社开始组建教团。此后，由大日本神祇会、皇典讲究所和神宫奉斋会组成三大民间团体，结成日本最大的宗教团体神社本厅，所辖79000多个神社，并在全日本47个都道府县设立神社厅。此外，还有神社产土教、木曾御岳本教、出云日御奇大神宫等类似神社本厅的组织也遍布日本各地。

在日本东京一座神社前留影

如今，以上这些神社已成为日本各地独特而神秘的神道教祭祀活动的场所，并成为来自世界各地游客们争先恐后游览的景点。

三、神社活动的内容

神社是日本人神道教徒的信仰之地。神社活动的主要内容就是信徒们依据神道教义，在特定的日子里，举办各种各样奇特异俗的祭祀神灵庆典活动。除此，还有拍手参拜、抽签算命、香烟疗病、婚礼仪式等各种祈求保佑的礼仪习俗。

拍手参拜，是指参拜神社的人在走进祭神殿堂前，先洗手、漱口和拍打灰尘后以洁净的身体前去参拜神灵。一般是走到神殿前鞠两次躬后，双手合十拍两次手再鞠一次躬，然后进行祈祷或感谢并献上香典钱。据说，拍手是日本古代人的一种生活习俗，类似现代人相见时握手问候的礼仪而沿袭至今。在参拜神灵时，用拍手的声音把神灵招来，再次拍手时神灵和人的灵魂一起振动，以示祝福和祈祷。由于神社规制的不同或祭祀目的差异，拍手的次数也有差异。如在出云大神社参拜要拍四次手。庆祝儿女三、五、七岁时，要进行两拜两拍或两拍一拜的祈祷等等。每年新年初一，是日本人参拜神社最隆重、最拥挤、最壮观、最集中的一天，俗称初次参拜神社。这天就造成了各个神社人山人海、川流不息的景致并成为日本人老老少少、男男女女各取所需，各了心愿的日子。

抽签算命，是指信命的人在神社内的算命箱里买签算命。一般是算命的人往算命箱里投进相应的钱硬就会出来一张折叠整齐的纸条。打开纸条，上面写有算命人的命运，如大吉、中吉、小吉、大凶、中凶、小凶等项目，其下有用简洁的文字概述命运的大致情况，之后有分项说明升官发财、身体健康和言行注意事项等的运程。

香烟疗病，是指一些身体有病的人走到神社的香炉旁，用手捕捉缭绕的香烟雾，捂向自己身体病痛的部位。认为香烟雾所到之处，病患自然解除，故称香烟疗病法。

此外，信仰神道教的日本人，在孩子出生时将孩子抱到神社举行保佑孩子平安、健康成长的仪式，很多日本人也把结婚的仪式选在神社里进行，有些日本人还在神社里举办祈求孩子金榜题名、升官发财、交通平安等各种祈福保佑仪式。

总之，日本神社是神道教的各种祭祀仪式活动举行的地方，也是日本各地神秘而奇特的宗教建筑物，富有浓郁的神道教文化。这种文化自古以来就深刻地影响着日本人的生产生活观念和精神世界，也是日本人在建筑史上聪明才智的体现。

（十一）力技角逐的运动：日本相扑文化

相扑是一种摔跤类的运动，在日本很流行，被尊称为日本国技。相扑运动的实质就是力量和技术的角逐和比赛，与中国的摔跤、泰国的拳击、蒙古的博克、朝鲜的摔跤大致相同。

一、日本相扑的产生和发展

据《日本书纪》等有关史料记载，相扑最早可以追溯到公元4世纪时野见宿弥和当麻蹶速之间的决斗。当时野见宿弥把当麻蹶速摔倒在地后用脚踩踏，取得胜利，而被后人视为相扑的始祖。公元695年，日本就有了相扑的比赛。公元728年相扑成为日本宫廷的一项重要活动，宫廷设立了相扑节，设置了管理相扑运动的专职官吏——拨出司。平安时代，每年农历7月7日举行相扑节的比赛活动。制定了相扑比赛的规则，明确规定在比赛中一方禁止用脚踢打对方等的动作，从而使相扑从危险的格斗形式，向体育竞技比赛活动转变。镰仓时代以后，相扑作为武士阶层的武技，在武士中广泛流行，成为武士修炼的必修课目。同时，在民间也作为娱乐活动而广泛开展，并与祭祀神灵、驱逐妖魔、占卜生产、生活中的吉凶等神社活动和农事活动相联系。17世纪末，日本各地出现了营利性的职业相扑比赛，相扑开始走向商业化的道路。江户时代，职业性相扑比赛活动到处流行，江户这个地方成为全国相扑比赛聚集的中心。18世纪开始形成现代相扑的雏型。1909年在东京建立了专门作为相扑比赛用的国技馆，每年都在馆里举行数十场惊心动魄的相扑比赛活动。1941年相扑被日本政府确定为学校体育教育的正式科目，相扑竞技活动进一步得到了发展和弘扬。如今职业相扑比赛，每年在东京举行三次，在大阪、福冈、名古屋各举行一次。每次比赛时间为15天，分别称为一月场、三月场、五月场、七月场、九月场和十一月场。每一场都吸引着无数观众的眼球，也充斥着各种商业利益的角逐。业余相扑比赛也在不断发展壮大之中。相扑比赛活动已经成为日本人日常生活中的一部分，也是各商家争先恐后争夺的广告市场，更是相扑协会的盛大宴会。

二、相扑比赛的场地

日本相扑比赛，是在名为土俵的场地上进行的。这种场地用黏土堆成圆形，标准面积为5.45米乘以5.45米，直径4.55米。比赛区域里的表面上铺设薄薄的一层细砂，四周边沿用稻草环绕后扎紧扎稳。在过去传统的相扑比赛中，土俵四角立有四根柱子支撑，顶上有

与日本中学生交流合影

日式的屋顶，柱上拴有黑、蓝、红、白四种颜色的布条，分别表示春、夏、秋、冬四季。1951年开始取消柱子，改成悬挂式屋顶，垂挂着四条彩色艳丽的绸缎，分别象征一年春夏秋冬四个季节。每一场比赛前，都要用盐撒进场地里，表示清洁和消毒，确保比赛选手在比赛过程中，皮肤擦伤后得到有效消毒，预防感染。场地旁边摆放有清水和白纸，供每位比赛选手漱口、润喉、增加力量、擦拭身体，俗称力水和力纸。比赛区域下面是选手席和观众席以及裁判席。

三、相扑比赛的选手和裁判

1. 相扑比赛的选手

相扑选手要经过严格训练，在饮食和睡眠上特别的讲究，能吃能睡，体格肥胖，腰圆膀粗。一般称相扑选手为力士。年龄在20岁以上，身高必须在1.7米以上，体重70公斤以上，才可以入选相扑选手。在岗的大多数相扑选手，年龄都在18岁到35岁之间。相扑选手按比赛成绩分为十个等级，从低到高依次为序之口、序二段、三段、关门、十两、幕内、小结、关协、大关、横纲。序之口是最初级，横纲是最高级。一般十两以上级别的选手才有工资，其发型和腰带与低下的选手有区别。各级选手是根据比赛成绩一级一级往上升的，一般能成为横纲级的选手比例是1/400。曾获过横纲级的曙太郎和贵之花都是日本相扑史上很有名的相扑选手。

2. 相扑比赛的裁判

习惯上，相扑裁判被称为行司，以比赛执裁时扇子上缨子的不同颜色的标志，分为若干个等级。横纲级裁判所执的扇子上缨子颜色是紫色，大关级的是紫白色，幕内级的是红白色，十两级的是白色。幕下和三段级的是蓝色，序二段级以下的是黑色。扇子是调动比赛选手进出场、比赛过程和宣布输赢的道具。宣布输赢时，扇子所指的一方选手是胜者。相扑比赛的裁判由行司和另外五名裁判员组成裁定组，行司在比赛场地上执法裁判，其他裁判员在场地边上的裁判席上观裁和记录。比赛过程中，一般由行司裁定选手的输赢，如行司有误判时，裁判席上的裁判员举手示意后，由裁判组的成员共同协商裁定选手的最终胜负。业余相扑比赛时，也设有相应的裁判组裁定比赛选手的输赢。

四、相扑比赛的规则

相扑比赛的技能除了有力气外，还有扑、推、拉、摔、捉、闪、按、使绊等70多种基本技术，要求选手们熟练掌握并灵活运用手、肩、颈、臂、胸、腹、膝、腿、脚等部位。比赛前，选手要系好腰带，做好准备活动后坐在场地下面的选手席上候着。当裁判拍打香尺，念完姓名后，比赛双方上台，取水漱口、用纸擦身、抓盐泼洒后走到场地中央规定的地方，相视站立，双方各自作抬腿、蹬腿、踏脚、搓手、拍掌、扭身等准备活动后，双手撑地，调节呼吸，当彼此呼吸一致时奋起搏斗，展开角逐。比赛过程中，彼此可以使绊、拍打推移胸部、抓起腰带摔倒、掌推、抱握头颈、身躯等规定允许的动作。不能用拳头打对方，不能抓对方的头发、裤兜和生殖器，不许击打对方的耳朵、眼睛，不能踢打对方的胸部、腹部等规定不许做的动作。比赛过程中，两个选手的任何一方，除脚掌以外的身体的任何一部分触地，或身体的任何一部分触及场地以外的任何地方就算输，另一方获胜。比赛没有时间限制，没有体重限制，一般三局两胜。选手之间的每一局比赛，经常是持续几秒钟就结束，有时也会持续一分钟或更长的时间。如双方长时间角斗后仍分不出胜负，即可暂时休整后继续比赛，直至决出胜负为止。

总之，日本的相扑比赛既是日本国家的一项体育赛事，也是广大民众喜闻乐见的摔跤运动，富有浓郁的日本民族文化特色和民族精神气节。目前，日本相扑界和许多有识之士，正为相扑比赛纳入世界奥林匹克运动会的正式比赛项目而努力奋斗着。

（十二）柔而不软的运动：日本柔道文化

最早知道日本柔道是在上初中一年级的时候，体育课老师在上课间隙给我们讲的一点信息，说日本初中生上体育课时，除了训练跑、跳、打篮球等一些田径和球类项目外，是一定要上柔道课的。那时就很想了解一下柔道是个什么样的一种体育活动，但苦于没有条件查询资料加上功课忙就无暇顾及了。后来上大学到工作以后，偶尔看一些体育比赛时，从视频上粗略了解一些，直到我在岐阜圣德学园大学看到所设的学生柔道部举办的各种活动，参观了学校组织的一些活动内容以后，才对柔道有了比较清晰的认识。日本柔道是结合了中国和日本的武术动作及武术精神的一种体育竞技活动。日本人十分喜爱柔道，把它当成国术。在日本高校里，几乎每一所学校都设立了学生柔道部，举行各种训练和比赛活动。日本中学生每周要上1—2小时的柔道课，日本企业、公司或一些社会机构也设有柔道爱好者俱乐部。日本柔道奉行“精力善用、自他共荣”的以“柔能制刚、刚能断柔”的基本理念而赢得世界各地体育爱好者的尊崇和向往。1964年，东京奥运会已把柔道比赛列为正式的奥运会比赛项目而使之更加瞩目于世。

一、日本柔道的起源和发展

说起日本柔道的起源，主要有日本起源说和中国起源说两种。日本起源说的主要观点是：日本早在公元前1世纪垂仁天皇在位时期，野见宿弥和当麻蹶速之间就进行了一场充分利用角力和搏击之术的比武活动。其中，角力之术发展成为后来的相扑；搏击之术发展成为现在的柔道。中国起源说的主要观点是：日本的柔道之术起源于中国隋唐时代的拳术，并由明朝末年的武术爱好者陈元斌传到日本后融入日本的柔术。这种柔术以有效地使用肉体和精神的力量为目的，通过攻守时精神和肉体的训练，以明白人生的意义，使自己成为一个真正的人。1882年，日本著名的柔术家嘉纳治五郎先生，在日本古代柔术的基础上，经过改良和发展后创建了日本柔道并不断加以完善。到了江户时代，柔道已成为日本武士阶层必修的课程而盛极一时，并迅速发展成为10个派别。最早的流派是天文元年（1532年）六月创建的竹内流派。随后在丰臣秀吉当政末期（约1590年）兴起了荒木流派。德川家光时代（1623年），制刚流派、直心流派、梦想流派、吉同流派、涉川流派、起倒流派、良移心当流派、天神真杨流派等应运而生。各种流派扩充实力，到处招兵买马，广招弟子，不断传承和发展柔术文化，历经第一、第二次世界大战的磨难后仍方兴未艾。

早在明治26年（1893年），嘉纳治五郎的柔道馆就开始招收女生传授柔道。从那时起，日本女子柔道蓬勃发展，遍布世界各地，流传至今。欧洲各国是最早组织女子柔道比赛的国家，至今已举行了六届欧洲女子柔道比赛。据不完全统计，目前已有60多个国家开展女子柔道运动训练和比赛，中国女子柔道一直是世界劲旅之一。1951年7月，由日本、英国、法国、德国等12个国家发起成立了国际柔道联盟（IJF）。1979年，中国柔道运动协会（CJA）成立，1983年1月加入国际柔道联盟会。男子柔道和女子柔道分别于1964年和1992年成为奥运会正式的比赛项目。如今，国际柔联成员国已有几十个国家。

二、日本柔道的技能技术

日本柔道的攻防技术分为立技、寝技和挡身技。挡身技，在如今的比赛中已经不准使用了。

立技就是站立的技术，可分为两类。一类是含有手技、腰技和足技的站立不倒的投技。手技即手臂的技术。比赛时用两手把对方拉倒。腰技即腰背的技术。比赛时抱住对方躯干，把对方背到背上摔下去。足技即腿脚的技术。比赛时用腿把对方挑起来摔下去或用脚把对方踢倒。另一类是含有真舍身技和横舍身技的主动倒地的舍身技。真舍身技就是指施技者主动先倒下，背部着地，然后再制服对方。横舍身技是指施技者身体先侧倒，再把对方摔倒。

寝技就是倒在地上的翻滚角斗的技术和防身自卫击打对方的技术，可分为固技、绞技和关节技三类。固技是把对方的背部按压在垫子上，使其不能逃脱，而施技者保有行动自由。如果施技者的腿被对方的腿夹住，则不算使用固技成功。绞技是两人倒在垫子上，用手臂或柔道服勒绞对方的颈部使之窒息而认输。认输以拍击垫子动作示意为准。关节技是倒在垫子上，逼迫对方的肘关节，使其疼痛而认输。关节技只许应用肘关节。

三、日本柔道的比赛规则

1. 比赛时间：男子一场比赛的时间是 5 分钟。女子一场比赛的时间是 4 分钟。

2. 裁判设立：比赛设 3 名裁判员。主裁判在场上负责组织选手比赛、评定技术和宣布胜负。相对两角各有一名裁判，负责评定分数和选手在场上的表现。

3. 比赛评分：比赛评分为 4 种分数。分别为一本、有技、有效、效果。

第一种是一本。即选手站立时使用的技术有速度、有力量，把对方摔成大部分的肩背着地；或把对方的背固定在垫子上达 30 秒钟；或逼迫对方的肘关节或勒绞对方颈部使之拍垫子认输；或对方受到取消该场比赛资格的处罚；均判一本。选手获得一本后，该场比赛宣布结束而获得胜利。

第二种是有技。即选手站立时使用的技术未完全成功，不够判为一本，把对方的背固定在垫子上的时间为 25 秒钟以上，但不到 30 秒钟；或对方选手受到 1 次警告；均判得有技。选手在一场比赛中获得两个有技，该场比赛宣布结束而获得胜利。

岐阜圣德学园大学举行运动会一角

第三种是有效。即选手站立时使用的技术只有部分成功，不够判为有技的；或把对方的背固定在垫子上的时间在 20 秒钟以上，不到 25 秒钟；或对方受到 1 次注意的处罚；均判得有效而该场比赛宣布结束。

第四种是效果。即选手站立时使用的技术未成功，但有一定速度或力量，仅使对方的体侧、胸腹、臀部着地；或把对方的背固定在垫子上的时间在 10 秒钟以上，不到 20 秒钟；或对方受到 1 次指导的处罚；均判得效果而该场比赛宣布结束。

值得注意的是一场比赛中选手没有获得一本时，按有技、有效、效果的多少评定胜负。但一个有技可以胜过所有的有效和效果。一个有效胜过所有的效果。如果双方得分相等，则根据比赛的风格、进攻次数来判定胜负或平局。

四、日本柔道比赛中禁止使用的动作

大家知道，任何一种比赛都有它的规则，其中包含违例和禁止使用的动作。日本柔道也是一样，其在比赛中禁止使用的动作归纳起来有以下内容：一是禁止用头、肘、膝撞击对方身体。除肘关节外，禁止对其他关节使用反关节动作。二是禁止抓头发和抓裆。三是禁止使用任何可能伤害对方颈椎或脊椎的动作。四是犯规或踏出比赛区，将受指导、注意、警告、取消比赛资格的处罚。五是在一场比赛中，一方受到2次警告，即取消该场比赛资格，判对方获胜。

五、日本柔道比赛场地的设置

日本柔道的比赛场地，一般用榻榻米或类似垫子的东西来铺设。场地面积最小为14×14米，最大为16×16米。场地铺设的颜色一般为绿色，也有蓝色等其他颜色的。分内外由一个约1米宽红色危险带隔开的两个区域。危险带以内（包括危险区）是比赛区，其面积最小为9×9米，最大为10×10米。危险带以外是安全区，其面积宽度约3米（不小于2.5米）。比赛过程中在比赛区外施技无效。站立时，施技者一脚踩在安全区或使用舍身技、寝技时身体一半以上在安全区里均判无效。

六、日本柔道比赛的服饰

日本柔道的服装一般为白色长袖上衣和白色长裤。系腰带，赤足。衣袖宽大，袖长略过前臂中部。衣长为系带后能覆盖臀部。裤长略过小腿中部。腰带长度为围腰两圈，束紧打扁结，两端各余20～30厘米。一方系红色带，一方系白色带，以示区别。女子柔道运动员要在柔道服内穿白色短袖圆领衫。

七、日本柔道比赛的级别分类

柔道比赛分为无差别、体重别、段级别和年龄别4种。段级柔道分为10段，低于段的称为级，以腰带颜色区分。四级以下为白色带；三级至一级为茶色带；初段至五段为黑色带；六段至八段为红白色带；九段至十段为红（赤）色带。其中六段以上者可佩带黑色带。女子柔道选手的段带正中镶有白色横线。无级别的初学者所系的腰带是深蓝色。段级是根据各自的技术水平、资历、著作和对柔道的贡献而定的。

（十三）扣人心弦的运动：日本剑道文化

我知道日本剑道，确切地说是在日本岐阜圣德学园大学留学期间的事情了。有两次与当时要好的几个日本学生一起观看了该校学生剑道部举办的训练活动，后来也阅读了一些书籍，观看了一些体育比赛。觉得日本的剑道是一项能锻炼胆魄、勇气、意志力、反应能力、判断能力和培养团队精神、礼节和优秀品德的运动。比赛过程十分精彩，扣人心弦。

一、日本剑道的起源和发展

日本剑道，是指从日本武士重要武艺剑术中派生出来的击剑运动。据说，最早起源于中国古代，如《庄子·说剑》云："夫为剑者，示之以虚，开之以利；后之以发，先之以至。愿得试之。"在班固的《汉书·艺文志》中有《剑道》三十八篇，可惜早已失传。如今所说的日本剑道，据说是中国的刀剑术在隋、唐时期传入日本后，经日本人研习修改形成的独特的刀法技术。是一种两人身穿护具，手持长刀，进行格斗竞技的体育运动。其源于日本平安时代初期，武士们在使用刀剑的战斗中发展出来的剑术。这种剑术经镰仓和室町两个时代的改进和发展，到江户时代中期，直心影流的长沼国乡和一刀流的中西忠藏等人发明了竹刀与防具的雏形，被其他流派和道场广泛应用。从此，日本剑道从以格斗为目的逐渐转变为以锻炼身心为主的运动。同时，各种流派应运而生，著名的流派有北辰一刀流、镜心明智流、神道无念流、二天一流、柳生新阴流、天然理心流、大石神影流等。明治维新后，政府曾颁布废刀令，剑道一度衰落。直到明治12年才受到重视，剑道被列入警视厅的必修课程，重新获得新生。大正六年（1912年），全日本200多个流派被整合统一。1954年，日本剑道联盟成立。如今，除日本外，剑道在韩国和中国内地、中国台湾、中国香港、中国澳门以及欧美一些国家都很流行了。剑道已成为国际性的体育运动项目。1970 年国际剑道联盟成立，每年都有各种各样的国际剑道比赛在世界许多地方举行。

日本中学生聚精会神观看表演

二、日本剑道的精神内涵

日本剑道除了剑术之外，还有许多修身处世之道，其精神不仅对于修炼者的体格、体力、健康、长寿等方面增进有益，更是对于修炼者的观察、理解、判定、断行、思考、克己、撙节、礼让、信义、仁爱等精神层面益处良多。其内涵蕴含着丰富的人生哲理，信奉“仁、义、礼、智、信”的儒家教条。剑道既是格斗击打的运动，也是讲究礼仪的运动。如在练习和比赛前后，剑手都要给对方施行三次礼，以示尊重。剑道具有运动和武术的本质特点，长期修习和锻炼，不仅能促进身体健康、增强精神活力，而且也能培养出坚强的意志力、专注力和果敢进取的性格特征以及敏锐的判断力和冷静傲视的态度。总之，剑道运动非常强调“德艺双修”和“心剑合一”的基本理念。

三、日本剑道的比赛规则

日本剑道的比赛规则归纳起来有以下几种：一是日本剑道以劈刀、突刺两种动作为主要技术。以劈、刺对方的头面部位、喉咙部位、手腕和腰部，其他身体部位则不能劈刺。二是手持长剑、穿戴护具。其规则是击打对手的有效部位，即头盔正面、左右侧、左右前臂、左右胸肋和咽喉。比赛中进攻时要大喝一声自己的攻击目标，以带起激情，提醒对方。三是以一方两次击中目标为胜。击打的部位必须是有效部位。判别打击是否有效，主要依据击打者的气势、部分、距离、力量等因素来判定。四是主张进攻就是最佳的防守。因此，要有极大的耐性和判断力，掩藏自己的弱点，找准对方的弱点进行猛烈进攻。五是击打双方身体要保持笔直，昂首挺胸，目视对方，既不能弯腰，也不能低头。否则会露出空当，容易失手。

四、日本剑道的道具

剑道的道具种类繁多，具体包括竹刀、木刀、钢刀、面罩、头巾、剑道衣、剑道裙等。身体的护具有头盔、护手和护甲，头盔里扎有一条头巾，以减轻震荡。竹刀是用四片竹板外加刀尖皮和握柄皮组合而成。比赛和练习时赤脚对击，场地通常在木制弹性地板上，安全系数很好。

五、日本剑道的段位和称号

剑道的段位分类根据修业年限、年龄制限和竞技水平，一共分为八段。初段是一级授有后一般中学 2 年级以上，基础非常扎实的新手。二段是初段受有后 1 年以上年龄在 16 岁以上的开始懂得一点剑道者。三段是二段受有后 2 年以上年龄在 18 岁以上的具有中级水平的可以指导新手练习者。四段是三段受有后 3 年以上年龄在 21 岁以上的初级指导者。五段是四段受有后 4 年以上年龄在 25 岁以上的指导者。六段是五段受有后 5 年以上年龄在 30 岁以上的高级指导者。七段是六段受有后 6 年以上年龄在 36 岁以上的特级指导者。八段是七段受有后 10 年以上年龄在 46 岁以上的超一等剑士。

剑道的称号，是依据资格和受审条件，分为钟士、教士和范士。钟士是五段授后有10年的经验，60岁以上，并经加盟团体选拔，得到加盟团体会长推荐的人，或六段授后有1年的经验，并经加盟团体选拔，得到加盟团体会长推荐的人。教士是七段授后有2年的经验，并经加盟团体选拔，得到加盟团体会长推荐的人。范士是八段授后有8年的经验，并经加盟团体选拔，得到加盟团体会长推荐的人，其资格再经全日本剑道联盟会长的确认。

（十四）和敬清寂的茶饮：日本茶道文化

喝茶或品茶对很多中国人来说是一种习惯，也有可能是一种陶冶性情的方式，抑或是一种休闲、娱乐或办事的环节和手段。但对很多日本人来说，品茶可能是一种礼仪，一种精神，一种文化。古代日本人用和、敬、清、寂四个字来阐释品茶的精神内涵。和就是平和、和睦。敬就是尊老、爱幼。清就是清澈、洁净。寂就是幽静、闲逸。由此上升成为茶道。如今，这种茶道已经成为众多日本人生活中一种以茶会友、休闲娱乐、修身养性、赏花审美、谈古论今、追求艺术的有品位的文化活动。

一、日本茶道的源流

据有关书籍记载，茶的原产地是印度，和佛教一起传入中国后广泛种植，尤其是唐代陆羽所著的《茶经》问世后，饮茶、品茶的事不仅在当时的佛教寺院内盛行，也在宫廷和民间逐渐普及。

公元8世纪，日本奈良时期，往来中国和日本的遣唐使，将茶种带回日本种植的同时，也把唐代寺院盛行的供茶和施茶的礼仪带回日本广为传播。流行于奈良时代与平安时代的用干茶叶臼捣成粉末后，添加水揉成球状制作而成的团茶，就是日本遣唐使们从中国带回日本的制茶技术。

平安中晚期，又从流行于中国宋朝一种把精制的茶叶用茶臼捣成粉末状，饮用时把茶粉放进茶杯后加入开水，用茶筅搅匀后饮用的抹

日本女大学生在准备茶道表演

茶制作法传入日本并盛行起来。直到今天，这种抹茶也是日本茶道的基本元素。

公元13世纪的日本镰仓幕府初期，著名僧侣荣西大师在研习中国茶艺的基础上创作了《饮茶养生记》著作，宣扬饮茶延年益寿、品位高雅，进一步推动了抹茶的普及和流传。到室町幕府时期，由中国传入日本的集品茶、论茶、猜茶为一体的游艺活动——斗茶形式也不断流行，将日本人饮用抹茶的礼仪活动推到极致。因为斗茶是指参加斗茶比赛的人，每人品尝十服四种抹茶后说出茶的原产地和冲茶水的水质和出处，以得分多少决定胜负。这种斗茶活动吸引着无数的品茶爱好者参加，为抹茶的普及和流传做出极大推动。于是，在民间逐渐形成了一种形式更为自由的被称为茶寄合的平民茶会。与此同时，被后世誉为品茶开山鼻祖的著名和尚村田珠光悟出了饮茶的妙道，制定了以"谨敬清寂"为指导思想的饮茶礼法，把简朴清淡的审美观融入品茶礼仪中，将品茶从游艺活动变成了一种重视简朴优雅精神的茶道。村田珠光开创的茶道历经几代人流传，经过其弟子武野昭鸥的提升和发扬，曾一度风靡日本各地。

到了桃山时代，村田珠光弟子的弟子千利休最终完成了日本茶道的思想、理论、规制和程序，将祖师爷的茶道宗旨“谨敬清寂”改为“和敬清寂”的思想，创立了“和敬清寂”为茶道思想宗旨和精神的千利休流草庵风茶法，一时风靡全日本，将茶道发展推上登峰造极的地步，完成了日本茶道的最终框架和体系。千利休被誉为日本“茶道天下第一人”的荣誉称号，成为日本茶道界的绝对权威。

千利休死后，其子孙后代分别继承祖业，创立了表千家、里千家和武者小路千家的千利休流派。除此，还有数内派、三齐派、远州派、石州派等数以千计的流派在传播和传承着日本的茶道文化。各个流派的茶道风格有异，各具特点，但基本上都采用抹茶法，茶道的基本内容和精神实质异曲同工，几乎一样。

二、日本茶道的特点

1. 茶道用茶

日本茶道用的茶，是精选的绿茶末，用石臼将干绿茶研制成粉末而成。制作时，制作人穿着美丽的传统和服，用竹制的茶勺将末茶舀进茶碗中，倒入沸水冲沏后用圆竹刷搅拌出泡呈浓羹状后，端给饮用者品尝。饮用者双手捧着茶碗仔细端详花纹和质地，玩赏、品评和赞扬。其间配有果品、甜点一起食用。

2. 茶道茶室

日本茶道茶室的布置十分讲究。茶室内铺着“榻榻米”草席，草席一角放有茶釜、炭炉和各种茶具。茶具涂有厚重的颜色，显得粗糙和古香古色。茶室四周墙上悬挂名书、名画；地上摆放古董玩物和插满鲜花的青石花瓶，显得典雅、庄重，具有艺术美。

3. 茶道的举行

日本人举行茶道的仪式非常讲究，一般都按规定和程序进行。举行茶道的时间一般分为上午7时的朝茶，上午8时的饭后茶，正午12时的消昼茶和下午6时的夜话茶。举行茶道时都在特定的茶室里进行。大部分日本人家都在自家花园里为品茗而建有精致、典雅的三间专用房屋。相连的两间中的一间是举行茶道用的茶室，另一间摆放炉子、茶具、水缸和炭火等物品，单独的那间用作宾客休息。小庭园里栽有各种花草树木，设有小桥流水，房屋之间有铺满鹅卵石、石块的羊肠小道。整个庭院环境显得幽静、舒适、安逸。整个茶道的举行，古朴典雅、庄重悠闲、井然有序、和声细语、其乐融融。

4. 茶道的内涵

日本茶道讲究典雅舒适的礼仪，茶具精挑细选，品茶配用甜点，充分体现“和敬清寂”的茶道核心思想。著名学者武心波先生在他的《当代日本社会与文化》（上海外语教育出版社，2001年9月，第301页）一书中这样写道：茶道是“一种以沏茶、品茶为手段来接待贵客、联络感情的特殊礼仪，又能修养心神、陶冶性格、学习礼仪的品茶艺术与高雅文化。而且，它还和陶瓷、茶花、书画、庭院、建筑等艺术融为一体，成为一种综合性艺术，集中体现了日本文化的美学观点”。很多时候，品茶已经超脱了茶道本身只为品茶的范围，俨然成为一种休养生息、培养情操、欣赏艺术的活动方式，富有浓郁的日本民族文化内涵。

（十五）温馨祥和的插花：日本花道文化

花道是一种插花造型艺术，故而又叫插花或瓶花。在日本，花道有着悠久的历史和独特的文化内涵，是日本女性休养生息、修炼性格、陶冶情操的必修课，也是美化庭院、装饰房屋、陪衬建筑、感知和亲近大自然的一种审美形式，更是人们寄托思绪、抚弄花草、情感交流、派遣压力、休闲自娱的一门艺术。

一、日本花道的源流

随着佛教传入日本社会，在佛像前供奉人工制造莲花的供花仪式，也传到了日本社会，并几经改良后将天然的花草放进器皿中做装饰，来替代缺乏生气的供花仪式时，供花也就慢慢地演变成了花道。这种花道强调插花艺术的线条美，整个插花的艺术结构是在象征天、地、人的三条主线上进行发展，将鲜花的素材结构与天、地、人的形态相结合，包括花瓶、颜色、根茎、叶子、枝丫和花朵都囊括在里面，展现出大自然的壮丽风貌。在佛教寺庙里，献花供花摆放时，所有的花朵和枝干都朝向天空，以示对神灵或信仰的虔诚。

到了室町时代，在足利义政的统治下所建造的简朴建筑中都有摆放艺术品或插花或神盒的壁龛，花道的形式简化成了各阶层人士都可以享受和拥有的一种艺术。

到了16世纪安土、桃山时期，出现了更为简朴的抛进或掷入的插花形式，称为投入插花或投花，即将任何材料的花朵和花枝自然而然地摆放在花瓶里。

在19世纪明治维新时期，又出现了一种自由灵活堆叠花卉的插花形式，称作盛花艺术。据说十七、十八世纪江户中后期之后，花道历史上陆续出现了青山御流、源氏流、松月堂古流、未生流、古田流、远州流等许许多多的流派，如今已有3000个以上的流派分布在日本各地，影响着日本人生活的方方面面。其中以具有历史传统的池坊流派与产生于近代的小原流派和草月流派组成的三大流派影响最大。

二、日本花道的插花形式

日本花道的流派很多，各有各的插花风格，各有各的插花形式，但各家各派都大同小异，传承和保留到今天共有的形式及特点有立花、生花、投花（也叫投入插花法）、盛花。

1. 立花

立花是日本室町时代由池坊专庆创造出来的插花形式，是花道中最古老的插花样式，为所有插花的胚胎或母体。一般书院壁龛的装饰花都是立花。经常采用松树、桃花、竹叶、柳叶、红叶等插花材料。以草木竖立的身高姿势来展现立花的形态美感，必要时用铁丝或竹篾片来调整或固定花木素材的姿容或态势，使其尽可能再现出自然生长的状态和景致。

在日本随处可见的菜花（观赏花）

2. 生花

生花的形式，不同的流派有不同的风格，但无论是哪一种风格的生花都使用鲜花并将其布局插花成三角形的样式。这种插花表现的内涵并不是花草树木的线条美，而是其伸展开来的生命力和自然美。一般被插放在书院的壁龛上，具有端庄、典雅、绚丽的特点。生花在江户时代中期就出现在招待客人的场合里，让客人欣赏或评头论足。

3. 投花

投花也叫投入插花法。投入插花法是一种自由灵活的插花形式，花形、花枝和花瓶都没有固定的要求或常规的标准以及严格的限制。这种插花，一般是吊在壁龛上，或挂在柱梁上，或放在壁龛下。投放或插入到细长花瓶里的插花看上去好像是随意投放似的，很自然、很得体、很美观。不过，能做到这一点，技艺精湛的插花者不知要付出多少心血和汗水。

4. 盛花

盛花，就是将鲜花装满各式各样的盘形花瓶或竹篮里的一种插花艺术，是明治时代西方花卉传入日本后，在模仿西式花卉栽培技术的基础上逐渐形成的自由插花形式。这种插花形式，不限于家庭壁龛的装饰，还可以广泛用于舞台布置装饰、展览展销会布置装饰等各种场合。欣赏或偶遇之际，好像是以微型的盆栽技术创造出真实的园林景致一样，给人以美的享受。无论在正式和非正式的场合里都很适宜，令人舒坦，流连忘返。因此，盛花已经成为日本现当代插花艺术的主流。

总之，日本花道文化独具特色，形式多样，既有很强的观赏性，又有广泛的实用性，自古以来一直深受各朝代各阶层人士的宠爱和青睐，体现了日本人亲近自然、拥抱自然、欣赏自然、感怀自然、珍视生命的精神气质、认知思想和艺术修养。如今，日本拥有3000多个不同类别的插花艺术流派，上千万人从事插花艺术工作。花道文化成为人们生活中不可缺失的文化元素和精神家园。

（十六）如诗似画的汤浴：日本温泉文化

日本是世界上温泉数量和温泉种类最多的国家之一。据有关资料显示，日本从南到北约有2600多座温泉，7.5万家温泉旅馆。每年来自日本国内和海外的旅游者，约有1.1亿多人次泡过温泉，相当于日本总人口的数量。日本温泉文化历史悠久，源远流长，文化底蕴深厚，几乎全国各地都有温泉。温泉中含有很多材质不同的矿物质，普遍具有养颜美肤、消除疲劳、促进血液循环、健体养生的功效。对日本人来说，泡温泉浴是一种健身、养颜和观赏温泉美景的身心活动，也是最好的旅游度假、文化享受和休闲娱乐的方式，已成为很多人生活中不可缺少的一部分，更是日本旅游经济收益的最大来源之一。在日本留学期间，日本朋友邀约我去过岐阜县下吕温泉乡等很多有名的温泉胜地泡过温泉浴，使我对日本温泉文化有了一定的了解。

一、温泉的含义和分类

在日语里，温泉被称作汤，有热水之意，如美人汤。泡温泉被说成風呂，有洗澡之意。在温泉浴室的出入口布帘上写着男汤或女汤的字样，有男浴室和女浴室之意。在日本昭和23年颁布的《温泉法》中对温泉的定义有明确的解释。温泉，是指从地下涌出时水温在25℃以上的泉水或在1千克的泉水中含有一定量的规定矿物成分的即使温度不够25℃的泉水都称为温泉。

根据不同的分类标准，可以将温泉分为若干种类。

以温度的高低，可分为低、中、高三种温泉。温度在34℃以下的叫低温泉；34℃—42℃的叫中温泉，42℃以上的叫高温泉。

以温泉里所含的酸碱度和渗透压等指标含量的不同，温泉又分为单纯温泉、钠碳酸氢盐泉、钠盐泉、二氧化碳泉、钙镁碳酸氢盐泉、硫酸盐泉、铁泉、硫化氢泉（硫磺泉）、酸性泉、放射能泉（镭泉、氡泉）和含铝泉（包括铝铁硫酸盐泉，旧称明矾泉，含铜铁硫酸盐酸性泉等）11种类型的温泉。

以温泉水中盐分含量的不同，可分为盐类泉和单纯泉。一般在1千克泉水中含有1克以上的溶解成分的泉水被称为盐类泉，1克以下的即使含有多种矿物成分也被称为单纯泉。其中，根据温泉中含有最多矿物成分又细分碳酸盐泉、硫磺泉等温泉种类。当1千克的泉水中含有以下7种特殊成分中的一种时（游离二氧化碳1000毫克、铜离子1毫克、铁离子20毫克、铝离子100毫克、氢离子1毫克、硫黄2毫克、氧111贝）被称为疗养泉。

以涌出方式不同，温泉可分为普通泉、间歇泉等。依据所含化学元素的成分，温泉可分为二氧化碳泉、硫酸盐泉、铁泉等。依据酸碱值划分的不同，温泉可分为酸性温泉、中性温泉、碱性温泉。依据地质产生温泉的特性不同，温泉可分为火成岩区温泉、变质岩区温泉、沉积岩区温泉等等不一而足。

二、温泉的治病疗效

根据温泉所含泉质的不同，对身体有不同的疗效。据有关书籍记载，酸性碳酸盐泉，其火成岩温泉形成灰色泥巴敷脸，可以美白人的肌肤。酸性硫酸盐氯化物泉对皮肤病有疗效。酸性硫磺泉和中性碳酸温泉对皮肤病、风湿、妇女病和脚气有疗效。酸性硫酸岩泉对慢性皮肤病有疗效。碱性碳酸氢泉对神经痛、皮肤病和关节炎有疗效。弱酸性单纯泉对风湿症和皮肤病有疗效。弱碱性碳酸盐泉对皮肤病、风湿和关节炎有疗效。弱性碳酸泉对神经痛、皮肤病和关节炎有疗效。弱碱性硫磺泉对神经痛、贫血症和慢性中毒症有疗效。硫酸盐泉是火山地热温泉，硫黄味浓，对皮肤病有疗效。硫酸盐氯化物泉对关节炎、肌肉酸痛、神经痛和痛风有疗效。硫黄碳酸泉对慢性疾病如神经痛、皮肤病和关节炎有疗效。碳酸氢盐泉对神经痛、皮肤病、关节炎和脚气有疗效。酸硫黄泉对神经痛、贫血症有疗效。低温中性碳酸氢盐温泉对慢性皮肤病有疗效。氯化物泉，水质滑腻，可治皮肤病、风湿痛和神经痛。

三、泡温泉的注意事项

泡温泉是一件十分惬意的事情，但不是任何时候或任何状态下，或随意地带着什么东西都可以去泡温泉的。因此，泡温泉要注意以下两大事项。

泡温泉后用茶用餐

1. 泡温泉的顺序

泡温泉的顺序一般由几大步骤构成。第一步：进入温泉浴池前，先在池外将身体冲洗干净。第二步：站在池边，用手或脚伸入池内探测水温高低，不可一下子跳进温泉泳池里。第三步：将所带毛巾放在浴池边或叠起来放在头顶上。第四步：坐在池边，双脚慢慢伸进池里浸泡，用手将温泉水泼淋全身后进入池里全身或半身浸泡。第五步：从低温池到高温池逐步浸泡，以先温后热的顺序适应泉水温度。第六步：掌握好浸泡的时间，一般不宜长时间浸泡在池内。期间应适当歇歇或做做舒展运动或喝些水补足水分。第七步：适当的穴位用温泉水按摩会起到保健的功效和治疗的作用。第八步：浸泡后冲洗身体，尽量用清水为好。

2. 泡温泉时不能做的事情

泡温泉时不能做或不宜做的事情很多，具体说来有以下内容：不能带着易被硫化的金属戒指、项链等饰品去泡温泉。毛巾不要带进温泉池内。空腹、饱腹、酒后、疲劳等情况下不能泡温泉。不宜长时间浸泡，一般为每次5—10分钟，反复2—3次即可，低水温的可以适当延长至每次20—30分钟。不能去泡过烫或过酸的温泉，温度在30～45℃之间较好。不要独自一人去泡温泉，以免发生意外无人知晓。根据温泉水质对病症的疗效和自己的喜好选择不同的温泉浴比较好。皮肤过敏者不宜泡温泉。孕妇或做手术未痊愈者不能泡温泉。糖尿病患者不宜长时间泡温泉，最好泡泉时间控制在20分钟以内，水温不要超过40摄氏度为宜。容易失眠的人，不宜长时间浸泡。癌症患者、心脏病患者、恶性贫血者、癫痫病患者、恶性肿瘤患者、胸膜炎患者和高血压患者不宜泡温泉。各种传染病患者和发烧患者不应泡温泉。在温泉池内，不可以洗头或洗身体或搓澡，不能使用香皂或洗发液；不可以大声喧哗、打闹、游泳或奔跑。泡完温泉后身体不宜立即冲洗干净。不能将温泉浴室内的吹风机、化妆品、梳子等带出浴室。

四、著名的温泉

日本著名的温泉很多，下吕温泉、有马温泉和草津温泉并列为日本最著名的三大温泉胜地。

1. 下吕温泉

下吕温泉也叫下吕温泉乡，是群山环抱的日本岐阜县最大的温泉胜地，具体在岐阜县益田郡下吕町汤之岛。遍布在下吕一带的温泉泉质是碱性单纯泉，其中以养颜润肤，具有美容健体作用的“美人汤”最为著名。下吕温泉合掌村、温泉神社、汤镇雨晴公园是泡汤者难以忘怀的地方。观光交通从东京乘坐新干线 1 小时 40 分钟左右就到名古屋，再转乘高山本线城铁 1 小时 27 分钟就到了下吕温泉乡。

2. 有马温泉

有马温泉具体在兵库县神户市北区有马町。泉质是金泉含铁强盐泉、银泉含碳酸泉和放射能泉。泉水中含有约为海水两倍浓度的铁盐泉，泉色似铁锈红的金泉和无色透明碳酸泉的银泉尤为著名。温泉寺、汤泉神社、太阁之汤殿馆、瑞宝寺公园、鼓泷公园等景点让人流连忘返。观光交通从东京站乘坐新干线 2 小时 45 分钟左右到新神户站转乘神姬巴士或神铁巴士或阪急巴士 40 分钟就到有马温泉了。

3. 定山溪温泉

定山溪温泉具体地点在北海道札幌市南区定山溪。相传温泉起源于百年前名叫美泉定山（1805 年 – 1877 年）的高僧在丰平河上游看到野鹿以温泉水疗伤后建议政府扩建温泉恩惠世人而得名。泉质是钠化盐泉。著名的丰平峡、中山峡、定山溪熊牧场、二见吊桥、二见公园等景点让人心驰神往。观光交通从东京站乘坐东北新干线 2 小时 30 分钟到盛冈站后转乘 JR 卧铺特急北斗星号 8 小时 10 分钟后到达札幌站再转乘开往定山溪温泉巴士 1 小时 10 分钟到达定山溪温泉。

此外，热海温泉、草津温泉、箱根温泉乡等也是名扬日本国内外的著名温泉。这里不再介绍。

（十七）眼花缭乱的节庆：日本节日文化

在中国广为流行的《标准日语》等很多日语教科书里，都或多或少地介绍了日本节日和日本人过节的情况。据说，日本是世界上各种节日最多的国家，不仅有国家法定的节日，还有传统的民间年中行事节日和各地浓郁乡土气息的祭典节庆活动。这些节日是日本人重要的精神文化内容之一，反映着日本人的精神风貌、人格气质、思想观念、情趣爱好、宗教信仰等文化内容，伴随着每个日本人的成长和逝去。

一、国家法定的节日

日本法律规定，一年中每个公民可以享受14个国家规定的节假日，这14天是政府机关、公司、企业和大中小学校的休假日，工作人员和学生都放假。从1月到12月依次有如下的节日。

1月1日是元旦节。相当于中国的春节。按传统习俗，人们在头年12月31日对房屋进行大扫除，在门口挂上插有橘子的草绳，门前摆上松、竹、梅或字画等，表示大吉大利。晚上全家人团聚，吃年夜饭后一起听新年钟声的敲响。元旦早上吃年糕，表示庆贺新的一年的开始。很多人都早早起床后，去神社祭拜，祈福，俗称初次祭拜。从元月1日到7日，都是人们走亲访友、彼此拜年、休闲度假的日子。

1月15日（2000年后改为1月第二个星期日）是成人节。古时称为“元服式”。这是源自于古代日本的“元服”，是天皇家族和达官贵人家族为自己13—16岁男子和12—16岁女子举行“元服式”，即是一种改穿成人服装、梳理成人发型等梳妆打扮的节日，有点像中国川滇凉山彝族为自己12—17岁的女孩换童裙的仪式。现在，此节日是庆祝日本政府规定自1948年开始的年满20岁的男女青年人成人的节日。这一天各市、町、村的政府机关都为年满20周岁的人举行成人典礼，举办丰富多彩的庆祝活动。青年男女们穿着各式各样的和服在市（町、村）长的致辞下庄严宣誓，从此正式步入成人时期，开始履行和承担成人的责任和义务，做成人应该做的事情，如喝酒、取得驾驶证等。

2月11日是日本的国庆节（建国纪念日）。这个日子曾经称为“纪元节”。源自于日本第一代天皇神武在公元前660年2月11日统一日本建立国家的日子，因在第二次世界大战时大肆鼓吹战争是为神圣的天皇而战的军国主义思想于1945年被废除，1966年才恢复并改称为现名。

3月21日左右是春分。古时候被称为“春季皇灵祭”。此日起源于佛教的祭祀日，是日本天皇祭祀祖先的日子，现在普通民众也都在这个日子里去扫墓、祭拜祖先。

4月29日是绿之日。旧称“长天节”。这是昭和天皇裕仁的生日（1901年4月29日—1989年1月7日）。在1989年（平成元年）前一

岐阜县羽岛市柳津町举办盂兰盆节之夜的打鼓表演

直被称为天皇诞生日，1989 年（平成元年）—2006 年（平成 18 年）改称为绿之日，2007 年（平成 19 年）至今称为昭和之日。

5 月 3 日是宪法纪念日。这是纪念 1947 年 5 月 3 日日本宪法颁布实施的纪念日。

5 月 4 日是国民休假日。

5 月 5 日是儿童节。也是端午节，又叫男孩节。此节是庆祝小孩健康成长，祈求幸福的日子，尤其是祈祷男孩子健康成长和将来事业有成。通常的形式是有男孩的家庭在户外插立一个高竿悬挂鲤鱼旗并摆放一些武士的人偶像。男孩子们尽情地摆弄玩偶、吃粽子、泡菖蒲热水澡等。这个节日也是感谢母亲的日子。

7 月 20 日是海之日。这是日本 1941 年为了感谢海洋的恩典，祈祷日本成为国富民强的海洋国家而制定的庆贺海洋的日子。1996 年正式确定其为法定纪念日。

9 月 15 日是敬老日。这是尊敬老人、感谢老人、祝愿老人长寿的节日。届时，日本全国各市町村都为老年人举办庆贺活动，为老年人赠送礼品等。这个节日源于纪念古代日本一小国不敬重老人而将老人背进山谷送死的年代里，有一家相依为命的祖孙二人的孙子不忍心背祖父进山送死，将其藏于阁楼赡养之时，国家受到敌人攻击后，只有这个老人能识破敌人的计谋而立功授奖，被后人传颂的故事。

9月23日左右是秋分。旧称“秋季皇灵祭”。与春分一样源自于佛教祭日，是天皇扫墓、祭拜祖先的日子，也是民间庆贺丰收、祭拜祖先神灵的日子。

10月10日是体育节。这是纪念1964年第十八届国际奥林匹克运动会首次在日本东京举行开幕的日子。此后，日本各地每逢体育节都要举行各种各样的体育活动，以增强国民体质，振兴体育。

11月3日是文化节。旧称“明治节”。1945年以前是为纪念明治天皇诞辰而设立的节日。1946年11月3日，日本公布新宪法时以此为纪念日。现在是为促进文化事业发展做出杰出贡献的人颁发“文化勋章”的日子，故而称为文化节。

11月23日是劳动感恩节。旧称“新尝祭”。最早是天皇向神灵敬供新米的日子，现为人们歌颂劳动、庆贺丰收、互表谢意的日子。

12月23日是天皇诞生日。这是纪念1933年12月23日明仁天皇出生的节日。

二、民间年中行事的节日

日本人年中行事的节日很多，具体有：

2月3日左右是节分，是指农历立春前的一天。当晚人们开窗开门后，举行一边喊着“鬼出去，福进来”，一边向外面撒豆子等驱赶鬼神，留住福禄的仪式。

3月3日是偶人节。也称桃花节。旧称“雏祭”或“雏节”。这是一年一度为年轻女孩乞求幸福和健康成长的日子，也是女孩子们最高兴的一天。家家户户都摆设偶人架，摆上各式各样的古装玩偶或各种盆景，父母们做好各种各样好吃的东西，女孩子们穿上绚丽夺目的传统和服，尽情地吃喝玩乐。

3月末4月初是赏樱花节。届时，日本多数地方樱花都盛开了，人们聚集在樱花树下举行各式野餐，尽情游乐，欣赏着象征国家的樱花。据说这种习俗可以追溯到江户时代，自那以后，樱花节一直在日本普通老百姓中十分流行。到时，人们尽情地赏花、增进情谊，成为春季里最富有朝气和雅致的活动。

7月7日是星节。也叫七夕节。据说，七夕节始于日本圣武天皇天平六年。这是古代中国的传说与日本古有习俗相融合的结果，是庆贺在天河两边的牛郎和织女，只有一年一度的7月7日相会的日子。这一天有各种活动，到处悬挂着五颜六色的彩带和灯笼，上面写满人们的许愿和诗句。人们还用各种颜色做成的纸船、纸马、纸鹤等随水漂流或悬挂在竹竿上飘扬，祈求孩子们勤劳、聪慧、健康、如愿、美梦成真。

岐阜圣德学园大学举办的文化节一角

8月15日前后数日是盂兰盆节。也叫“中元普度”、“盂兰盆会”、“盆”、“祭鬼节”。此节原是佛教信徒们追祭祖先而举行的佛教仪式，现已成为很多人一年一度迎送和祭祀祖先亡灵的日子。据说，每年举行盂兰盆节的时候，祖先亡灵们都会来到家里与家人一起过节。此节以8月（有的7月）15日为中心，之前叫宵盆或迎盆，之后叫终了或末盆。13日为迎接日，人们点火、挂灯笼喜迎祖先亡灵回家。亡灵回家后烧香，祭献果品敬供。15日为欢送日，人们点火、提灯笼送祖先亡灵回去。这个节日期间，许多公司和商店都休假，都市里工作的人也都回乡下祭祖过节，以表孝心。届时，很多城市和乡村都举行隆重的伴有烧烤饮食和游玩活动的盂兰盆节歌舞晚会或篝火晚会，人们穿着各式各样的传统和服兴高采烈、载歌载舞、喜笑颜开地欢度节日。留学日本期间，有幸参加了日本岐阜县柳津厅举办的盂兰盆节，很是难忘。

11月15日是“七五三节”。日本传统习俗认为儿童三岁后进入儿童期。男孩五岁才可以穿男式和服，女孩七岁才可以穿女式和服，由此得名。过节当日，父母亲们为所有年满三岁和五岁的男孩及五岁和七岁的女孩梳妆打扮，让孩子们穿着漂亮的传统和服随父母逛寺庙、祭拜神社。父母亲们还给孩子买千岁糖果，做红豆米饭吃，十分热闹。

此外，还有中秋赏月、圣诞节、年末聚会（也叫“忘年会”）等节日，这里不再详述。

三、各地乡土气息浓郁的祭典节庆活动

日本尽管地方狭小，陆地面积不大，但各地都有独具特色的富有浓郁乡土气息的祭典节庆活动。据不完全统计，这种活动在全日本共有二、三十多项，其中最有名的包括札幌的冰雪节、滨松市的风筝节、滋贺的锅冠节、东京的山王祭、京都的祇园祭、大阪的天神祭、秋田的竿灯祭等。下面简要介绍冰雪节和风筝节。

札幌的冰雪节，在每年2月的第一个周末举行。这个节日是日本最北边北海道市1950年正式命名的一项冬季游玩活动，十分有名。节日期间，在札幌市中心，人们可以尽情地欣赏到由来自全国各地的冰雪雕塑工作者和业余爱好者，用各种工具把冰雪精细制作而成的花卉、鸟兽、人物和建筑物等各式各样的动植物冰雪雕塑作品。公园、广场、街道等整个城市被冰雪制作的各种艺术品装饰和装点着。夜晚在各种灯火的映衬和点缀下，冰雪雕塑品晶莹剔透、异彩纷呈、光洁亮丽、令人神往。每年吸引着来自日本国内和世界各地数百万游客前来游玩。

滨松市的风筝节，是日本本州中南部城市滨松市每年5月举办的放风筝比赛活动。届时各路风筝爱好者，携带各式各样大大小小的风筝云集此地，在组织者的号令声中，五彩缤纷的风筝随风而起，直奔蔚蓝的天空而去，风筝漫天飞舞，飘飘停停，十分壮观。吸引着成千上万的游客前往观赏和游玩。

总之，日本的节日很多，每一个节日不仅富有神奇美妙的故事或传说，而且节日的仪式、礼俗、食品、服饰、音乐、舞蹈等文化现象都带

有独特的日本民族传统文化特征，为每一位欣赏者、游玩者留下深刻的印象和难忘的记忆。

（十八）惊险刺激的游玩：日本迪斯尼乐园

到了日本，不到东京迪斯尼乐园去游玩一番的话，肯定是一件十分遗憾的事情。我有幸在快要结束留日期限的时候，携带妻儿一起游玩了被誉为亚洲第一游乐园的东京迪斯尼乐园，乐园内那惊险刺激的游玩场景至今历历在目，令我难以忘怀。

一、迪斯尼乐园的兴起

1982 年，日本人在自己国家首都东京千叶县浦安市舞滨町建成了举世瞩目的世界性主题公园——东京迪斯尼乐园。这是依照美国迪斯尼乐园概貌和内涵由美国迪斯尼公司和日本梓设计公司合作修建的世界上最大的迪斯尼乐园。光主题乐园的占地面积就有七八十公顷，比美国本土的两个完整的迪斯尼乐园还要大。迪斯尼乐园正门的中心，是高耸入云的“灰姑娘城”主建筑，周围建造有冒险宫、世界著名故事、传说宫、风景宫、闲游宫、宇宙宫、幻想宫等多种主题的游乐场、游乐宫和游乐馆。每一个地方都配有详细的情节解说、游玩注意事项和背景音乐，很多地方摆满了各种各样琳琅满目、造型各异的商品和纪念物品。修建这座超级乐园，共耗资 1500 亿日元（约 10 亿美元）。日本迪斯尼乐园从 1983 年 4 月 15 日开园以来，已成为日本人和海外旅游者男女老幼各享其乐的旅游胜地，迪斯尼服装热、迪斯尼游乐热、唐老鸭、灰太狼等迪斯尼现象风靡日本全国各地，成为人们茶余饭后的话题和向往一游的旅游度假胜地。

据不完全统计，从 1983 年开始营业以来，日本迪斯尼乐园已接待游客 2.6 亿人次，1994 年至 2000 年连续 6 年每年进园游玩的人次比进美国本土迪斯尼乐园游玩的人次还要多，光 2000 年接待游客的人数就有 1730 万人次，早已收取了超数倍于投资总额的巨大利润。同时，从开园到现在，日本迪斯尼乐园还不断增添新的游乐场所、器具和服务方

日本迪斯尼乐园里例行的游行表演队伍正在表演

式以吸引更多的游客来此游玩，尤其是让已经来游玩过的人重新再来体验或尝试，使迪斯尼乐园保持着经久不衰的魅力和乐趣。1998 年 10 月，日本又在千叶县舞滨地区的东京湾畔动工兴建了耗资约 3380 亿日元（约 280 多亿美元），占地 47.8 公顷的汇集 23 个游乐项目、33 种餐饮设施和 32 家旅游商店的以海为主题乐园的东京迪斯尼海洋游乐园，继续服务和吸引着日本和世界各地的游玩者。

二、迪斯尼乐园的游玩项目

东京迪斯尼乐园主要由维多利亚王朝时代式街景的世界市集、冒险和传奇的探险乐园、西部开拓时代的西部乐园、梦境和童话的梦幻乐园、未来、科学和宇宙的未来乐园、新生物区和卡通城 7 个游玩区构成，每个乐园由众多的小主题乐园组成。整个园内的舞台、道路和广场上会有很多丰富多彩、惟妙惟肖、稀奇古怪、妙趣横生的化装表演和游行活动。世界市集、探险乐园、西部乐园、梦幻乐园和未来乐园五大主题乐园里共有 35 项精彩的表演，奇特、新颖、惊险、激烈、刺激等有声有色的情景和活灵活现的人物，使游客仿佛走进了另一个世界。在电子音响动作装置的驱动下，各种游乐项目都是活动的，全园 2000 多个人偶和动物偶个个惟妙惟肖、活蹦乱跳。以下是其中两个典型的主题乐园。

笔者携妻儿在日本迪斯尼乐园里游玩

1. 梦幻园

梦幻园是一个童话式的乐园。在这里可以遇到许多童话中的主人公如灰姑娘、匹诺曹、米奇等人物，也可以到小世界里去逛逛，一路听着优美的演唱，坐着小船，从欧洲、亚洲、非洲一直到中南美洲和太平洋诸岛领略和欣赏不同地方的奇风异俗和风土人情，最后在童声大合唱中结束“周游世界”的旅程。

2. Splashmountain（飞溅山）的游玩

飞溅山是类似于“激流勇进”的游乐项目，整个旅程是在一个神秘的山洞里进行的。载满游客的一艘艘小船在两旁错落有致的装饰或站立着小熊威尼、米老鼠、唐老鸭、大灰狼等迪斯尼家族中各式各样著名卡通人物的蜿蜒曲折的时而光影亮丽时而幽暗阴森的山洞里有序地漂荡而行，正当游客们悠然自得或嬉戏若狂地陶醉在美丽奇妙的童话世界里时，霎时间游船在一片水花飞溅、闪光飞逝中翻越最惊险的45度瀑布而下，游客们在魂飞魄散、惊恐万分中走出小船尽兴而去。

三、迪斯尼乐园出行指南

1. 交通出行：从东京乘坐 jr 京叶线电车到舞滨站下车，或乘坐地铁东西线到浦安站下车后，换乘巴士约25分钟到达，或在浦安站乘坐直达巴士约18分钟到达；从横滨站东口乘坐直达巴士约70分钟到达；从东京新宿站新南口乘坐直达巴士约60分钟到达；从成田机场乘坐直达巴士约50分钟到达；从羽田机场乘坐直达巴士约50分钟到达。还可以选择乘坐出租车或自驾车前往。

2. 门票：东京迪斯尼乐园白天的门票票价是5500日元，相当于750元人民币；晚上门票的票价是2000日元，相当于250元人民币。

（十九）归类有序的垃圾：日本垃圾文化

刚到日本的那天下午，负责联系我们的日本学生加藤同学带我们去伊藤洋华堂购物时，除了购买油、盐、酱、醋、米、纸、笔以外，还专门交代我们购买了黑白不同、大小有别的几包垃圾袋子。回到宿舍后，给我们详细讲解了哪些垃圾是可燃物，哪些垃圾是不可燃物，不同的垃圾怎么收拾，要什么时间去扔掉，扔到哪里等的相关知识，看起来十分繁琐，想想扔垃圾也是一门学问哦。很复杂的样子呢。在随后的日子里，我们遵照相关的知识和规定，处理每天产生的各种各样的垃圾。在日本社会里，无论是工厂、公司、学校等单位，还是家庭、社区产生出来的各种垃圾，都要根据日本处置垃圾的有关法律法规的规定，进行细致的分门别类后，才可以装入相应的垃圾袋子或垃圾箱里。而且，必须在相应的规定时间里，才可以处理掉的，显得十分规范和有序。这样的作法对一些初次去日本的人来说，是一件很不习惯的事情。那么，日本社会处置各种各样垃圾的方式是怎样发展起来的呢？具体有哪些做法呢？下面简单陈述如下。

一、日本垃圾文化的源流

日本人也不是生来就把自己产生出来的垃圾处理得好好的。据有关资料显示，日本在二战后的20世纪50年代至60年代初，经济快速发展的同时，各种人、各个地方生产出来的各种垃圾随处可见，环境遭到严重污染和破坏，到处脏乱差甚至臭气熏天，人容易生病，给人们的生产生活带来了严重的影响和不安。日本政府意识到问题的严重性后，及时采取措施，于1958年制定了《公共水域水质保全法》和《工厂排污规制法》，1962年制定了《烟尘排放规制法》，加强了日本全国性的环境保护工作。20世纪60年代至70年代，是日本经济飞速发展的时期。这个时候，日本社会的环境污染和垃圾公害问题日益显著。日本政府加大了对环境的保护力度，投入巨额资金，在进行科学研发的同时，加快立法步伐，强调依法治理环境污染的问题。于是，先后出台了《公害对策基本法》、《大气污染防治法》、《噪音规制法》、《水质污染防治法》、《海洋污染防治法》、《恶臭防治法》、《自然环境保护法》和《节能法》等一系列环境保护的法律法规，得到了各个地方的认真施行、严加管理和不断完善。到70年代末，日本社会的环境保护和垃圾治理问题已经初见成效，环境污染和垃圾公害的问题得到很大的改观。到了1993年，日本政府制定了《环境基本法》，进一步完善了环境保护的法律法规。2000年，日本政府又颁布《循环型社会形成促进基本法》，2001年实施《家电循环法》等多项法律法规的施行，着眼于全面、协调和可持续发展的长远路子，加强对农业、林业、城乡环境的保护力度和国际合作，使日本社会人人保护环境的意识深埋心底，并付诸于人们日常生产、生活中的点滴行为和行动上。

在日本，人们无论男女老幼，无论在何时何地，都不同程度地养成了自觉地收捡、分类和处理垃圾的良好习惯。而且，在家庭教育和学校教育中，不断得到强化、传承和发扬，形成了所有人都要遵循的一种生活方式和生存习惯。同时成为政府和普通居民必须严格遵守和认真执行的一件事情，谁也不能有半点虚假或马虎，否则，就会受到法律法规的惩处。如果某个人想偷懒而不按照规定处理垃圾，一旦被邻居或路过的人发现，是会遭到投诉和举报的。

二、日本垃圾分类特别细

长久以来，日本人在处理垃圾上养成了良好的习惯，对各种垃圾的分类是特别精细的。根据垃圾是否能够燃烧的不同性质，把所有垃圾分为可燃性垃圾和不可燃性垃圾。根据垃圾体积和规格的大小，可分为粗大垃圾、中等垃圾和细小垃圾。根据垃圾是否对人损害而分为有害垃圾和无害垃圾。根据垃圾能否可以回收利用，把垃圾分成可回收垃圾

（资源类垃圾）和不可回收垃圾（非资源类垃圾）等。而且每一类大的分类下面还有很多小的分类。如可回收垃圾可为布料、废纸、塑料、玻璃和金属五大类。这五大类具体可以按如下再细分类：布料包括旧衣服、桌布、毛巾、书包、鞋等。废纸包括报纸、图书、期刊、广告纸、包装纸、办公用纸、纸盒等，其中纸巾和厕所用纸因水溶性强而归为不可回收垃圾。塑料包括塑料袋、塑料包装物、塑料餐盒、塑料餐具、塑料牙刷、塑料杯子、塑料水瓶、塑料牙膏皮等。玻璃包括玻璃瓶、玻璃碎片、暖瓶、镜子、灯泡等。金属包括金属杯、金属盒、金属易拉罐等。这五类分别分出若干小类后，各小类还可以再细分成更小的类别进行归类。而且，这种垃圾的分类法，在日本的都、道、府、县、市、町，各自都可以根据本地区或本地方的具体情况，制定更细的分类标准进行归类。

处理得一尘不染的日本田地

三、日本垃圾处理规矩多

日本人在处理和扔垃圾的时候，必须依据垃圾分类的明细规定进行归类、扔掉，以便垃圾处理公司按有关规定进行正确的回收和处理。否则，视为违反有关处理垃圾的法律法规是要受到惩处的。

因此，在垃圾归类上的规定是非常严格的。如在不可燃的垃圾中，如果有废弃或破损的玻璃、器皿时，这些东西必须拿出来，而不能与其他不可燃的垃圾混合放在一起。同属于资源垃圾的玻璃瓶和罐头瓶也分开装袋，而不能混装在同一个垃圾袋子里。

在垃圾处理上的规定也是非常严格的。如从家庭、餐馆、饭店里产生出来的剩菜剩饭、菜叶菜根、果皮等食品类垃圾，归类好后经垃圾回收公司回收后，运到规定处理这类垃圾的地方经生物技术处理后成为有机肥料再利用。废电池、水银温度计、过期药品等有害垃圾，必须通过特殊的安全处理程序。旧电视机、冰箱等粗大的垃圾，要与当地市、町政府的专业部门联系并交纳一定的运输费后才能扔到规定的地方或等上门来回收。

在扔弃垃圾的时间上，日本的各个地方都有规定一周里的哪天可以扔弃垃圾，哪天不能扔弃垃圾；哪天可以扔可燃性的垃圾，哪天可以扔不可燃性的垃圾；规定扔弃垃圾的那天，是几点钟之前或几点钟到几点钟之间可以扔弃等具体的什么日子和什么时间段里该做什么，都有明确的、严格的规定。如果不按这些规定的日子或时间段去扔弃垃圾是不行的。比如某个地方规定，一周里只有周二可以扔弃可以回收的垃圾，那除了周二这天以外，你都不可以去扔弃可以回收的垃圾。而且，周二这天，你去扔弃不可以回收的垃圾，你的行为就是错误的，是违反规定的。同样，规定是上午7点到9点之间或上午9点之前扔弃垃圾，而你却在上午7点以前扔弃，或在上午9点以后才去扔弃，也是不允许的，是错误的和违反规定的。因为日本有关垃圾处理的法律法规规定，某天扔弃的垃圾，必须由垃圾处理公司当天运走并进行处理。垃圾处理公司，也只按某天的规定，运送和处理当日应该扔弃某种性质的垃圾，而其他性质的垃圾是不会去运送和处理的。

在扔弃垃圾的地点上，日本各个地方的街道、社区的每家每户或每个单位、每个部门都有明确的各自扔弃垃圾的汇集地点。除了这个规定或约定俗成的汇集地点以外，只能放在家里或本单位本部门里，不允许扔弃在其他的任何一个地点。

综上所述，我们可以看到日本人是怎样对待自己生产出来的各种各样的垃圾的。我在日本留学期间，无论在繁华的大街小巷，清幽的公园田野边，还是僻静的山村小路旁，人山人海的旅游胜地，除了极个别公园出口处或自动售货机旁，偶尔整齐摆放着并在醒目处标清可以扔弃放入什么样垃圾的三五个垃圾箱以外，几乎看不到一片被随意扔弃的废纸，也看不到乱堆乱放的垃圾箱和垃圾站，听不到满街吆喝收垃圾的人，更看不到随意停在马路边或街角或房屋下收垃圾的铺点和垃圾车。在与日本大中小学生的十几次的各种文化交流活动中，或与日本友人一起到山村野外游玩、野炊时，每次参加的人都自觉地收捡各种垃圾，进行有序分类好后扔弃或带回学校后再分类扔弃的事情，一直触动着我并铭刻在我的心里。日本人为了更好地把各种各样的垃圾处理好，保护好环境，并做到人人知晓，人人遵守，人人履行，人人有责，在对待垃圾上是做足了功课的。日本各级政府除了适时制定各式各样的法律法规以外，还通过免费给市民、员工和外国人发送，用各种图案和颜色标注扔弃各种垃圾的具体日子和时间段的日历或画册进行无声的渗透、引导和宣传教育，努力做到家喻户晓，老幼皆知。而且，在处理垃圾的问题上，日本各地的人都是真诚相待、互相提醒和相互监督的，个人也是高度重视和严格遵守的。因此，在整个日本，人们对待垃圾是一丝不苟的，是严格按有关规定执行的。如今，在日本，在处置垃圾的问题上，已经形成一种独特的垃圾文化现象了。

（二十）革新不断的教育：日本教育文化

去日本国以前，在读中学和大学的时候，就听老师讲过日本教育怎样发达，怎样促进国民经济的发展，怎样提升整体的国民素质等言论，也从一些新闻媒体和书籍上看到介绍日本教育方面的知识，但对整个日本教育的了解和掌握还是很少的。通过在日本留学一年中对日本教育的了解，多次跟中小学生的交流，参与实地考察和学习体验，翻阅不少日本教育方面的书籍，我对日本教育有了比较全面的认识。无论是日本的古代教育还是现代教育，在漫长的历史长河中，不断学习中国和欧美国家先进的教育思想、教学理念、教育内容和教育方法，以先进的教育理念武装国民思想，深化教育改革，逐渐形成了自己独特的教育体系、教育制度和教育文化，为日本在亚洲东部诸多狭小的岛屿中成长和富强作出了卓越的贡献，为日本国民综合素养的提升兑现了教育本身的功效，深刻地反映了日本教育的历史性、民族性、地域性、国民性和文化性的特点。本节顺着日本教育发展史的脉络，对日本教育进行一番简要的梳理。

一、明治维新前的古代教育

纵观日本的教育史，不难看出，以日本明治维新时期为分水岭，明治维新以前属于日本传统的教育阶段，属于日本古代教育的范畴。日本的古代教育跟世界上绝大多数国家一样，经历了无文字时代到有文字时代的教育。从以狩猎采集为生到制作弓箭、陶器的时代，是典型的日本无文字时代的教育。这个时期，人们之间、一代代都是口耳相传和手把手地传承和教育着流传在人间的各种神话、故事、传说和狩猎、制作弓箭、陶罐的技艺知识，以及天象、物候、农业生产生活知识。日本人以口述等方式，将本民族的民间故事、文化知识、生存技能和历史记忆一代代地传承下来。直到公元三四世纪的时候，包括儒家思想、天文历法、中医治疗、纺织工艺、造船技术和佛教经典在内的大量的中国文化传入日本以后，中国的汉语汉字不断输入日本。一时间，在日本上流社会兴起汉语、汉字的学习和教育风气，在宫廷里建立私塾学校，开始宫廷教育，皇太子及皇族和宫廷贵族子弟都要接受宫廷教育，开展中国语言文字和文化知识的学习。因此，在早期的日本历史文献等各种书籍都是用中国的汉字写成的。

在圣德太子 593 ~ 622 年摄政期间，他大兴文化教育事业，在日本各地创立了很多佛教寺院，传播佛教思想，宣扬孔子哲学，向中国隋朝派遣使臣、僧侣和留学生，吸收中国文化和佛教文化，照搬中国的封建制度和习俗文化。646 年，孝德天皇颁布“大化改新”的诏书，建立中央集权的封建制国家。日本开始设官治学，仿照中国隋唐朝代的教育制度，建立起日本贵族教育制度，大兴土木，兴教兴学。668 年，日本开始设立大学，招收商贾、贵族子弟入学，广开教育之路。在大学里接受教育的达观贵族子弟被称为博士学生。701 年，日本颁行《大宝律令》，正式以律令的形式确认“大化革新”以来的各种措施。在《大宝律令》中的“学令”教育部分，设立了学制，对大学和国学作了明确的规定。在日本京都设大学或称为大学寮的教育机构，专门教学汉学。在各个地方设立国学，专门教学日本宗教、伦理道德及语言文化知识。到了公元7世纪以后，一些僧侣和文人智者在反复研读、研究中国文字后，借用中国汉字的偏旁部首，以中国字形为基础，创制了与“真名”即汉字相对的假名，包括平假名和片假名。这就是日本人自己的文字。日本社会在学习知识文化和日本语言文学的过程中，进入了以日本文字、中国汉字、罗马字、阿拉伯数字以及外来词翻译为主的教育和书写的时代，并以此来表达日本人自己丰富多样的思想情感和文化内涵的传承与传播，使日本的古代教育有了很大的发展，有了质的飞跃。日本各地出现了三种教育教学形式，即官方设立的大学及国学、一些僧侣或学者开设的私塾及家学和个体家庭开展的家传家训等。三种教育教学模式蓬勃发展起来。到了平安时代（794～1192）中后期，由于社会动荡等诸多原因，官方设立的大学和国学逐渐衰落，私学不断发展壮大，佛教经典教育兴盛，寺院逐步成为教育教学场所，僧侣和武士贵族阶层不断发展壮大，逐渐掌握了国家的政权，把持了教育的要领。1192年后，日本社会进入镰仓幕府时期，日本各地战乱纷纷，中国文化知识的教育开始衰落，官方的大学和国学走向末路，崇尚武士道精神的重武轻文的武士教育和寺院教育开始活跃兴盛。

1603年到1868年的260多年间，日本进入了史称“江户时代”或“德川幕府时代”。德川家康在1603年脱颖而出，获取“征夷大将军”的称号后，在江户（东京）建立幕府政权，在全日本重新恢复了中央集权统治，日本的教育事业得到了长足的发展。在这一时期，日本德川幕府为了统治的需要，十分重视教育，大力尊崇中国宋朝儒学家朱熹创立的朱子学，极力倡导日本传统宗教神道思想，重新恢复官办的大学和国学。与此同时，兴起“兰学”，从荷兰人那里了解、学习和掌握西方的科学文化知识。日本的教育文化事业开始复兴，儒学、和学、兰学等各种教育流派的教育思想、教育理论、教育制度、教育内容和教育方法交融发展，逐步形成了多样化的教育机构和办学形式。在日本各地出现了幕府直辖的大学和国学的学校、武士阶层置办的藩

日本大学生制作的机器人

学寺院和广大有识之士举办的民众教育所三种办学机构，逐渐形成了以传播中国汉学为己任的儒学中心、以传播日本文化知识为主的国学中心和以传授西方数学、军事技术、语言文学等为主的西方科学文化知识的“兰学”中心等各种各样的教育教学中心。还有，主要传承武士道精神教育的藩学和传播西方医疗知识的医学也得到了很好的发展。包括乡学、私塾、寺子屋、心学等各种类型教育的民众教育机构，在日本各地到处建立，生机蓬勃。尤其是，开设在城市里的私立学校寺子屋，在传授平民百姓子弟的读、写、算术等知识中名噪一时，非常活跃。这样，日本社会的皇亲贵族、武士僧侣和广大平民百姓的子女都能够受到各种很好的不同程度的教育，整体的国民素质得到了较好的提高；日本的公立学校教育和私立学校教育开始并存发展，为明治维新以后整个日本的教育改革、初等教育的普及和全面学习西方科学文化知识等各方面奠定了坚实的物质基础和思想基础，作出了应有的实践上和理论上的探索。

二、日本明治维新到二战结束前的现代教育

日本人的历史走到 1868 年的时候，风云突变。日本社会以下级武

士阶层为主导力量的资产阶级革命倒幕派，推翻了德川幕府的封建集权统治，建立了推崇资本主义社会文明的明治政府，历史上称为日本“明治维新”。明治政府以“文明开化”、“富国强兵”等口号为国家建设的总目标，推行教育事业的改革，全面推动向西方资本主义的文化知识和科学技术学习的路子，以保障日本的独立和富强而避免受到西方资本主义国家的侵略。为此，明治政府于1871年“废藩置县”，设立外务省、文部省等政府机构，规定政府官制和职责，确保中央政府对全国各地的直接统治和管辖。其中，文部省就是全权负责全国的教育事业，推动学校教育制度的改革和创建的机构。1872年，日本明治政府进行第一次教育改革，颁布了以法国的教育制度为模板的《学制》令，开始进行教育改革，日本现代国民教育制度由此诞生。《学制》令规定，日本政府在全国设立大、中、小各级各类学校，日本的国民教育体系由学区、学校、教员、学生、考试、学费、海外留学等各个部分组成，并作了详细的规定。把日本全国分为8大学区，每个学区设立1所大学和32个中学区，每个中学区下设210个小学区，计划设立5万多所小学校。在教育行政管理方面，实行中央集权管理，由文部省统一负责。在文部省内设立督学局，宏观上负责全国教育事业的实施。各大学区设立督学，负责与地方官员商讨督办区内的学校建设和教育事务。各中学区设立监督，负责管理和监督学区内的教育教学事务。明治政府《学制》令的颁行，使日本全国各地的教育事业开始蓬勃发展起来，标志着日本现代国民教育制度的开始。

从1873年到1878年，日本全国各地建立起来的小学校数量和在校学生的人数都大大增加，适龄儿童入学率也有了明显的提升。在教育内容方面翻译了不少欧美国家公立学校的教材，出版了许多小学课本，注重西方科学知识的学习。1877年明治政府把东京开成学校和东京医学学校合并后改名为日本东京大学，建立了日本第一所现代大学。不过，在《学制》令的实施过程中，由于国家财政的吃紧，人们的教育税费和学杂费负担过重，不少地方出现毁坏学校的事件。同时，在教育计划执行过程中和使用翻译教材的教学过程中也遇到了很多困难。《学制》令的实行，除了在小学教育的普及上、师范教育制度的建立和教育事业发展的推动上起到了积极的作用外，其他方面的改革没有取得实质性的成果。因此，日本政府开始修订小学课本和课程教育教学内容，于1879年废除《学制》令，颁布《教育令》。《教育令》与《学制》令的最大差异是，中央政府把教育管理权进一步下放给地方，放松对地方教育事业的控制，由地方民众选出学务委员会来管理学校，灵活掌握儿童接受小学普通教育的时限。但是，《教育令》颁布后的第二年又作修改。中央政府再次加强了对公共教育事业的控制，将基础教育阶段的4.4分段学制改为小学初等科3年、中等科3年和高等科2年三个阶段，以初等科3年作为国民教育的最低标准。这样，日本开始步入稳定的正规的基础教育阶段。

随着日本资本主义经济制度的不断建立，日本政治制度也发生了翻天覆地的变化。1885年，日本废除了太政官制，建立内阁制。日本的国民教育制度也随着政治体制的变化而变化。1886年，日本政府制定并颁布了包括《小学校令》、《中学校令》、《帝国大学令》、《师范学校令》在内的独立法规——《学校令》。其中，《小学校令》的规定中恢复了4.4分段制的《学制》，即4年制初小和4年制高小。4年制初小实行义务教育，要求每个日本学龄儿童必须在小学修读四年。《中学校令》的规定中将中学阶段分为5年制的寻常中学（后改称为中学校）和3年制的高级中学（后来升格为高等学校）。《帝国大学令》的规定中将帝国大学分为大学院和分科大学。在大学院里专门培养研究型人才。在分科大学里设立法、理、医、工、文5个学院，培养适应国家需要的管理人才和科技人才。《师范学校令》的规定中将师范学校分为普通师范学校和高等师范学校，培养德才兼备的中小学教师和普通师范学校的教师。《学校令》的颁布和实行，建立了以小学校教育为基础，适当发展初等教育、中等教育和高等教育的日本近现代学校制度，学校的教育体系由小学、中学、大学和师范学校构成。1889年颁布大日本帝国宪法，正式确立了君主立宪制的政治体制，大力推行对外扩张政策。日本的教育开始为国家的富强和维护国家的政体服务，推行国家主义的教育思想。1890年，日本政府颁布了以儒家忠孝、仁爱思想为教育目的教育内容和推崇资本主义伦理道德的《教育敕语》，规定了日本教育政策方向，确立了日本国民道德品质教育的基础。1900年，日本政府颁布了《小学校修改令》，确定4年义务教育制的真正实施，推动小学教育的普及。与此同时，日本政府开始进行资本主义产业革命，在制丝、纺织、铁路等各个生产领域需要更多技术力量和文化知识的支撑，职业教育迫在眉睫。日本政府参照德国的经验，于1893年和1894年，制定并颁布了《实业补习学校规程》、《徒弟学校规程》、《实业教育国库补助法》和《贸易学校规程》等各项法令，为日本发展职业教育奠定了基础。1899年，日本政府修改《中学校令》，制定《高等女学校令》和《实业学校令》，确立了职业教育制度。1903年颁布《专科学校令》，正式将高等专科学校制度化，承认私立高等专科学校的法律地位，推动中等教育和高等教育的发展。日本各地的职业学校和高等学校相继建立，如京都帝国大学（1897年）、东北帝国大学（1907年）、九州帝国大学（1910年）、北海道帝国大学（1918年）等。

笔者与日本女大学生合影

20世纪初，日本通过中日甲午战争和日俄战争获得飞速发展，日本国由资本主义国家发展成为帝国主义国家。为适应日本帝国主义对外扩张侵略和经济发展的需要，日本政府推动发展职业教育，不断改革和发展高等教育，强化军事思想教育。1917年，日本政府成立临时教育会议，重新审查日本的教育，提出改革教育制度的各种建议。1918年，日本政府公布《高等学校令》和《大学令》。《高等学校令》的规定中除国家办学外，允许地方和私人办学，强调高等学校教育的目的，进一步加强国民的道德教育。《大学令》的规定中除国家办的国立大学外，允许地方和私人团体设立公立大学和私立大学，强调大学的目的就是为国家的需要服务。据不完全统计，1918～1929年，日本的高等学校数由8所增加到32所，大学由5所增加到46所。在校生分别从几千人增加到几万人。

第二次世界大战期间，日本实行战时教育体制。1937年，日本政府成立了教育审议会，负责审议教育制度和教育内容，先后公布各种文件，全面改革教育制度，正式确立了法西斯军国主义的教育体制，加强法西斯统治的教育制度。1938年，日本政府颁布《国家总动员法》，在全国全面征用劳动力，加强人们的思想控制，培养效忠皇权的国民，强迫学生服兵役，时刻准备奔赴战场。1941年，太平洋战争爆发后，全面动员学生参加军工生产和军事训练，随时应征到前线去打仗。1945年5月，日本政府公布《战时教育令》，规定在全国各地除了国民学校初等科以外，其他学校一律停止上课，广大学生到工厂劳动或应征入伍。到1945年8月战争结束的时候，日本的各级各类学校已经满目疮痍，教育内容机械单一，教学运行几乎陷入瘫痪状态，教育制度处于崩溃的边缘。

三、二战结束后到现在的当代教育

1945年8月15日，日本战败投降，以美军为主的盟军占领了日本。1946年4月，美国教育使节团提出全面改革日本教育的报告书，仿照美国的教育制度，指导战后的日本教育改革。历史上被称为日本国民教育制度的第二次教育改革。1946年8月，日本政府成立教育制度刷新委员会，全权负责日本教育改革的实施计划。该委员会根据美国教育使节团的报告书和1946年颁行的《日本国宪法》草拟《教育基本法》和《学校教育法》，提出《关于中央教育行政民主化》、《关于中央教育行政机构》和《文部省设置法》。1947年3月，日本政府颁布《教育基本法》、《学校教育法》和其他教育的法律法规，对日本教育进行全面的改革，与1890年颁行的《教育敕语》决裂。改革最为显著的是整个日本的教育，在立法上，教育实行“法律主义”，采用地方分权制，废弃中央集权制，明确规定文部省的性质和职权范围以及地方教育委员会的职权。1948年7月，日本政府颁布《教育委员会法》，明确地方教育委员会制度，规定日本都、道、府、县及市、镇、村各级均设立教育委员会，统管各级各自的教育行政事务。1949年6月，日本政府颁布《社会教育法》，规定在日本全国各地建立公民馆、图书馆、博物馆、青少年之家、儿童中心等进行社会教育的公共机构，以社会教育的内容提高广大民众和学生的综合素养和文化水平。1950年，全面建立了新的日本教育制度，重新规范了日本教育的学制年限、教育内容、教育管理、办学思想等教育体制和机制，各级各类学校获得了新的发展。根据新的教育制度，日本国民的教育划分六个阶段：第一个阶段是幼稚园，实行3~4年的教育，年龄在2~6岁的学生入读，进行学前教育。第二阶段是小学校，实行6年的教育，年龄在6~12岁的学生入读，进行小学阶段的教育。第三阶段是中学校，实行3年的教育，年龄在12~15岁的学生入读，进行中学初级阶段的教育。第四阶段是高等学校，实行3年的教育，年龄在15~18岁的学生入读，进行中学高级阶段的教育。第五阶段是大学，实行2~6年的教育，年龄在17岁以上的学生入读，进行高深知识的专业教育。第六阶段是大学院，实行2~6年的教育，年龄在18岁以上的学生入读，进行高深知识的教育与分析研究。其中第二和第三阶段的教育是义务教育的年限，是国家规定的属于强制性的免费的学校教育。这样，日本国民教育基本学制就形成了6.3.3.4的新学制，即小学六年制，初级中学和高级中学各三年制，大学本科四年制的学制年限。每年的学年从4月1日开始到次年的3月31日结束。每学年分三个学期，各个学期之间有暑假、冬假和春假。星期一至星期五全天上课，星期六上半天课。拟决定从2002年起实行周一到周五上课，周六、周日休假制。日本的国民教育除了这个体系的国民教育以外，还针对身心有缺陷的国民的教育，制定了比较完善的特殊教育制度，如聋哑学校教育、盲人学校教育、养护学校教育等特殊学校教育的教育体系。

1950年，日本政府成立隶属文部省文部大臣咨询机构的由60名委员组成的“教育课程审议会”，负责对幼稚园到高中教育阶段的课程进行审议咨询后向文部大臣提出建议。1952年，日本政府成立隶属文部省文部大臣咨询机构的由20名委员组成的“中央教育审议会”，负责对教育、学术、文化等方面的调查和审议后向文部大臣提出建议。1952年4月，日本和同盟国签订的旧金山和约生效以后，日本在政治上获得“独立”。1953年“中央教育审议会”答审有关义务教育的问题。随着日本经济高速增长，社会政治和科学技术不断发生变化，新的教育制度显现出不能适应日本社会变化、经济发展和工业产业的增长对新型职业技术人才的需要等弊端。1956年6月，日本政府再次颁布《关于地方教育行政的组织和经营管理的法律》，在教育管理体制方面做了若干的重大调整，教育委员会由选举制改为任命制，强化了教育行政管理的集权制。1956年11月，日本经济产业联合会发布《关于适应新时代要求的技术教育的意见书》，要求培养科学技术人才，强调理工科教育和职业技能技术教育等诉求。随后，日本政府多次修订《学校教育法》等法律法规，对学校教育内容和管理体制作出修订。1962年，设立招收初中毕业生的5年制高等专科学校。1964年，从法律上正式承认修业年限为2~3年的短期大学。1966年“中央教育审议会”答审日本“应该培养什么样的人”的问题。1967年，设立商船高等专科学校。1967年7月—1971年7月，文部省发布《今后学校教育的综合扩充与整顿的基本措施》咨询文，引起了日本社会的一场争论，历史上被称为日本国民教育制度的第三次教育改革。文部省制定并施行了若干教育改革措施，但由于国内外经济形势的变化，不久第三次教育改革就被迫中断。1971年，设立无线电工业高等专科学校。1976年，设立修业年限为1~3年的专修学校。这样，日本全国各地雨后春笋般建立了很多各种类型的职业教育学校，专门为各行各业培养急需的技术人才和技术工人。于是，日本教育呈现出灵活多样的办学风格和形式多样的办学机构以及多层次的教育模式，教育经费的投入不断增长。据有关资料显示，“从1961年到1970年间，日本的国民生产总值增加3.5倍，国民收入增加3.4倍，教育费总额增加3.7倍。”可见，这十年的时间里，日本国教育经费的投入超过了其国民生产总值和国民收入的增长率，步入“教育先行”的时期，确保了日本各项教育事业迅速发展。

1984年8月，日本政府成立隶属首相咨询机构的“临时教育审议会”接受首相咨询，审议《为使教育适应我国社会变化和文化发展而进行的各项改革的基本方针》，分别于1985年6月、1986年4月、1987

年4月和1987年8月发布，继续第三次教育改革，建立日本教育改革推进体制，制定一系列教育改革法案和具体措施以及教育改革路线。强调日本的国民教育要“重视个性”、“向终身教育体系转变”和“适应国际化、信息化时代的变迁”等教育改革理念。1995年，“中央教育审议会”答审“面向21世纪我国教育应该怎样”的问题，建议从21世纪开始学校实行双休日制并于2003年正式实施。1997年，“中央教育审议会”进一步提出教育要“根据每个人不同的个性和能力采取不同的方法、内容和结构”实施教育，要从“重视形式上的平等”向“尊重个性的教育”转变等一系列教育改革的理念。1998年2月，教育课程审议会提出从2003年起全国所有小学都要开展信息教育和国际理解教育等课程改革意见，提倡学校教育、社会教育和家庭教育协调并行发展的全方位教育理念。总之，日本教育制度改革的最终目标，就是“要为一个和平而民主的国家培养出自信、尊重人权、爱好真理及和平的国民”。当然，国内外政治、经济形势变化不定，社会风气和自然灾害也变化莫测，校园暴力和就业压力层出不穷。因此，日本的国民教育制度必须顺应时代变化而发展变化，才能适应21世纪政治变化、经济发展和科学技术进步的新时代。

综上所述，我们可以看出，日本的教育经历了古代教育、近现代教育和当代教育的历程，不同时期的教育与当时的政治、经济和社会的发展变化有着密切的联系。无论是教育制度、教育理念、教育行政还是教育内容、教育方法、教育手段等教育的诸多元素，都是随着政治的变化而变化，经济的发展而发展，社会的变革而变革，都是为当时的政治、经济和社会的发展变化服务的。教育教学内容和教育制度本身的发展变化也深受当时政治、经济和社会发展变化的影响。整个教育和教育制度富有浓郁的民族性格和民族文化的内涵和精神气质。日本的教育，在漫长的历史长河中，在各个朝代里，不断学习和引进外国的教育思想、教育制度和办学理念等教育体系，并在不断的发展和变革中逐步规范化、制度化、多样化和本国化，逐渐形成适应本国国情和民族文化特性的教育模式、教育制度和教育体系的同时，与世界上其他国家的教育体制保持着密切的联系。实施各种教育的教育机构——日本学校，从投资办学的主管部门看，有国家投资设立的国立学校，有都、道、府、县投资设立的公立学校和民间私人投资设立的私立学校。这三种类型的学校都有幼稚园、小学、初中、高中、高等专科学校、专修学校、短期大学、大学、大学的大学院、大学和短期大学的通信教育学校、盲人学校、聋哑学校、养护学校以及培训学校等其他各种学校。每一类学校都在《日本国宪法》、日本《教育基本法》和日本《学校教育法》的法律法规框架内执行着各自的职责和职能，为日本政治、经济、文化等国计民生服务，为日本的富强和国民素质的提升发挥着自己的功效和力量。

第二章　留日散记

自上小学四年级以后，我对语文就产生了浓厚的兴趣，以至于老师说的每句话我都十分的相信。尤其在写作上，我从语文老师身上继承下来的最得意的东西就是喜欢用笔写写画画，尤其是记一些每天发生的事情，也就是说养成了所谓的记日记什么的。故而，从小学到中学毕业，参加高考，我的语文成绩都不错，特别是在写作文上，还参加过好几次省市举办的作文竞赛并获奖。直到上大学的时候，喜欢写写东西、记记日记等习惯一直没有丢掉。当然，所谓的日记是每天都要写的，只是慢慢地，我已经没有再坚持每天都要记的习惯了，而是改成有感而发，有事就记，有用才写的习惯了。所以，辑录在此的在日本留学期间的所见所闻、所思所想的东西，已不是严格意义上说的日记了，而是一些散记或者游记吧。在本书里，姑且把这些文字称作留日散记吧。以此作为我留学日本的轨迹遗存依据，还诚望广大读者批评指正哦。

（一）二〇〇二年四月

4月5日　阴转晴

今天是2002年4月5日。从今天起，我想把一些大事情简单记录一下，以便日后有个回忆的证据。今天一早，急急忙忙在大雾中颠簸了几个小时后，终于到达天津机场登机。在蔚蓝的天空中飞行了3个多小时后，我们的飞机终于落地了——落在了异国他乡的日本国了，很是兴奋。第一次踏出国门，来到日本留学，很是新鲜。有好多好多要记的，但有些累了，明天开始认真记吧。

日本大学生在展示书法字

4月6日　晴

第一次来到日本，对很多事情都感到有些稀奇。早晨醒来时还不到7点就睡不着了，赶紧起床洗漱后出门一看，所住的房屋周围都是人家户和一块一块不太大却整齐有致的菜地。而后一路上骑着自行车来到了学校，穿过很多农田，农田边上有些错落有致的房屋。学校所在的地方四周都是农田，应该属于农村吧。昨天大约北京时间2点到达名古屋机场，2：50左右到所住寮（公寓）外转一圈，认识认识后约3点左右来到学校。学校给我们一人发一辆五六成新的自行车，然后由会讲一些中国话的日本人——加藤先生（学生）带我们到伊藤洋华堂购物中心去买东西。第一次在日本超市里买东西，也不知道买些什么，就随意地买了酱油、醋、盐、米、牙膏、牙刷、垃圾袋等日用品就回公寓休息了。

学校大楼一角

日本机械化农业

4月10日　晴间阴

开学仪式。一年级新生坐车到一个大会议厅里，具体没看清楚是什么地方。回来后一问，才知道是在岐阜县里，日本岐阜圣德学园大学分校的大礼堂里举行的开学仪式。开学仪式很正规，学生们都穿着正装，都是清一色的装束。坐在主席台上的人也都是西装革履的，一本正经的哦。至于开学仪式上讲的什么，真的没有听懂什么。

4月17日　晴

下午1：30，在学校教务课长和国际交流处田口的带领下，拜访了日本岐阜县羽岛市柳津町町长。町长看起来像是一个不错的人。听他问寒问暖了一阵后返回，约3点钟回到了学校。参观学校的基本设施，听取电脑室、图书馆等各种教学设施的介绍。图书馆的硬件比较先进，但看书的学生很少。5：30，在校门口集合后，去羽岛市一个俱乐部或者叫会所，参加准备在那里举办的日本小学生“世界料理”准备会。到了后简单吃了点饭，之后，分组与日本小学生定下了做菜所需的各种材料后返回宿舍。

4月25日　阴

去京都参观本源寺。据说本源寺是岐阜圣德学园大学创办的神圣寺庙。这个寺很大，由很多间不同的房屋构成，里面摆放或收藏有不少的文物，还有很详细的寺庙的历史源流的见解和图画等。但由于一年级的新生全都去，人实在太多，加上语言还不够听得清楚及还处于来日本不久后的适应之中，自认为没有太多吸引人的东西，就只好排在熙熙攘攘的人流后面走马观花了。约两个小时的时间，我们就参观完了。然后我们这些中国留学生，在学校留学生管理课、学生处和教务课老师的带领下，自己自费参观了在《标准日语》书上介绍过的有名的清水寺，门票是300日元。清水寺坐落在一座小山上，远远看去蛮有景致，很让人向往的。然而，整个上午参观的这些日本寺庙都比较小，但很美丽、很雅致、很干净、很幽静的错落有致的庭院比较多。庭院里长满许多花草、树藤，还有一些白色的沙子和黑色的岩石，给人很古老的感觉。参观的人很多，环境也很清洁优美。古老的寺院旁边有很多新建的高楼大厦，整个地方看上去既古朴又现代。

（二）二〇〇二年五月

5月1日　晴

今天日本岐阜圣德学园大学为我们三个来自中央民族大学的交换留学生举行欢迎仪式。参加仪式的有学校领导和各个部门不认得的负责人。仪式从下午5：30开始，在学校不大的会议室里举行。会议室的墙上挂上了中、日两国的国旗，特有意思的。仪式上我们自我介绍后，日方的老师还介绍了我们两校交流合作的基本情况，所有参加的人都吃日本式的饭菜，边吃边做简单的交流。对我而言，由于我的日语说得还不太流利，对方说快了，有些听不懂，这是个烦恼的事情哦。

5月11日　晴间阴

今天下午去羽岛市履行4月17日预约的通过饮食渠道与日本小学生联谊的事情，正式与羽岛市小学生进行交流，交流的目的是促进日本小学生了解日本以外的饮食文化。交流的形式是日本小学生与包括我们三个在内的在日本岐阜圣德学园大学留学的中国留学生一起做饭菜吃。主要是用一两周前，已经准备好的菜肴材料和做菜的方案，跟日本小朋友一起现场做，做些中国菜让他们尝尝。根据之前准备好的情况，格老做了个麻婆豆腐，彭老做了个鸡蛋炒韭菜，我做了木须肉，并临时加做了一份尖椒肉丝，结果大受欢迎。做菜时，每个组都有三五个日本小朋

校庆日学生的活动安排表

友当帮手。他们帮着洗菜、传菜、洗碗、拿盘子等，还一边问我们做什么菜，怎样做，怎么生火，油盐酱醋各用多少等许多问题。从今晚的表现看，日本的这些孩子动手动脑做家务的能力非常强，很少有偷懒的。

5 月 15 日　晴

下午 3：00，校长在办公室接见了我们三个交换留学生，寒暄了一阵子。校长谈了一些中国内地实行汉字简化的问题，也说了一些中日都有汉字的事，看起来校长在文学、文字方面很有建树。同时嘱咐我们好好在日本学习、生活，有什么事就尽管开口之类的话。

5 月 31 日　阴转晴

今天，举世瞩目的世界足球杯开幕仪式在韩国举行了。我买了很多花生米、豆腐干之类的能下酒的小吃和一箱本生发泡啤酒等酒菜，与彭老、格老、张同学、成同学、李同学、金同学等中国留学生一起，在本寒舍“大闹天宫”。我们边喝、边闹、边聊、边看，一直搞到深夜 2 点多钟，才各奔西东，四处就寝。来到日本已经快两个月了，还没有这样“疯”过呢。让人扫兴的是，法国队根本不像上届世界杯的冠军队，除了整场比赛被塞内加尔队灌进了一个球外，自己却没有任何建树。

笔者一行与时任日本岐阜圣德学园大学校长留影

（三）二〇〇二年六月

6月5日　晴

今天没课。整天就在宿舍里学习日语，做作业。直到下午4点左右，闫同学来坐了一会儿，聊了他回家的情况。他走后大约在5：35，与彭老一起去伊藤洋华堂超市逛了逛，在超市里转了一圈又一圈后，买了点菜和面包。超市里货物琳琅满目，应有尽有。在很多减价的商品和促销的摊位里，漂亮的姑娘不时地吆喝或招呼顾客去品尝手中小杯饮料或小块肉的情景，一幕幕难以在眼前消失。这些商品上都标有优惠多少的醒目标签，最多的是打五折。我拿了一些打五折的饮料等物品看看，其尝味期限即食品过期的日子是当天或第二天的，眼看就过期了的食品，不打折卖还有谁买呢。据说，打折卖也只能打五折，卖不出去的食品饮料，过期当天晚上，是要连夜从超市里搬运出去，到指定的地方销毁掉的。是真是假也不太清楚，也许这就是我们上大学的时候，在《政治经济学》中学到的，资本主义社会里，资本家宁愿把过剩的食物毁掉也不给工人阶级享用的事例吧。

6月6日　阴

今天是来日本后的第三个月开始。白天上了一天课，下午打了一会儿乒乓球。晚上，闫同学回国归来，带了两瓶二锅头酒到我的宿舍里来喝喝，找我们聚一聚。结果在日本岐阜圣德学园大学留学的好多中国留学生都来了，还买了一箱啤酒和一些菜，我把冰箱里所有能吃的东西都拿出来一起享用。另外，蔡同学也带了一箱啤酒来看格老，格老把酒也拿来一起喝了。所以，晚上我们一帮人欢聚一堂，白酒、啤酒一起喝。还边喝、边唱、边说、边聊，不知唱了多少首歌了，喝了多少酒了，依然猛劲不减。有的还喝吐啦！唉，真有意思啊！在异国他乡……

与日本小学生交流后留影

6月7日　阴间晴

今天真难受，因为昨晚喝多了，睡晚了。不过，不能耽误上课呀。于是，咬牙起床后直奔学校上课。上午上了四节口语课。下午去笠松中学校跟该校初三年级的一个班，共38名学生进行交流。我们去了8个留学生，格老、彭老、周同学、康同学、孙同学、王同学、乌同学和我。38个学生分成8个组，先是日本学生表演剑道、弹古筝和唱校歌。然后，由我们唱歌，我用彝语唱了一首彝族的祝酒歌。唱完歌后，分组交流。我分在第二组，组里有3个男孩，2个女孩，可惜名字一个也没有记住。交流时，先玩游戏，首先高个女孩读英语里的藏匿语，她看着地上放着20来张写有英文每一个大写字母并成图的卡片，宣读英语单音和英文意思的描述，看我们谁明白了，就把卡片拿起来放在自己的手上，看谁拿得最多，谁就是赢家。我还不错，拿了6张，排在第二名呢。第二次是高个女孩说单词，看谁最先找出或拿走卡片，结果我只抢到了4张，不行啊，这次排在后面了。游戏玩完后，简单做了一些交流，用日语或英语聊天。唉，英文都快忘光了，日语也没学会太多。真糟糕！

分组交流完后就结束了，结果组委会还给了我们每人买书的代金券1千元，可能算是劳务费了吧。

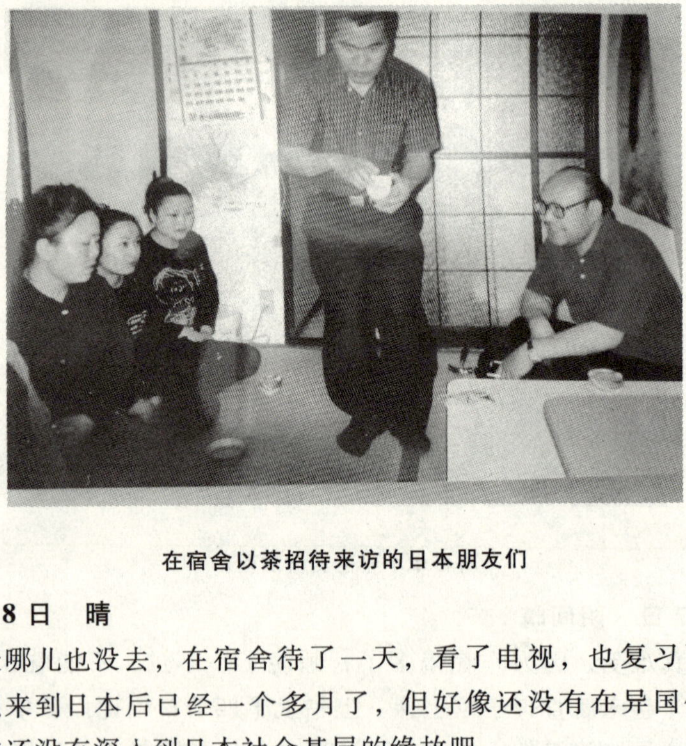

在宿舍以茶招待来访的日本朋友们

6月8日　晴

今天哪儿也没去，在宿舍待了一天，看了电视，也复习了一些功课。想想来到日本后已经一个多月了，但好像还没有在异国他乡的感觉。也许还没有深入到日本社会基层的缘故吧。

6月9日　晴间阴

今天上午睡觉、看书、复习功课。下午看足球、看书、学习。直到下午5：30分，骑着那辆有些破旧的自行车（因第一次发给我的自行车，不久后车链坏了，学校给我换了这辆更旧的刹车不灵的自行车），去羽岛市商场买东西。结果，在去的路上摔了一跤。因为骑车太快，转弯时，自行车未转过轮来就摔倒了。幸好只是小腿擦了一点皮外，没大事。来日本到现在，我已摔了三次了。第一次是离学校10米远的地方，因为下雨，可能也是骑车速度太快，加上没刹车的缘故，差点在丁字路口上碰上飞驰而来的汽车而拐进沟里。第二次是前不久的夜晚，从金同学他们那儿聚餐回来，因路灯不亮而没有看见路障而摔倒的。以后得注意了，事不过“三”嘛。“三”都过了是不是应该就不再摔了呢？还是多加注意的好。日本的交通行驶状况，很不像国内哦。

6月10日　晴

下午去上聊天课。聊天课的课堂，挺有意思的，对我来说太新颖了。在老师的指导下，两个人一起或几个人一起聊天，聊什么内容都可以。我和要好的日本学生聊了一些日本学生打工和书店、音像店里，设有成人区，有卖黄色录影、录像带的事情。当然，由于日语还不是很过关，所以，聊得很简单。日本大学生的课程，可真有意思，课堂运行的自由度比较高。

6月11日　晴

上午上课。下午黑田老师请假，没课。回宿舍休息，看足球。上午第一次自己独立去国际交流课，给平岗老师请假，居然能办成，很高兴。请假的内容是，明天去东京看完棒球赛后，我想独自去看望在东京大学留学的我妻子的姐姐和姐夫，顺便请他们带我去中国驻日本使馆办我们的留学证明，并且去找之前刚刚来日本讲学访问的住在东京文化大学的中央民族大学的李教授，取回他帮我们从国内带来的一些东西。

6月12日　阴

今天去东京是要参加日本岐阜圣德学园大学棒球队跟日本九中共立大学棒球队比赛中我方拉拉队的助阵的。比赛地点在东京明治神宫棒球场。

早上5：30起床，6：00从宿舍出发到学校上大巴车，7：00正式坐车从岐阜去东京。一路上不停奔波，约11：30在离东京不远的地方吃中午饭，下午1：10到东京明治神宫球场，2：00开始观看比赛。比赛场上，双方队员激烈交战，各有输赢。我离开时约下午4：00，双方战成4:4的比分。之前，本来我们这边一直领先4分，好长时间对手都

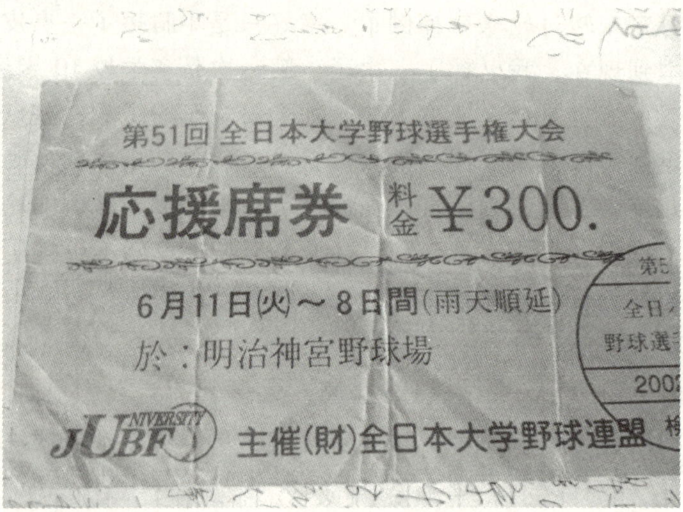

去东京观看棒球比赛的入场票

没赶上，结果人家抓住机会，一圈就得4分。最终比赛结果5:10，我们学校输了。我离开球场约走了10分钟，就到了东京“外苑前”地铁站，先看了时间后给妻姐打电话，确认是否走对了。头一次坐日本地铁，不知怎么办呢？也很好奇，就在地铁站内转了又转，不时地在买票机旁边，观看别人是怎么做的，看了两三个人的动作后就学着买了张票，然后，又跟站台里的唯一服务员确认后，踏进了地铁车厢里，一直坐到徙谷站下车出站。一出站，看着箭头跟着人流走，人真多啊！人山人海的。走到十字路口左顾右盼时，妻姐打来电话，之后顺着她说的方向走啊找啊的，费了一点功夫才见上了面。头一次真正体会到以前只在电视上看见过的，人们过人行道时的那种繁忙而有序的情景，大都市真是不一样啊！

见到妻姐后，一起去东京大学找姐夫。他正在计算机房里写论文提纲。一进东京大学的门时，就感觉到，这是一所赫赫有名的日本大学——东京大学，很气派，很干净哦。见到姐夫寒暄后，妻姐又带我去他们住的公寓，让我先在他们家里休息一下。妻姐回徙谷去上课。约7：30，姐夫打来电话，让我去东京大学和他一起吃饭。我有些累，不想去，但歇了一会儿以后，还是去了。吃完饭后一起去计算机房，姐夫用妻姐用的电脑口令给我打开了一台电脑，让我上网玩玩，结果那个电脑真不给面子，我鼓捣了半天也没有用上，怎么也上不去，又没什么玩的，我就先回他们家里休息，结果还没进大门，姐夫也赶到了。其实，他真的很忙，忙着写论文呢。我有点吃惊："你不是很忙吗？"话还没出口，他就说要送我去朋友那里去住。朋友说第二天起早赶班，要早睡，要我们早点过去。于是我们俩又匆忙往回走，快步赶上电车，坐了几站后，又转车坐了一站后下车，再走了10多分钟后，终于到他朋友的住处了。姐夫作了简要的介绍后回去了，我跟刚认识的刘姓朋友寒暄着，聊着，聊着，不知不觉就睡着了。第二天起来一想，昨晚睡着时，也就大约才晚上十点过吧。怎么那么早就睡着了呢？

外国留学生带着孩子参加日本小学校庆活动

6月13日　阴

今天5：30就醒了，醒得那么早，可能是昨晚睡得早的缘故吧。洗漱完约6：00，我看刘姓朋友还在鼾睡，就悄悄地溜出门，走了出来，没有一声道别，怕惊扰了他。凭着昨天晚上留下的粗略印象，出门走了一阵后，不久就找到了电车站。买了票，上了车，到东京大学站的时候，还不到7点呢。我就坐在车站里研究地图，结果找到了中央民族大学李教授访问学校所在的“高坂”站，看起来离东大站挺远的。我去还是不去，犹豫了一阵子。去吧，怕找不着。不去吧，还那么早，我去哪里呢。去妻姐家吧，他们肯定还没起床。本来昨晚就够打搅他们了，干吗那么早去打扰呢。于是，我坐上电车，坐回“明大前”站，走出电车在车站里到处观望，但不敢走出车站了，怕找不着北，又坐回东大。这时，快7：30了，人越来越多。从穿着上看，有学生、有职员、有艺人……各路人马都是行色匆匆忙忙的，表情严峻，很少有笑有说的人。大约到了8：00，我打电话给妻姐，结果是姐夫接的，听声音好像还没起来的样子。我不好意思去打扰他们，也不想让他们带我去找李教授了，就说我刚从住处出来，让他们放心什么的就挂电话了。内心里却毅然决定，去文化大学找李教授。我想找到他所在的学校，就可能见着他了。于是，决定一个人闯一闯，就在电话里给他们说我自己去了，打消了原来想让他们带我去找李教授的计划。这样做的结果，一是锻炼自己独立行动的能力，在异国他乡陌生的地方磨炼意志，又可以把东西取来。二是妻姐他们的确太忙，想少麻烦他们。于是就开始了我的独立行动。

一个人走在熙熙攘攘的人群中，跟着不断分流而去又聚拢而来的队伍里，先坐到了徙谷站，本来是想去池袋转车到高坂找李教授的，结果买了票进站后，才发现车站上面写着到浅草站。我怎么去池袋站呢？看了半天还没看出来，问了维持车站的一个工作人员也说不清。有可能是我听不太懂他说得太快的日语，比划了半天也没有搞清楚而不了了之。我又坐上了到上野站的车，想去那里转车。到了上野站出来后，找了半天还是没有找到转车去池袋站的方向出口。我又开始拿着地图和票问车站里的一名女服务员，她说得很慢，我终于听清楚了，可以在这里转车去的。不过，不是坐这种电车去，而是坐别的车型，如JR电车的意思。而我原来买票所坐的地铁车不能直接到达池袋站，我必须坐回到银座站去转车，就不用再另买票了。于是，我又坐回去了。

几经折腾，终于在银座站下车后，在站内找到了去池袋站方向的地铁车。坐到池袋站后，出来坐高坂站方向的车就简单多了，一眼就能看见怎么走。于是，我兴高采烈地在自动售票机上购买一张300日元的票后踏上了电车，约40分钟后到了高坂站，顺着之前李教授给我讲的路线出口方向走。到出站检票口一出站时，自动门板挡住我，不让我出站。我退回来，又到另一个出口塞票进去，门板依然挡住我不让出去。我正纳闷，而且有些焦急地环顾四周时，看见一两个人正在不远处挂着的精算机里刷票，好像是在计算什么。我灵机一动也拿着票去精算机里一算，小屏幕上显示，原来我刚才买的300日元的票价不够，还需另外补330日元。哦，真科学噢。交了钱，补了票才能出去，心想是不是罚我的款了？不然的话，这样一段路怎么会花630日元呢？管它的，走吧。出站后，在离电车站不远处，坐上大东文化大学的免费班车，大约12：30就赶到了李教授所在的大东文化大学了。

到了学校后，四处找李教授的住处，但费功夫找了找，怎么也找不到李教授给我说的那栋楼。转了转肚子已感到有些饿了，于是，独自走进一个学生食堂，买了一碗780日元的高山拉面先吃了。吃完后又开始找，结果在找的途中偶遇了李教授。李教授带我到他的公寓（标准间，真不错），我们喝了一些听装啤酒，天南海北地聊了一个多小时后，我装上他从国内带给我们几个人的东西就返回了。同样是坐上学校的免费班车到高坂电车站，购了一张350元的票坐上之前去的时候坐过的电车，到了池袋站下车出站。在出站时又被检票口的自动门板给拦住了，我拿着票又去旁边的精算机里一算，还需补280日元，这时我才明白，池袋站到高坂站的票，应该买630日元的单程票才对。经过这么一去一回的折腾，我终于弄明白了，也彻底消除了之前没有买够票款，而怀疑被罚款的疑虑。日本的交通发达程度确实是自动化、机械化、高速化，流通网络四通八达，各种类型的电车交错密布，运行井然有序。票价按段计算，不小心没买够票价，也没关系，只要在出站的时候，在站内的精算机里一算一补就可以了，不存在罚款的事情。

到池袋站后又买了到新宿站的票，坐过去与妻姐他们会合，然后看了一下回岐阜县的长途班车。本想还在东京玩上几天后才回学校的，结果只有当晚的票，第二天、第三天的票都没有了，坐新干线的快速列车，票价又太贵。于是，当机立断，决定坐上当晚的长途班车赶回岐阜县的学校。买完票一看，到晚上11：10才开车，于是妻姐在把我的包存在长途班车站的存包处以后，带我到银座商厦里去转了一阵子后回宿舍做饭吃。吃完饭后，他们俩就送我到长途班车站，我有些依依不舍地上了回岐阜县的夜间长途班车了。在车上才发现，妻姐用信封装了一万日元，买了三瓶矿泉水放在了我的包里。多不好意思啊！早知道这样，还不如让他们支付长途班车费，不就行了吗？下午买票的时候，妻姐执

日本小学校庆日小学生在表演节目

意要买，但被我坚决拒绝了。硬让人家不要付款。其实，我确实不想让他们为我花钱的，本来就够打扰他们的了，为我找住的地方，又花时间陪我逛街，还给路费，哪有这样做事的啊？身在异国他乡，对妻姐他们来说时间就是金钱啊！因为她很快就要回国了，大概8月份吧。姐夫为写论文的事和去美国的事，都快忙坏了，我怎么那么不懂事呢！

日本东京的地铁真是发达呀！电车、私铁、JR等各类地铁线，在深邃而厚实的地底下交错密布，时而在地下穿梭，时而在地上飞驰，四通八达，不停运转。出站后，每个出站口不远处的公交车、出租车、地上电车等交织延伸，奔向东西南北、四面八方、深山旷野或大街小巷。多么的方便、快捷啊！北京啊北京，我的首都北京，您的交通网络，何时才能像日本东京那样发达啊?！还得需要10年20年或30年吧？也许那时候，才会建成日本东京那样的交通网络吧?！一天的感受使我有一种规划北京地上地下交通网络的冲动唉。

6月14日　阴

今天早上5:40，我坐的长途班车就到了日本岐阜县新岐阜长途汽车站。下车后就在那里的2号车站等班车，约7:10时，就坐上了去岐阜圣德学园大学方向的公交车，大约7:40到了学校，然后骑自行车回去。大约8点钟到宿舍里。简单漱完口、洗完澡就开始睡觉了。醒来时，已经12:40了。睡得那么死，可能是昨天走得实在太急、太累，晚上在车里又没休息好的缘故吧。下午看足球。唉！日子就这么过了。

这次在东京逗留，所有的开销等于是妻姐他们出了，此时一算，总共花了10000日元多一点。从学校出发时，我身上带了56000日元走的，几乎没有花多少。除了花掉从东京新宿长途汽车站—岐阜县岐阜长途汽车站的6620日元的长途班车费和岐阜县长途汽车站到岐阜圣德学园大学门口的公交车费430日元以外，在东京的花费也就3000日元多一点。主要是交通费和吃了一顿饭花780日元，喝了一听饮料花120日元。车费具体是：12日下午，外苑前站—徙谷站，130日元；13日早上，代田桥站—驹场东大前站，190日元；驹场子东大前站—徙谷站，120日元；徙谷站—浅草站，230日元；浅草站—池袋站，230日元；池袋站—高坂站，630日元；高坂站—池袋站，630日元；池袋站—新宿站，190日元。很有趣也很有意义的是，从银座站—徙谷站的票，出站时忘了塞进检票口而留下了。也许当时跟着前面的人太紧而没有被自动门拦住。也好，这张票就做纪念了。唉！不知道下次什么时候再去东京了。若再去的话，一定不会像这次这样费周折了吧?!

交流活动中与日本中学师生留影

6月15日　阴

今天哪也没去。学习一阵子，看电视一阵子，也睡了一阵子，一天就这样过去了。

6月16日　阴

上午学校组织我们去柳津厅小学，跟日本小学生交流，主要是参加该校召开的小学生运动会。说是运动会，还不如说是游园会。原因是：一是我们只跟一个班交流，都是五年级学生。二是玩的都是一些游戏，如在槽里钓饮料罐、蒙眼贴纸鼻子等。当然啦，外国人可不少，除了我们11个中国留学生外，有斯里兰卡的一个黑人，还有英国的、加拿大的、德国的留学生都来参加了。还有很多家长也参加了。

中午吃了一顿饭，还给了两千日元的购物券。可能是算作劳务费吧。有些感想是：日本人的教育，做得真不错，让这么小的学生与外国人一起活动，锻炼交际能力，开阔视野，增添了孩子和家长的国际观念。这是我们第二次跟日本小学生交流了，很为这些小学生庆幸。在世界许多国家，小学生不说是跟外国人一起开运动会，一起吃饭交流，连见个外国人的机会也是不多的。

中国留学生与岐阜圣德学园大学部分老师在清水寺前留影

6月17日　晴间阴

下午上完聊天课后，去唱卡拉OK，是日本人高木老师请的客。说高木是老师，实际上他也是到这个学校来学中文的在职日本人。还有两个日本女同学，有一个叫什么美惠子的名字吧，没怎么在意，所以一个名字也没记住。因为没有中国歌曲，日语歌也不太会唱。除了唱一首北国之春外，大部分时间就是坐在那里看热闹，听他们唱了。当然，还喝了两罐啤酒和三瓶饮料。这里的卡拉OK包间费还算不贵，500日元一小时，我们玩了两个小时，都是高木老师花的钱。高木这人真不错。今天大约花了他2000日元吧。此外，还坐他开的车，车钱、费用还不算呢。刚认识的那天，他就请我们在大垣市去吃饭、喝啤酒。那天晚上，估计花了他近2万日元，还没算车钱呢。这人真不错，以后有机会在北京见面的话，我一定要好好招待他。

节日里日本中学女生在做糍粑

晚上，闫同学过来，又玩扑克了。当然是三打一，小打小闹。结果我输了600多日元，交学费呗。扑克玩法中三打一的玩法，以前在国内没玩过，现在跑到日本来学习三打一，可能不合适吧。还玩点钱什么的，心里确实有点不安。不过，几个要好的留学生聚在一起，不玩玩扑克牌，实在没玩的。今晚不知谁赢得多，可能是彭老吧。也奇怪，今天格老怎么想起，要玩扑克了，有点反常呢。

夜间闫同学住我这里，当然，单人床没法挤，只有打地铺了。此时，他正在做练习题呢。真的，很用功噢。据说他有时候，还同时打三四份工呢。没有奖学金的留学生涯，确实是很辛苦的。一边要读书完成学业，一边打工赚钱来交学费，过生活，很不容易的。此刻停笔时，已经是6月18日凌晨2：45分了。“有好电视节目吗？看看吧，反正都睡不着了。”他说着就躺下了。“明天上午，不是，今天上午的第一节课就不去了，偷偷懒吧”。我心里这么想着就倒在床上了。

6月18日　晴

早晨睡意还正浓时，被闫同学叫了起来，匆匆赶去上课。还好，没有迟到。下午收看日本和土耳其之间的世界杯足球赛，日本队尽管努力拼搏，但结果0:1输给土耳其队了。究其原因，我认为有三点：一是日本队的全场拼劲还是不足，尤其是极个别球员懒洋洋的。二是日本队不会利用任意球的机会，好几次机会都白白地溜走了。三是日本队下半场用人有误，至少5号和黑鬼不能换下来，8号应早点换上去。这样也许结局就有所改变了。今天第一次在学校食堂里与日本学生一起收看足球赛，尽管看客中有不少人不时地喊加油，更有一些狂热分子欷歔不已。但整体而言，关心球赛的日本学生还是很少。不大的食堂里，虚席还是很多，而且除了一部分人从头看到尾以外，很多人是进进出出，走走看看的，始终关注的人比较少。

晚上，看了韩国队和意大利队之间的世界杯足球赛，从韩国队的队员身上，我看到或真正体会到了什么是爱国，什么是团结，什么是拼劲。真的，韩国队的拼劲是所有我看过的世界杯足球比赛中最拼命的国家队。正因为他们的拼劲，使从上半场那种面对强队、不知所措的氛围中扭转并挣脱出来，在下半场比赛中成为场上的主导，牵着意大利队的鼻子走。并奋力进球，扳平了比赛分数，而且在加时赛中进球，战胜了意大利队，挺进了八强。这不但是韩国人的荣誉和骄傲，也是整个亚洲人的骄傲和荣誉啊！中国队何时才有韩国队的那种拼搏精神啊！足球赛真是一种难以捉摸的运动！也是令人愉快、舒畅的游戏！太有意思了！

6月22日　晴

今天上午看书、学习课文。下午3：30—4：30看世界杯足球比赛，韩国队对阵西班牙队，结果只看了上半场。下午4:50与张同学一起骑着自行车，到处去找工作。结果，骑着自行车，从学校南边到东边的大街小巷里，到处转悠，看看、问问，转了一大圈又一大圈，一条小巷又一条小巷，都没有任何收获。真难啊！关于找工作打工的事，之前我跟金同学和王同学都提过，让他们帮我找找看，打听打听，推荐推荐什么的。然而，直觉告诉我——没戏，也许是太难找了，也许是他们觉得多一事不如少一事好！或许是，他们认为我怎么会去打工呢！

哦，对了，昨天6月21日下午又去笠松中学交流了。我与几个初三学生玩游戏、聊天，气氛很融洽。只是真恨自己该用的时候，所学到的日语词汇，却不知跑到哪里去了。更可恨的是，听力还不行，怎么最简单的语句都好像听不明白。可能是学生们说得太快了，或太地道了吧。不过，听懂了不少，还是交流了很多信息。当然，比在宿舍里待着强多了。日本这些小孩真幸运，这么小就与世界各地的外国人接触、交流。真是长见识哦！

日本中学生在聆听校庆活动中的领导讲话

（四）二○○二年七月

7月1日 阴

今天是香港回归5周年的纪念日，我在日本的NHK电视新闻里看到了江主席去了香港的报道，这是全国人民感到骄傲的事……这个日语，越学越不明白，怎么搞的嘛！越学越难。听力不行不说，对话没说两句就错误百出了，真是的。也许是我已经越学越明白了，越能感觉出或发现错误之处了。管它的，该找工作还是找。下午本来想去转悠的找找打工的地方，结果又没去。让成同学给我复印了4张关于羽岛市、大垣市、岐阜市的地图，花了他50日元呢。因为我没带零币就让他花钱了。说回头再给他，他说太见外了吧。

7月9日　晴

今天有两件事值得可喜可贺。其一是下午5:40—6:00闫同学带我去他所在的公司面试打工的事情，很好。到公司见了领导的面，递了履历书，简单说了一下，成不成还不知道，应该没问题吧。不过成不成都应该好好感谢闫同学的。毕竟是他介绍推荐的嘛，也是我头一回正式到一个日本的公司去面试呢。闫同学是个好心人，能把我找工作打工的事情，一直放在心上，并落到实处，真让我心存感激哦。

其二是，晚上（6:20—8:30）搞了一次烧烤，学校国际交流课平岗老师组织的。加上平岗老师，共有8个日本师生和8个中国留学生参加。我们一起，自己动手，在烧烤架上不停地烘烤各种肉串、菜串什么的。然后，边喝、边吃、边聊天，很热闹，也挺有意思的。学到了很多日本语的日常用语，尤其是有关烧烤和饮酒方面的词汇和语句，真正地掌握了一些。

7月22日　晴

今天是值得纪念的日子。因为在留学的生涯中，头一天在日本出卖自己的劳动力，也不能说出卖吧。打工的地方是之前闫同学介绍面试过的那家公司。这家公司是一家食品选配送中心，也叫物流公司。主要是为分布在整个岐阜县大街小巷和山村河边的130多家24小时便利店，提供每天所买的几百种商品或食品，这些物品都是在这个物流公司分发、配备和运送去的。

我的工作是，上午8:30—11:30和一个日本人一起一直清洗装食品的筐。下午2:00—6:00和所有的日本人一起，分发食品等各类货物。上午或下午整个劳作期间，除了中间十分钟的休息时间外，一直都在不停地干。下来感觉有些劳累哦，不过，整体感觉还行，尽管那么长时间没有劳动过了。干了一天的活，还不算很累呢。也许是因为从今天开始，就可以打工挣钱，并能够进入日本社会的基层了解日本社会而感到很兴奋。

笔者留日期间打工洗框的情景

日本的劳动场所，电脑自动化很发达，所有的工作首先都是计算机里安排好的。上午洗筐时，公司负责人给我演示一下后，我就能够操作而进入状态了。程序是这样的：打开洗筐的机器后，一个人在机器进口的一端，只需要把筐送进固定的机器槽口里，机器就自动转动铁链，把筐运送而去的同时自动在里面清洗、消毒后，从机器的另一端口出来，站在那里的人将筐接着后，重叠放在有滚轮的母筐里垒起 2 米高时，推到一旁或重叠垒起 2 米高时拉到一边，达到一定的数量后，再推到分装货物食品的屋里就可以了。整个洗筐的过程不用手碰一下水，也不用人去擦洗筐。哎！给我的头脑里固有的概念和想法焕然一新了。下午的实物分配与分发，更是电脑化了。人只需提着或推着装满物品的推车，在看着放满空筐的上面的栏杆上摁一下开始键后，按其操作程序和具体显示数量的标示，将推车里的物品一模一样安放在栏杆下的每一个筐里即可。但是，人必须用心、专心才不出问题。不然的话，只要某一个筐里不按栏杆上已标示的数字数目发放的话，仅仅只分配错了一个数字的东西，整个那一排的食物分发都要从头核实清楚，栏杆上面已标示的数字才显示出正确的发放结果，一次分发物品的工作才能结束。整个工作就是很多人不停地在分发物品的房屋里，围绕着一排排的栏杆和空的物品筐，分发完每天计划要分发、运送的物品。

值得高兴的是，除了这份物流公司的工作以外，伊藤洋华堂购物中心里的高山拉面料理店里的工作，也让我去面谈面试，并给了我简单的培训，主要是如何接人待物的语言和仪态，真好。虽说料理店里的工作还没开始，尤其是下午那个叫都田的师傅找我谈的时候，那么的认真。我听懂了所有他说的话的意思。但是，更有意思的是，我给他说我能上班的时间，跟那天头一次面试时说的打工时间不一样。这样的变动，也许让那个师傅有些不高兴，但他要聘用我的话，只能按我调整后的所给的时间点进行安排。他不爽，那也没办法啦。谁叫好运气都来了。没有工作的时候，渴望打工，期盼得很也没用。而有的时候，还没做好充分的准备，两个面试都成功了。应验了“该有的时候自然有”的谚语。所以，凡事不能勉强噢。话说回来，有这两个工作的机会，还真该好好感谢闫同学和李同学，是他们俩给我介绍和推荐，才有这些工作的机会嘛。没有他们俩的介绍和推荐，我自己找的话，不知什么时候才有戏呢。人还是诚实些好，为人和善些好……

在日本随处可免费拿到的载满最新打工信息的杂志封面

7月25日　晴

此时此刻，电视正播放着一个日本男子劳动过度而自杀身亡的事件。从电视画面的截图显示，日本30—35岁之间过劳死的人最多。日本社会的这种现象，真的不难理解，通过我这四天打工工作的体会，确实是真的。日本人劳动时，是不要命似的，一分一秒都不能停（除休息时间外）地做事。虽然，物流中心的工作，用不着太多的大脑运动或思考，但不停地干活，身心都受不了。因为打工劳累，昨晚和前晚上都10点就睡着了，半夜3点又醒了。要命的是醒了后就睡不着了，真是很伤人呢。此时，脚心还疼痛呢。幸好，今晚"高山拉面"店只给我排了一个钟头（6：25—7：30），不然，肯定受不了。

高山拉面店是今晚头一次上班，让我煮拉面，本来是件很简单的事情。但是，因为是头一次做事，且下午在物流中心工作实在很累，再加上语言上，不怎么听得懂专用词的时候比较多，都田师傅教了我半天，我还是有些无从下手。真过意不去哦，还得找个时间跟张同学好好学一学才行。昨天晚上（6：20—7：20），在高山拉面店培训的时候，还真模真样呢，反复教我说日常用语。如欢迎光临，请慢走之类的语句。那个都田先生做事挺认真的，也很严谨，值得我好好学习。

打工，这周是试用和适应阶段，开启了我新的生活。根据情况，以后的工作时间，以实际情况作适当的调整才行，毕竟身体是革命的本钱，没有好的健康的身体，打啥工呢？活着且不病，或少病是件大事，身体不好，搞坏了身子，挣再多的钱又有何用呢！

（五）二〇〇二年八月

8月4日　晴间阴

今天是个不寻常的日子。结束了李同学介绍的高山拉面店的工作。原因是店长认为我干活太慢了，或者昨晚张同学教我放葱的时候，我模仿他的动作，把切好的葱远远地扔进了装上煮熟面的碗里的动作，被店长看见后觉得很不爽的缘故。对，可能就是这个动作吧。确实不太雅观，也许是不符合店里的动作规范吧。但也许不是，有什么办法呢？刚开始煮拉面，有些不习惯，真的不会做得太快的。唉，真对不起李同学的一片好意，彼此没有太多的交往和交情，却好心好意给我介绍了这个工作，却被我搞砸了。当然，同时干两份工作，也让我有些疲惫不堪，不做也罢了。只是有点不甘心哦。真是的，那个叫都田的主管，平时看着我闲一点时，就让我干这干那的，真够烦人的，正好就这样不干了也好。

累死我了，今天中午还想，找适当的理由把这份高山拉面店里的工作给辞了算了，现在倒好，变成被动的了。也好，以后就专心致志地把物流中心的活干好就是了。只是对不住人家李同学的一片好意了，心存感恩吧。

8月19日　阴雨转晴

今天在山田美惠子女士的组织下，我们几个留学生和一些日本老太太、老大爷去向往已久的白川乡参观旅游。白川乡也许是日本唯一的流传下来的最古老、最原始的世界文化遗产之地——主要是以留存下来的数十座旧式茅草屋为典型的旅游文化风景区的民俗旅游胜地。来日本以后，我在伊腾洋华堂购物中心商厦二层的书店里，无意间翻看岐阜县的地图时，看见过此地的介绍。今天不去，也许回国以前自己也会去一趟的。当然，今天去了才明白，确实太远了。路又不好走，也许自己去的话，得转乘几次车才能到达，且车费也会很贵的。

白川乡的茅草屋就像中国川滇凉山彝族过去的茅草屋一样，很原始、很别致、很农家。今天去的第一个景点——五崮山的农家民俗屋里参观时，房屋的结构和屋里的摆设、布置及一些陈旧的家庭用具，真的很像中国川滇凉山彝族家里的摆设和用具。房屋的结构也差不多，屋里有阁楼，有火塘等。我一直在想，日本人的许多民俗文化现象和我们凉山彝族人的民事习俗现象，有许多相似的地方。如，日本人过去武士的头留着的发型与彝族人头上留着的“天菩萨”相似；日本人家里铺的席子，也就是叫榻榻米的席子和彝族人家里铺的山竹编的席子十分相似；日本人信奉祖先神灵和彝族人信奉祖先神灵的原始宗教信仰也很相似；日本人过去生病时跳神治病和彝族人生病时请“苏尼”、“毕摩”来跳神驱鬼治病的方式也相似；日本人的盂兰盆节和彝族人的火把节有些相似；日本人的语言的“五十音图”与彝族人

岐阜县白川乡茅草屋一角

的语言文字字表里，都有用一个字构成不同的词；日语句子和彝语句子中的一些语法一样是主宾谓结构；还有今天在五崮山和白川乡民俗屋里看到的许多遗存东西等等。当然，但愿这些都可能是异地的一些相近或相似的文化现象而已，而不一定是文化传播的结果。不过，如此相似的文化事象，是有待于我们进一步观察、考察、研究、发现和论证的问题。

今天还去了五崮山和阿弥陀佛的庵。五崮山的房屋——茅草屋跟白川乡的一样，阿弥陀佛的庵是一个有50多米的瀑布，离瀑布落地时20米左右的水柱后面的岩壁上有一尊佛像，可惜未去论证或考问这尊佛像是自然形成的，还是人为雕塑后安放上去的。也许问了也没有正确答案，还是没问的好吧！干吗什么事都要“打破砂锅问到底”呢？

一天下来，有些累了。最近不知道何故，也不知道为什么，总是那么爱累。当然，一想起一路上的美景和车里唱歌的情景，一下子又精神百倍。风景真是很不错，也有古老文化的韵味和厚重，真是美景常在，美不胜收啊！和日本人一起旅游挺有意思的。上午去时，上车后，不管是不是熟人，每个人都要自我介绍一番，还要唱歌等表演节目什么的。还有日本的旅游风景区和路边的植被都保护得很好，很漂亮、很干净、很雅致。尤其是山上那些茁壮成长的杉树、松树、不知名的树木，一片一片的，绿油油的。满山都是树的海洋。真棒！买了相机就是好，今天拍了不少风景照呢，不知照片洗出来后好不好看？

啊，对了，相机是8月7日买的，是金同学带我去岐阜市中心的一个商店里买的。是他的朋友一个叫川上的日本学生开车带我们去那里买的。相机可能没有买好，也没办法。我们所在的柳津厅这个地方就那么小，除了伊藤洋华堂购物中心以外，没有什么好的大商场，买点东西，很不容易。那天还开车走了30多分钟呢。而且，许多相机都是在中国、新加坡、菲律宾组装的，上面都写上made in China等的产地。made in Japan的，唯有这款。这款是纯日本产的，叫什么PENTAX，中国肯定是没有的。现在看来，我们看到的日本的许多东西都是国外产的。商店里热卖的各种各样的衣服，90%以上都是中国制造。

8月25日　晴

今天有两件事值得一提。

其一是拿到了来日本以后打工的第一份工钱——在物流中心打工的7月份挣的第一笔钱。是从7月22日至31日共8天的，一共是39025日元，实际上是39725日元，已扣去了服装费700日元。高兴啊！这是我在日本用自己的劳动力挣的第一笔钱，第一笔日元哦。是凭着自己的劳动挣到的，也算是血汗钱了吧。为了表示感谢，我花2800日元给闫同学买了一条万宝路的香烟。中午也去超市的肯德基店好好犒劳了自己一把。

其二是晚上参加了柳津厅的夏天燃放烟花的晚会。晚会很热闹，整个河边不大的草地上，云集了各种各样的流动商铺。有卖玩具的，有卖各种小吃的等等。日本的小吃，种类很多，有便宜的，有贵的，有的还挺贵。不过，我还是大大方方地潇洒地花了一把钱，也就是说花了900日元，买了一瓶500日元的啤酒和400日元的两串香肠供自己享用。也请彭老喝了一杯冷饮和吃了一串鱿鱼串，共花500日元。当然，也少不了我自己啦。算双份总共是花了1000日元。哈！一个晚会就花掉了我1900日元。若没有拿到打工的工钱的话，也许就大方不起来了，毕竟每月发到手的补助是有限有数的嘛，到哪大方去呢？我们除了品尝各种小吃以外，还看了五颜六色燃放的烟花，也跟穿传统和服的几个日本小孩子玩耍，并和他们的母亲们聊天闲谈。晚会上还跟着人群跳了日本的什么舞，还照了不少照片呢。不过时间太短，晚上 8 点就结束了。据说，这是柳津厅政府举办的一年一度的烟花盛典晚会哦。

8 月 27 日　晴

今天下午 5：15 分开始去参加岐阜县岐阜市著名的鱼鹰捉鱼的节日活动。活动是在流经岐阜县境内的长良川——岐阜市长良川大桥东边的长良川河流上举行的。节日活动从晚上 7:30 左右开始，我们先前被安排到停靠在长良川河流边的船上，吃晚饭和交流。晚 7:45 分起，专门的鱼鹰捕鱼艺人，穿着特制的衣服，划着船来到河上，在放在船头上的铁笼里燃着火。一人划着船，另一人手抓着线头，线的另一端拴着三五只鱼鹰，在水上游浮着。鱼鹰时而钻进水里啄鱼，时而抬起头观望，就这样不断地反复地工作着。

流过岐阜县岐阜市内的长良川

长良川河面约有 150 米宽，除了观光的几十只船外，有 7 只船是专门做鱼鹰叼鱼表演的。说是鱼鹰捉鱼表演，实际上是以此为热点，吸引各路旅游者。因为晚上鱼鹰真正没有捉上几条鱼的。不过，燃烧着火光，在漆黑的夜里，却是十分壮观，分外热闹。据说这种节日活动已有1300年的历史了。在岐阜县境内，甚至在全日本都是一项很有名的活动，吸引了不少日本国内外观众前来观光。遗憾的是，今晚没有照成照片。原因是相机没电了，电池用完了未察觉，等要开船照相时，才发现镜头已经关不回去了，这才明白电池已经没电了。这时在船上，电池也没地方买了，太遗憾了。若不是平岗老师也有同样相机的电池的话，麻烦就更大了。因为几十厘米的镜头关不上，拿着相机就更不方便了。所以，借她的电池放入我的相机里，收回了镜头。

在长良川上准备鱼鹰捉鱼表演者和观众

据平岗老师介绍，今晚的活动岐阜市所在的各个大学里的外国留学生95%以上都来参加了。除了中国留学生外，还有泰国的、韩国的、美国的留学生等，还有些黑人，不知哪国的。除了留学生外，还有部分岐阜县中小学校里的老师、医生等各界人士。参加的人很多，大约有十多只船。我是分在第三只船上的，和我们学校国际交流科的平岗老师在一起。船上约有30来个来自不同单位的游客。可见，整个活动有三四百人参与。活动过程中燃放了各式各样的烟花。夜色中，烟花十分绚丽夺目。整个活动在8：40左右结束。

这样的活动对我来说越多越好，因为有说日语、与人交流聊天的机会。今晚真说了不少，不管别人懂不懂，也不管语法对不对，管他的！天南海北地侃了一阵子。旁边的好多日本人，知道我才到日本5个月后，就能说成这样流利的日语，认为很了不起，觉得我的日语学得很不错了！不断夸奖我的日语说得好。不过，我真的不知道，他们是真的夸奖我，还是礼节性地夸奖我。因为很多时候，日本人的真实意思是难以琢磨的。当然，我也觉得我的日语有了很大的进步，国内学了不少，来日本已经学习了5个多月了，难道还没有进步吗?！今晚正好把一些中级标准日语和学校日语对话课里学到的东西都用上了，还真有意思，感觉到每天努力学习，是多么的重要啊！努力吧！继续努力！

（六）二〇〇二年九月

9月9日　晴

今天是个不太愉快的日子。上午在公司推筐时把车间墙壁上挂放着的消防警示灯的灯壳给撞坏了。真是弄巧成拙，为了多推一点，干快一点而导致的。其实也不都是本人的错，若追究原因的话，本人只应该承担50%的责任，主要是不小心引起的。不过，我没有任何辩解，全默认了。也没办法，出事了，辩解可能会更糟糕。另外一半应该是车间管理者的责任。因为那个警示灯的外罩是个铁丝网，正对着推筐面的一端，早就被撞开吊在那里了。但似乎一直都没有人去修正过，网口开口度也不小，也快掉落了。如果不是我碰掉，赶上别人碰上，也会掉的。不过，还是我不小心的缘故吧。不然，为什么有隐患那么长时间了还好好的。这次是我的错，结果被撞后，完全掉了下来。

另外还有一点，本来我的任务是在室外将筐推进车间里头就行了，之后的事应该是和我搭档的那个日本人的活。结果是我去帮忙造

笔者打工的物流中心分发食品的车间

成的，而且在里面推时，一般也是3—4个组连在一起推的。撞落灯时，推的是8个组连在一起的筐，太多了看不清楚前面的情况。主要负责往车间里推筐的人，是那个跟我一起干活的日本人，可那时，他正好被车间的女负责人叫去干别的事去了。而当时车间里又急着用筐，我只能去帮忙，结果出事了。当然，这么说，好像我在推卸责任，其实我也不是在推脱责任，我还是应该负一半责任的。因为，那个灯的网口早已存在着的隐患，也许在车间里干活的所有人都早就知道。存在很危险的或被撞坏的事，只是早晚的事，我之前也是看见过的。但就是没有人提出来修补一下。今天，那个女负责人还挺生气的，训了我好多句。当然，我也只能装着没听懂。还说这是第一次，后来去办公室说明时，那个人也说，这是第一次，不知怎样办，等着课长回来上班时再说。真不幸，这样的事，居然被我碰上了！唉，结果还没出来，不管什么样的结果，只能面对了。值得一提的是，通过这件事使我明白，若以后在自己的生活中遇到有隐患存在的事情时，应该早点解决，或早些寻找解决的途径，以此杜绝“事不关己，高高挂起”的坏毛病。否则，就只能“亡羊补牢”，为时已晚了。

9 月 11 日　晴

今天下午学校的国际交流课组织我们留学生去岐阜县羽岛市羽岛高级中学（高中）跟该校的学生交流联欢。我们六个中国留学生被分到高三年级三班去交流。说交流，实际上我们六个人分别与他们班 6 个组的学生一起聊天、表演节目、参观校园、教室楼阁等。期间还象征性地与学生们一起吃了他们自己带去的面包、卷寿司等一些午餐。因为今天是该校建校 80 周年纪念日，搞的是校庆活动。所以，学生们和老师们都没上课。从聊天中，可以体会到日本高中生的学习和生活是比较自由和开放的，也没有必须考大学的压力，大部分学生都在谈恋爱，打工什么的。

笔者正在和日本高中学生交谈

这所高级中学是岐阜县县立高中，现有 700 多名在校学生。其中，80% 以上是女生。教师有 50 多人。据会说一点中文的一位女老师说，该校以前非常有名，学风很好，考上大学的学生很多。近年来，学风不如以前了。

这位老师说的现象，从今天我们的交流中可以看出来，我所在的那个组的女生们，个个都抹着口红、撒着香水，头发也是染成金黄色等不同颜色，穿的校服也是特别超短裙的那种。起初，我以为是因为参加校庆活动，才打扮成那个样子的。实际上，从了解的结果来看，不是的。这些学生，平时就是这种穿着打扮。现场有的女生还跟男老师说说笑笑，无拘无束。有的甚至跟男老师手拉着手，看手相、算命什么的。这种现象，在中国的中学是不可想象的，不可思议的。

（七）二〇〇二年十月

10月29日 晴

今天下午1：30—4：00，去岐阜市市立初中——本壮中学初二年级五班去交流。参与交流的留学生除了彭老、格老和我之外，有一位姓林的好像中国使馆派驻岐阜市的国际交流员，以及一位来此地居住多年的姓张的育有两个孩子的女性。据说这位女性是日本人遗留在中国的孤儿。

初二年级五班共有31个学生，女13人，男18人。交流过程其实很简单，主要是给孩子们介绍我们的姓名、民族、出生的地方和一些中国社会的文化习俗，也介绍了我们自己带去的民族服装。介绍服装时，林姓女士带来了一套唐装，我带去的是一件彝族的擦尔瓦服饰，格老带去的是一套蒙古族男士服装。这些服装分别让日本学生和老师试穿了一下。日本师生们试穿这些服装时，特别兴奋，还不停地问这问那，我们都一一作了解答。介绍完服饰后，我们还分别参加了抢坐椅子等一些小孩子玩的游戏，与学生们一起玩起“剪刀、石头、布”之类的游戏动作。孩子们为我们唱歌。最后一起照相留念。同时，听说有其他中学的教师也来旁听，难怪交流活动中，一直有人在后面边看、边听、边在记下什么的。我也照了不少照片，有相机真好啊！

迄今为止，我参与的与日本人（确切地说是日本的中小学生为主）进行交流的活动，大大小小的交流已经有七次了。除了今天外，两次与小学生交流，一次与高中生交流，三次与初中生交流。这些交流活动，虽然内容大体相同、相似而且简单。但对我们来说却是新鲜的，能够学到或了解到很多日本文化，尤其是日本中小学的学校文化和日本中小学学生的学习、生活等情况。对那些日本师生也是很好的吧。尤其是那些日本小学生，这些交流活动就更是一个开阔眼界、了解世界各国文化的

日本中学老师穿起笔者带去的彝族擦尔瓦

机会了。日本的这种从小学生抓起，从小就注入国际意识的教育理念，是值得我们中国教育借鉴的，也是中国人应该学习的做法。因为这种活动，对在校的小学生、初中生和高中生树立世界观、国际观、友谊观等方面来说，都是很有教育意义的。

（八）二〇〇二年十一月

11月16日　晴间阴

今天上午又去交流了，是参加岐阜县岐阜市立鹑小学的校庆活动。我们被邀请加入岐阜市市立鹑小学校的“友好鹑节”的留学生活动队伍中，包括格老、彭老、初同学和我在内的21名来自中国、加拿大、法国、俄罗斯、越南等十多个国家的外国留学生被分成15组，分别与相应的日本学生组一起活动。主要由该校的老师引导每组参加各项活动。

上午10:00，我们坐上大巴车，从岐阜圣德学园大学出发，约10:20到该校。然后，从一层爬楼梯，走到学校教学楼的六层后，从六层往下走，抽样参加或观看了从六年级到一年级各班举办的各类活动。其中，很多活动内容都是培养学生自己动手、动口、语言组织、胆量锻炼等综合能力的。每到一个班，都有一两个学生像国内的导游那样，给我们介绍有关世界儿童人口的分布、饥饿状况、营养结构、学生的权利和义务等内容，并邀请我们参加他们组织的各种游戏活动。这些内容对学生国际观念的形成、开阔视野、锻炼社交能力等都有很大的帮助，也很有教育意义！

11:30—12:00 吃午饭，12:30—13:50 分组专门参加由一到六年级的学生组成的临时班级举办的各项活动，回答学生们提出的各种各样的问题，一起玩游戏等。14:00—15:00 听取各组汇报，观看“友好鹈节”的学生大鼓击鼓表演。该校有 500 多名学生和 50 多名教师都参加了今天的活动。15:30 左右回到学校。虽然有些累，但很愉快。从中我学到和看到了日本小学生学习、生活的一面，确实是与国内的小学教育不一样，学生的表现也大不相同。还拍了近一卷胶卷的照片，不知效果如何。同时也收到了日本小学生赠送的各种小礼物。本次活动，也许是今年参加的最后一次交流活动了吧。

（九）二〇〇二年十二月

12 月 19 日　阴

今天是今年即 2002 年的最后一堂课了，因为明天没课。下周起放冬假，直到明年即 2003 年 1 月 7 日止。最后一堂课，教日语会话和语法的城老师人挺好，居然自己花钱买些点心和咖啡给我们吃、喝。虽然吃不饱，喝不够，但老师的这种心意，说高大一点就是人情味很浓，以学生为本的日本式教育教学方式，真让我十分感动。我也是一位老师，但却没有像她那样做，尽管我认为自己也是以学生为本——非常体谅学生的疾苦和辛劳，对学生很关心，态度也是不错的。如果以后有机会再教学生的话，是不是应当像她那样做才对呢？

今天，我也给城老师送了一张贺年卡。尽管贺年卡质量不太好，也不是很漂亮、很美观的那种，更不是自己亲手做的。但是，小小的贺年卡，表达了我的一片心意嘛！另外，还送了她一个我从国内带去的彝族手工刺绣包，很精致的那种，城老师应该很喜欢的。送这个礼物的原因嘛，前几天我请她帮忙在岐阜女子大学发放“日本大学生打工现象抽样问卷调查”的事，确实给她增添了额外的工作，麻烦了她，花费了她很多时间和精力。尽管问卷不是很多，且已送了她一点茶叶作谢意了。但我心理上总觉得还是欠她太多似的，有些不安。再说她在学习上也十分关心我，帮助我。帮我录磁带、印课本资料等，好多事都麻烦她。刚来日本时，她还告诫我不要去“风俗”区打工什么的，很让我感动。而且，上学期自从选了她的课以后，她都一直关照和耐心教育、辅导我的功课，确实应该好好地感谢她才对。还有，放冬假后可能就没有她的课了，也许就难再见她一面了。

聆听小主持人介绍世界儿童分布情况

日本小学生在唱歌

明天上午去趟学校，主要给我妻子和一些同学及朋友们发 E-mail 贺卡，祝贺祝贺他们的新年。新年快到了，提前发个贺信、贺卡祝贺一下他们。祝愿他们新年快乐，一切都好。因为除明天外，下周，一方面打工时间不多。另一方面学校放假，电脑室可能就不开门了。其次，也给新岛老师送张新年贺卡，送给她一个彝族刺绣包吧。再看看她帮我找学生做的“日本大学生打工现象抽样问卷调查”做完了没有？反正这件事，也给新岛老师添了不少麻烦。自从来到这个学校后，得到了她的不少帮助。还有这一年来，学习上和生活上也麻烦了她不少事情。人家一个大教授，非常关心我们留学生的学习和生活，够不错的了吧。太让我感动了，好好谢谢她才对哦！

12 月 26 日　晴转阴

今天，一个人坐电车去了一趟名古屋。因为第一次去，一点也不熟悉。所以，只在车站附近转了转，逛了逛商场。感到很吃惊的还是交通发达的状况。从新干线、JR 线、私铁线、地铁线、名铁线、近铁线到公共汽车、出租车等，应有尽有，方便快捷。真可谓是四通八达的交通网络啊！还有，车站附近的商场也特别多，里面各式各样的商品应有尽有，琳琅满目。

偌大的地铁车站里，熙熙攘攘的人群在各个醒目的进出口里，进进出出，川流不息。一辆辆载满着四处奔波、怀揣梦想的人们的地铁车准时到达，准点离去。所有想坐出租车或想坐公交车、坐各条地铁线路的人们，都不用走出地面就在车站里分流出去了。我们中国的交通状况何时才能达到这种水平呢？唉，真的，中国还有许多事要做。要努力前进哦，我的中国！

矗立在名古屋地铁站的双雄楼

名古屋市中心街景一角

12 月 28 日　晴

今日上午，桶口先生请格老夫妇、彭老和我四个人去洗温泉浴，地点是在东洋健康温泉馆。里面的温泉池子不是很多，但温度适宜，洗起来感觉不错。

我们大约洗了一个小时的样子，从早上 6:30 去的，在路上约走了 10 分钟，7:45 结束，然后吃早饭。吃完早饭后，桶口先生又带我们去岐阜县金华山去旅游。这个金华山是岐阜县岐阜市的地理标志，上面的建筑物是典型的日本古式建筑物。

岐阜市金华山公园的古建筑物

岐阜市金华山公园的入口处

金华山，山高约 337 米，去回是要坐缆车的，来回票价 1650 日元一个人。到达山顶上后，我们先参观了松鼠屋。松鼠屋里，有各种各样活蹦乱跳的松鼠，到处爬来窜去的，真是很可爱。然后，我们又参观了金华山建筑馆里的陈列物品。里面收藏有各种各样岐阜县里出土的日本古代兵器、农具、英雄像等。之后参观了资料馆，里面摆放着各类岐阜县的有关档案资料等。后来是自由参观游览。参观累了，我自己找个地方歇了歇，买了瓶饮料喝了，花掉我 400 日元呢。大约 11:40 分返回。

返回途中，桶口先生又带我们去北方町的一个农贸市场转了转，回到宿舍时大约 12:50 分。他们又继续在格老屋里聊天、喝酒，而我休息片刻后，就去物流中心打工了。想想这个桶口先生，一早为我们每个人花掉了约 4000 日元，加上他自己的已经花去 2 万多日元了，还不算车油费呢。如果以后他要去北京玩的话，我们也得为他的旅行付出些招待费和时间才对。还有那天 23 日晚上他请我们吃饭，已花掉他七八千日元了。还送我们日本古代的纪念币什么的，大约一个人给了3000日元的纪念币呢。那天去他家看了看，他的确是一个收藏钱币和邮票的爱好者和行家。他家收集了无数的古代钱币，有日本的、中国的、朝鲜的、韩国的等许多国家的旧式钱币。此外，他还收集了许多国家的邮票、名人照片等。情趣很高雅哦，不愧是岐阜县羽岛市图书馆里的公务员。当然，更重要的是他向我们津津乐道讲述的——他的爷爷曾经很出名，得到过日本总理大臣嘉奖的故事。在他的家里，从他的爷爷到他儿子辈，都获得过各式各样的奖状，有一间屋里全摆满了各类奖状，真有意思哦！

笔者一行在东洋健康温泉馆楼前留影

东洋健康温泉馆的餐厅

（十）二〇〇三年一月

1月5日　晴转风雪

时间如飞，岁月如梭，不知不觉已是2003年1月5日了。今天从下午3点左右，天空飘起了樱花花瓣般的雪花，直到现在晚上10：00多钟了，外面还不停地下着桃花瓣似的大雪。外面的世界，所有的景物，已经是白雪茫茫了，而天空依然飘着雪花。日本，就这个地方还下这么大的雪，真是不可思议啊！从电视上看到，今天全日本都在下雪。有些地方已积满了60—70cm厚了，真厚啊！打工回来的路上，我经受了有生以来前所未有的暴风雪的洗礼啊！迎着风雪的飘落而行。一路上，全身不停地被风雪吹打着，步履十分艰难，还咬着牙关，一步一个窟窿，深一脚浅一脚地推着自行车，十分艰难地步行着往回走。不知有多少次，想停下来避一避，可没有一个可暂时躲避的地方。戴着白色手套的双手，不一会儿就冻得麻木了，不知有多少回，只好蹲下来把双手揣进衣兜里，暖暖后再用快张不开的嘴，吹吹热气后继续前进。这样走走停停，停停走走，平时骑自行车只用20分钟的路，足足让我走了3个多小时才回到宿舍里，确实锻炼意志啊！如此这般在风雪中行走，还是我有生以来的第一次啊！

这几天，日本过春节，放冬假，很清静。从元月1日到今天，都在休息，每天早上去打工，路上真的很安静。车少，人也少。不过到公司后，还是有那么多人在上班。今天还是我儿子2岁的生日呢。这小子，他老爸已经将近10个月不在他身边了，也不知道他还记不记得他老爸的样子哦！

来日本这么长时间了，再过2个多月就该回国了。当初来的目的，就是学日语，了解日本教育，考察日本社会及文化，开阔视野，挣点日元。前几点似乎都达到了一些预期的目的，至于挣点日元的事情，就有点对不住了。不是不想挣，而是打工的机会不多的缘故。再说，上了大学后到如今，基本上没有做过靠体力干吃苦的活了。所以，像之前的高山拉面店里的工作，就几乎干不了了。至于轻一点的靠脑力的活，能给像我这样的人的打工机会是很少的。

今天的风雪真大，这里入冬以来，已经零星下过好几次雪了。但是，没一次是积了雪的，所有几场雪累加起来也没有今天的多吧。明天，可是个雪的世界了呀！真好！

1月22日　晴间阴

今天是打工以来最不可思议的日子，居然睡过头了，以至于公司的负责人打电话过来时才醒。那一刻，钟表正好8：34分。我平时都是8：10出发，8：30正式到公司上班了。顾不了那么多啦，猛抬头，一瞬间坐起来，以飞快的速度穿上袜子和衣裤，飞速地洗漱完后，夺门而去。一路急驰，终于在8:45赶到公司并刷卡上班了。尴尬的是，到此时才发现连裤腰上的皮带都没扎上呢。所以，不时地担心裤子脱落，幸好紧急补救，把裤口翻转过来后勒紧，这才安心地努力工作。从第1道到6道分别分发东西。睡过头的事，自参加工作以来，包括在国内，今日还是头一回。没有扎皮带就去上班也是头一回。真不可思议啊！唉！昨晚也是按点睡的呀！怎么睡得这样死呢？可能是这些天，确实太累了。

今天晚上，电视里播报了日本的高考新闻。原来日本也有高考制度。今年高考的时间是1月18日和19日，全日本共有602887人报名，参加考试的人数为552000人。从报道的新闻来看，无论是报名人数还是实际参加考试的人数，都是历年最多的。当然，从报道的角度还有画面中家长或考生的表情而言，都不像中国那样举国重视的样子。也许是因为不是这么一次考试就决定终身，就可以确定是否能不能上大学的缘故吧。

1月30日

昨天下了我来日本后见到的第二场大雪。下班回来的路上又被风雪袭击得一塌糊涂。尤其是双手，一会儿就冻得把不住车把了。由于气温太低，风雪太大，车不能骑不说，推着走都很吃力。不得不在路途中走一阵子停一阵子的。20分钟的路程走了近两个小时才回到宿舍里，而且，到达宿舍门口后，连自行车的锁和宿舍的门锁都差点锁不住，开不了啦！等进屋插上电炉烧烤时，双手掌和手指痛得我几乎掉了好几次眼泪，牙也咬得嘎嘎直响。这种情形一直持续了十多分钟，手指才勉强能活动。唉，比上一次难受多了，平生第一次感受到如此的冰冷和疼痛啊！

下雪后树上的积雪

下雪后一辆小车侧放在路边的雪地里

今天本来是一早就去考试的，结果因昨天下了大雪的缘故，交通道路封闭，无法开车的城老师上午来不了学校，只好打电话，通知到下午去考试。结果下午 1:20 起开始考试，城老师把上午和下午的试卷一起发下来让我们一起做。整个试题说难也难，说不难也不难，反正我这种水平，考个良好以上应该是没问题的。

听城老师说，她是坐公共汽车来的学校，还说是第一次坐公交车来学校呢！因为下雪，就不能开私家车来了。日本的私家车可真是发达呢，不光是老师有，连很多学生也都是开着自己的车来上下学的。岐阜圣德学园大学周围的农户家里，每家院子里都停着有好几辆车呢。

唉，试考完了，课也不上了，意味着留学生活也即将结束了。还有不到 1 个月零 10 天的时间，就该回国了。近一年来，学到很多知识，不管是在课堂还是课外，既学到了书本知识也学到了很多的社会文化知识。当然，想学到更深更纯的日本语，了解更多的日本社会知识和文化习俗，这一年的收获是远远不够的。尤其是在课堂，毕竟在学一些十分规范的日语。幸好我自己课下努力了不少，即把书本知识复习巩固后，又去公司打工，了解日本社会生活知识和文化习俗。所以，日语能听得懂纯正的日本人说的话了，也能说、能写、能读了很多。反正，比在国内学习日语要好好多倍，毕竟语言环境、文化背景和生活现实不一样了。学习语言就得靠语言环境和融入文化社区才能事半功倍。我们很多人在国内学习了那么多年的英语，结果也不能表达得了多少，听得懂多少纯正的英语。尽管语音、语法等基础知识不成问题，掌握得很牢固，甚至滚瓜烂熟。但一旦用起来的时候，就不那么得心应手了。学习语言，真的，语言环境很重要，很关键。

1 月 31 日　晴

今天是除夕，下午学校组织我们留学生去本莊中学参加该校庆祝新年的节日活动。这是第二次去该校交流了。下午 2：30 到那里，节日活动已经开始。感到稀奇的是，活动自始至终的节目表演和主持人都是由中学生来做。节目表演内容丰富多彩，有表演英语小品、茶道表演、打滋粑、相扑比赛表演、打鸡毛球、剑道的击剑比赛以及各种各样的游戏，如玩日本象棋、穿日本武士服装等。外国人来参加交流的不少，一共有20多人。除了中国人外，有泰国的、加拿大的、美国的等。说是来交流，其实都是来相互学习、相互了解的，很有意思噢。日本初中生的独立能力和实践能力都很不错。打糍粑、做糍粑、茶道表演等活动，都是学生自己来做、自己组织完成的。还有玩手绒游戏和木珠转动等游戏，是我小时候玩过的，很亲切呢。有时候，真觉得日本留存的一些习俗和游戏项目，跟我们彝族人拥有和传承的习俗有很多相似之处，不会是一些日本人和彝族人是同祖同宗吧?!

晚上，闫同学、金同学、成同学、张同学、李同学、茉莉同学（日本人）、格老、彭老和我，聚集在一起搞欢庆新春活动。我们买了很多小吃、啤酒、白酒等在格老屋里吃喝玩乐，迎接中国春节钟声的到来。大家又说又唱又笑又吃又喝的，尽情地挥洒着激情和笑容。想想一年的留学生涯就这么过去了，又在异国他乡欢度新春佳节，有些感慨啦！真的是“每逢佳节倍思亲”哦。

（十一）二〇〇三年二月

2月2日　晴

今天晚上7:30—9:50，桶口先生又请格老、彭老和我去东洋健康馆去洗泡温泉浴，很是休闲和舒坦，好一阵子都不想离开浴池。

时间如飞，光阴荏苒，转眼就到了即将回国的日子了。回想这一年来，留学生的生活真好。不但认认真真地学习了日本语，了解了一些日本社会的文化知识、科技信息、风俗习惯、人生礼仪等，也打了工，体验了日本人的工作日子。还通过山田美惠子女士的热心帮助和诚挚邀请，我妻子和孩子也即将一起来到日本，到处转转、看看。他们预定2月中旬来，待半个多月后，3月一起回国。唯一遗憾的是没有去过风俗区打工，尽管骑着车到里面转了好几次，但因为城老师告诫过不能去那里打工的，所以，对这个神秘的地方没什么了解，更不用说有真的体验了。据说这些风俗区，实际上是我们国内人们所说的红灯区。经营者大都是一些日本黑社会的人，或带有黑社会性质或背景的人，是正式设立的公司或企业，以经营运作的方式而存在着。而且，都有正规的营业执照，都要向国家和地方缴纳税款的。风俗区在日本全国各地都有，最有名的是东京的歌舞伎町。岐阜县的风俗区则分布在岐阜市火车站和长途汽车站周围。

今晚乘心情爽朗的机会，简要总结一下一年来对日本的总体印象或者感受。概括起来主要有以下几点：

1. 日本的确是一个十分发达的国家。从交通布点和枢纽、环境卫生、人们的素养等可见一斑。我常开玩笑地对日本友人说："什么是发达国家？发达国家就是把柏油路修到这个国家所有的田边地角和山脚溪边"。即路修到哪里，光亮亮的柏油就铺到哪里，这就是发达国家的一个标志吧。

2. 日本的城市和农村，好像没有什么区别，除了城市拥有繁华的街道、耸入云天的高楼大厦和熙熙攘攘的人群外，其他没有多大的区别。自动贩卖机、私家车、24 小时店等，在非发达国家中城市里才有的东西，遍布在日本城市的大街小巷和乡村路边的每一个角落里。看上去，好像一切都是为人们生活的舒适和方便而存在着。无论是城市还是农村，都十分的干净和幽雅。在乡村道路旁或田边地角上或修路盖房的任何一个地方，都有砂石覆盖等防尘土飞扬的设施或设备，到处一尘不染。所以，在日本生活，擦好的皮鞋穿上一两个月依然是亮铮铮的。

3. 日本民族是一个信仰多种神灵的民族。无论是城市还是农村，抑或高山荒野里，到处都有神社、庙宇、墓地等建筑物。而且，常常有人去从事烧香、祭祀、朝拜等各种宗教信仰活动。在好朋友山田的家里，也有专门祭祀神灵的房间，房间里供奉着神像以及神龛、贡品等。

4. 日本人的为人处世，有些捉摸不定。平日相处很客气，大家和和气气，氛围很好。但是，很多时候让你根本弄不明白他们在想什么，或者下一步要干什么。向日本人问一个问题，对方包括老师都是很少给你一个直接的明确的答案。平时里，无论在什么场合，都看不见电视、电影里的那种凶相、残酷的面孔以及卑劣的手段。也许心里面一万个的不愿意，但表现出来的长幼、上下级的等级关系却一团和气。在一个公司里，尽管都是打工的人，但先来一天甚至先来几个小时的人，总比他（她）晚来的人，无论年龄大小都要毕恭毕敬地称呼他（她）为前辈或先辈。

5. 日本的商业和产业十分发达。很多都是家族式的企业或公司，有不少的连锁店和加盟店，或者是连锁性质的企业或商店。很多不同的 24 小时连锁便利店，遍布在城市的大街小巷里和山村沟谷边。

6. 日本的“黄色经济”十分发达。无论是书籍、报纸、杂志还是光碟、录像带，到处都有销售。尤其是在书店或录音、录像店里，都有专门的成人买卖区域，专卖各式各样的成人录像带、光碟、书籍等。很多日本男大学生都有几本黄色的图画杂志，或一些带子和影碟，没有观摩过黄色影视的男大学生几乎没有几个。在很多宾馆旅店里，只要你肯付费，电视里的成人节目应有尽有。

校庆日日本女大学生在校园里做烧烤

7. 日本人做事很认真，很精细。无论做什么事情，都一丝不苟，兢兢业业地干。无论在哪里上班，制度和纪律都很严明。一般情况下，上、下班都要打卡或刷卡。一周来几天和每天几时几分进出工作场所，是否迟到或早退都给你记得一清二楚，明明白白，以有利于薪金的结算。

8. 日本人看不起能力比自己弱的人，而对于比自己厉害的人，则是赞许和敬仰有加。

9. 生活在日本总有些不安全感。地震和台风的消息、预防暴力的会议、各种消防演习、相约自杀等各种各样的信息，常常见之于电视、报纸、网络等媒体上，甚至发生在身边，常常让人闹心和不安。尤其是地震和台风。大的地震不多，但1、2、3级的地震，一年不知发生过多少起，起码也得有三五十起吧。台风也不少，我在日本期间有一次还赶上因台风太大而停课呢。

10. 日本的气候变幻无常。梅雨天气和台风很多。可能是岛国的缘故吧。

11. 日本的媒体、新闻节目是很自由的。除了NHK的节目、读卖新闻等媒体、报刊比较正统和严肃外，其他私有电视机构的节目或一些报纸杂志的内容则是五花八门、稀奇古怪的。只要有卖点、有观众、有收视率、有读者，无论播报什么内容，好像都可以。而且，对新闻的报道很及时。在任何时候，只要你感觉到刚刚有轻度的地震发生，打开电视一看，电视屏幕上已经有了刚刚在哪里发生几级地震等的字幕了，或随机插空播报了。而且，地震的信息很详细，详细到那个地方是几度，离震源有多远，震中在哪里，经纬度多少等都有很精确的数字。

12. 日本的政治透明度很高。电视上常常能看见，在国民议会上，总理大臣等在位者，经常会受到来自于不同议员或其他党派人士的质询、答辩或攻击。有时候被问得很难堪、很难受、很无奈！国民会议上，议员之间的争吵是常有的事，彼此之间动手动脚也是很多的。在学校的课堂上，老师和学生可以随时对总理大臣等官员的言行进行批评和议论。但是，在学校里，学校是不去管学生的党派和党员属性的。

13. 从参加的十几次与日本人不同层面的交流来看，日本中小学校的教育是很重视学生的素质教育和国际观念教育的。日本人十分重视国际交流活动，尤其是中小学校，动不动搞个活动都要请外国人去参加，一起玩乐，一起吃喝，一起欢笑。这跟它的岛国性质有关系吧。对小学生来讲，或许是一种很好的狭小国土面积和资源缺乏的国情意识的教育，抑或是一种爱国主义的渗透教育吧。对外国留学生来讲，也是了解日本社会的难得机会。

14. 日本社会的公共设施很发达，为公众考虑得十分周到。全国各地到处都有公共活动设施和场馆，如公民馆、避难所、健身地等场所。这些场所里面，生活用具和各种设备十分齐全，锅碗瓢盆应有尽有。人们随时可以在预约后，到公民馆里去做饭、娱乐等，欢聚在那里，体验集体生活、团队精神。

笔者参加某中学校庆交流活动的留影

15. 日本人很注重历史的建设和传承。每个学校或公司都有专门的地方陈列着本部门创始以来发展的历程、历任领导人的在位时间、功绩和照片等各种资料。各个都、道、府、县都有老城和新城的区域标志，保留了古老的城墙、习俗等，如岐阜城就有新岐阜和老岐阜之别等。这也许是很多人本人不断地在问自己是从哪里来的，怎么会来到这个岛国生存、繁衍的原因。因为很多日本人，一直都在为寻找自己民族的祖先和历史文化发展传承的渊源而努力着。

16. 日本人的住宅十分有特点，很多的建筑物都富有浓厚的民族文化特色和地域文化色彩。除了都市里现代化的高楼大厦以外，95%以上的建筑都是木制的或钢木结构的古朴典雅的建筑物，很是防震防暑。

17. 日本商场里的物价浮动很大。各个超市或商店里，每天都有各式各样的促销活动或优惠减价的商品在销售，尤其是一些牛奶、面包等不能久放的东西，保质期快到的时候，就要赶紧减价出售。到保质期期满的最后一天，就减价 50% 出卖，如保质期到了，还卖不完的话就回收扔掉了。总体上看，物价有高有低。一般来说在日本本地产的东西是很贵的。例如，同样是一款索尼数码相机，在日本本地生产和新加坡等日本以外的地方生产的，其价格相差一倍以上。总体而言，日本的物价如果按照日本人的工资数额来比对核算的话，物价还是不高的。比如，一碗拉面在日本大约 380 日元左右，折合人民币约 26 元左右。但在日本打工的计时工资，一小时最低也是国家法定的 780 日元，折合人民币 55 元左右。而在中国，一般一碗拉面大约是 6 元人民币，但打工一小时的计时工资，一般也就是 8 元人民币。可见，在日本打工一小时可以买到两碗拉面，而在中国打工一小时只能买到一碗半不到的拉面。你算算，哪里的物价更低呢。

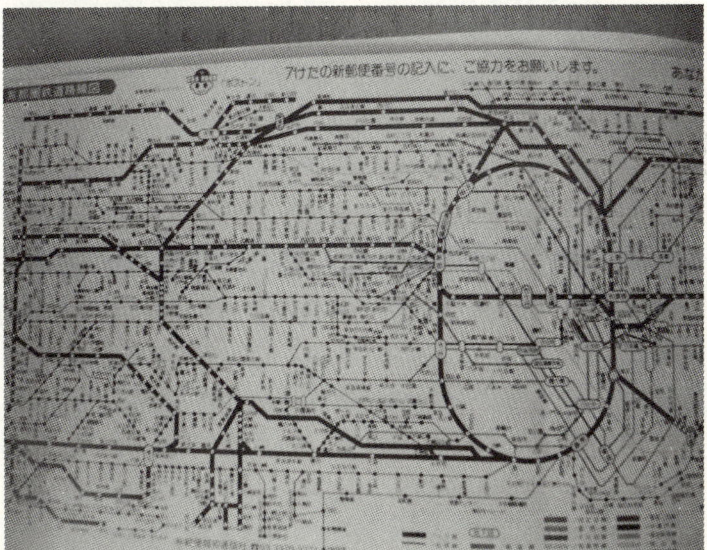

日本东京城里的铁轨交通网状图

18. 日语越学越难，但也不像有些人所说的那样“笑着进去，哭着出来”。实际上，日语除了训读和语法结构特点以外，把它说成是汉语的一种方言，也许也不为过吧。因为日语的读音，很多都跟中国南方的一些方言的发音十分相似或相近。有位留学生开玩笑地说，把中国的普通话读得不太标准就是日本的日语读音了。这个玩笑虽然开得有点过分，但也不无道理。

19. 日本中小学生的服装是一道独特的风景线，尤其是女学生的服装，长长的白色袜子衬托着各式颜色的短上衣和超短裙的装束，很远就映入你的视野，吸引着你的视线。从装束的开放程度，就能估摸出她是初中生还是高中生，甚至可以精确地猜测到是在读几年级的女学生。

20. 日本是个多火山的国家，到处都有热气腾腾的如诗如画的温泉浴。东京都或横滨市里的很多老年人，常常坐着 JR 线或新干线，到日本全国各地去泡温泉浴，形成了独特的生活气息。因此，日本各地到处弥漫着浓郁的温泉文化和泡汤习俗。

以上是一年来对日本的初步印象，现记于此。2003 年 2 月 2 日晚 23：50 匆草于日本岐阜县羽岛市柳津町佐波加藤寮 101 室。

第三章　部分留日归国者访谈录

中日两国同处亚洲，一衣带水，一海之隔，自古以来两国之间无论是官方还是民间的交流从来没有间断过（除了战争年代不正常以外）。通过人员交往、贸易往来和文化交流，两国和两国人民之间彼此互惠互利，互相学习，取长补短，不断向前。尤其是自上个世纪中国实施改革开放以来，两国间交流更加频繁，更加务实，更有成效。本书第三章辑录的是曾经留学日本后归国的五位中央民族大学的专家和学者，讲述自己在日本留学期间的所见所闻、所思所想和所感所悟的内容，以飨读者。特别说明的是，为尊重访谈讲述者本人的意愿，五位访谈者中有的用真名，有的用某个符号来替代，请读者理解。

（一）王军

访谈时间：2012 年 1 月 3 日

访谈地点：北京西三旗育新花园小区

被访谈人：王军　中央民族大学教育学院教授、博士生导师，国家民族事务委员会民族问题研究中心副主任

笔者：王军教授（以下简称王），您好。您是什么时候去日本的？

是怎么想到要到日本留学的？

王：1990年去的日本，我在东北师范大学读研究生学位的时候，学的是比较教育学专业，研究方向是日本的教育，毕业以后，想去日本留学也是很正常的。只是当时有点情况，就是我1988年毕业后，就在大学里工作了。当时学校有个公派去加拿大留学的名额，推荐我去。我就到吉林大学去学习英语，正要办理出国手续的时候，因为“六四”的原因，整个国家的留学业务全都停下来了。期间，我也不知道什么时候，可以再启动这个公派去加拿大的留学项目。我的导师是当时中国比较有名的比较教育学方面的教授，他建议我去日本留学。但是，去日本留学是要自费的，是自费留学。因为当时国家停止的是公费留学的项目，自费留学项目没有停止。而且，自费留学的手续，办理也比较快捷。我的导师就给我写了一封推荐信给日本的教授。日本教授看了推荐信和我的简历以后，很快就回复同意接收的信。而且，他们帮着办理有关手续。本来我是要去加拿大留学的，但改变主意去了日本，自费去的日本。到了日本以后，先进了大学院，就是日本国立东京学艺大学的大学院。这所学校相当于我们国家的师范大学。也就是说，日本国立东京学艺大学就是日本国立东京师范大学这么个概念。相当于我们国家的北京师范大学这么一所大学。去了以后，进入教育学部攻读学校教育和比较教育专业，一口气就读了两年。日本的硕士学位年限是两年。我去读的是博士学位。但是，这所学校是日本战后合并建立起来的，博士学位的授予权还没有批下来。我师从的日本教授是非常有名的教育学教授，第一个报批的博士专业也是教育学专业。我的日本导师就先让我跟他边学边等待博士授予权的批复。只要一批下来，就能够申请博士学位了。但是，我读了两年时间，还是没有批下来。所以，我只好申请硕士学位并通过答辩后，获得教育学的硕士学位了。之后，又开始攻读博士学位的课程，一读又是两年。两年过去了，博士学位授予权还是没有批下来。我的导师就推荐我到筑波大学去申请博士学位。

当时，我在日本已经把汽车驾驶证都考下来了。正准备去那里读的时候，正好赶上日本国立教育研究所招募人才。这个教育研究所，是日本最高的教育决策机构。进去工作是很难进去的，日本人都难以被聘用，更不用说外国人了。但是，我参加招募报名考试，通过考试和面试，我又考上了，就进去工作了。在那里，工作了一年。主要是负责日本教育政策研究部的工作。这个部门是该研究所最核心的部门，是制定日本各种各样教育政策、教育法规等的地方。各种教育政策和法规都是通过这个部门汇总以后，上报日本文部省批准的。是属于日本国家公务员系统的工作性质，而不是单纯的研究部门。整个政策研究部里，正式的员工就两个日本人，加上我是三个人在工作。但是，下面有很多助手，都是从日本各个大学毕业的优秀博士生中聘用过来的，什么早稻田大学的、东京大学的等等。所以，我在那里工作期间，接触到了日本教育政策的核心内容。但是，我还是想去拿一个博士学位。先前我就读的日本国立东京学艺大学的教育学博士授予权，已经被批下来了。但是，第一个拿到该校教育学博士学位的是我的师弟。我那个导师让我随时都可以回去申请答辩，获取博士学位。但是，我们国家的教育部通过在日本的中国大使馆，动员优秀留学人员归国。中国大使馆又通过“在日学人”这么一个组织，动员我们回国。

“在日学人”这个组织，基本上掌握了中国人在日本的政治、经济、社会等各个领域里留学人员的情况。他们掌握着几十个人，我是被他们掌握的人中的一员。后来，大使馆里的人经常请我们到大使馆开会、座谈。实际上，是动员我们这些人回国的。回国参加祖国的建设。当时，我们国家非常缺乏海外留学归来的高级人才。我们这些人中有一些人回国了，我也跟着回国了。我觉得在日本，工作生活待遇都很好，社会地位也很高。但是我想，自己下了这么大的功夫，学了那么多的知识，应当用到我们国家的建设当中来才有意义。所以，博士学位也没有申请就回国了。后来，在国内拿了一个人类学的博士学位。这样，前前后后，我在日本已经待了五年了。硕士两年，读博士学位课程两年，教育研究部的工作一年，一共待了五年。回国以后，跟日本岐阜教育大学有校级关系，主要是我联系建立的校际关系。建成了中央民族大学与岐阜圣德学园大学“姊妹校”的关系，互派交换留学生。到现在，已经派了十多批交换留学生了吧。建立校际关系时，先派我们学校的教师去那里进修，我是唯一一个以教授的身份去的，是学校第一批派去的。待了两年多。后来，2006 年又去了一次日本。这次是日本文部省的一个项目，资助对研究日本贡献大的学者，邀请这些学者到日本讲学、访问，做高级访问研究者。我是被邀请的其中之一。通过这个项目又去了半年多，去的是东京大学。这样，前前后后算在一起，我在日本待了八年。够长了吧。

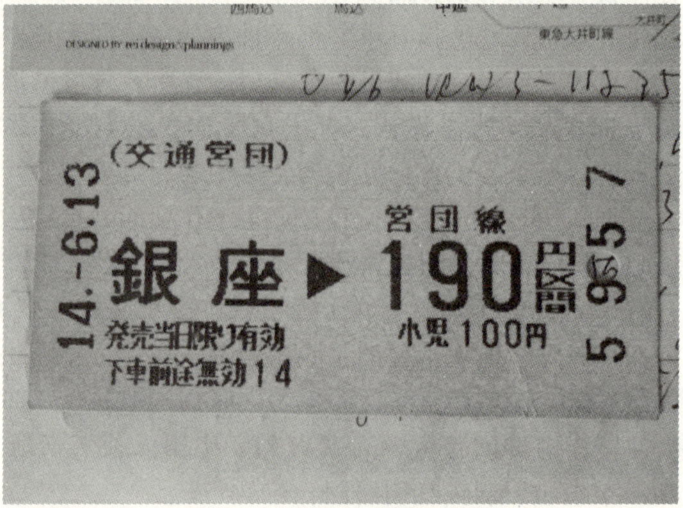

日本的地铁乘车票

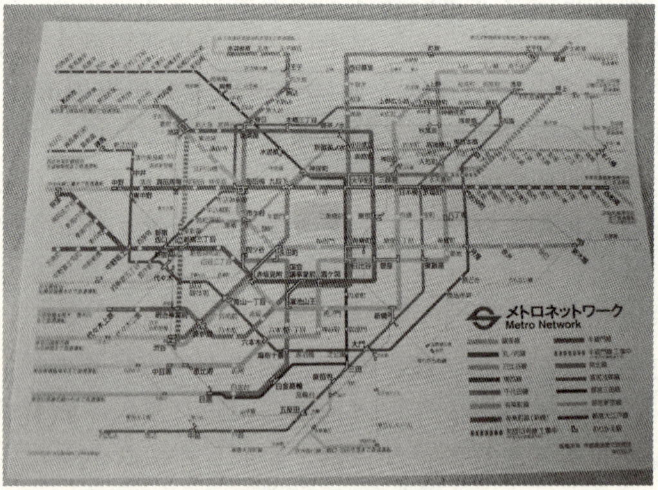

日本某地一段地铁图示

笔者：您在日本待了那么长的时间，您打过工吗？

王：打工是打过的。在日本期间，先后打过几次工。刚开始时间很短，刚去日本的时候，不认识什么人。1990 年嘛，中国还相当贫穷的。我从家里拿的钱，加上朋友亲戚那里借的，一共只有 36 万日元，相当于人民币三四万元的样子。当然，在那时候，已经是天文数字了。那时候，国内刚刚有万元户的宣传哦。我是借的钱，出国时有规定，携带现金出国是有规定限额的。我怕被发现，就把钱分成两部分。一部分放在口袋里，一部分放在鞋垫下面，就这样带出去的。到日本以后不久，就用光了。因为去之前，日本的一个朋友帮我垫缴了入学金等所需的费用，加上我到以后自己租房子住，要交租金等。把这些都办妥以后，大概只剩下不到一万日元了，很快就面临经济上的拮据，没办法，就去找工作打工了。最后，在东京的一家邮电局被聘用了。主要工作是卸车，在邮局的包裹分拣中心工作。就是从车上卸下来包裹后，背到通道里边去放着。前后大概做了五天的工作。为什么做五天呢？是有原因的。因为当时只剩下大约 7000 日元，折合人民币也就三四百元。但是，一个月的房租就是一万日元。还有水费、电费、煤气费和生活费，花销是不少的。正好再过二十多天就该交房租了。如果交不上来，就只能到马路上去睡了。所以，这个时候，连吃东西也不敢乱吃了。一天只吃二三两的面条。鸡蛋都不敢买了。实际上，买鸡蛋，100 日元就能买 10 个的，非常便宜。但是，都不敢买。因为钱太紧张了。一天只吃面条加点酱油。所以，有点着急挣钱。怎么办呢？眼看交房租的时间越来越近，身上又没有多少钱了。就决定了一个标准。第一打工赚钱要快。第二打工赚钱的工资要高。为什么快呢？因为只有打工赚钱又快又多才能解决问题。还有，我知道，有的工作，你干完一个月的工作以后才给你发工钱，那样对我来说是不行的。所以，就想比较快地拿到钱，而且工钱要高才行。如果太低了，也抵不了什么用。我就以这个标准，到处找。看招聘广告什么的，最后在邮电局这个公司应聘上了。这个应当也是当时所有打工的工种里，工资比较高的。一天工作 16 个小时，中间有 3 个小时的休息时间，半夜打个盹什么的。但是，总体上是一天 16 个小时。这个时候，打工不太行。刚到日本不久，各种压力太多、太大。学习上的，适应上的，经济上的等等各种压力都有，加上周围也没有什么熟人、朋友能够帮助你，再加上吃得少，吃的不好，使人处于高度紧张的状态。因此，第一天打工就让我特别难受，到半夜的时候胃就疼得受不了。刚开始，精神不错，有几百个大大小小的麻袋往下卸，往里背。到最后，卸完一大卡车以后，腰都直不起来了。就在两个车的间隙之间，小歇一会的时候，马上拉来两个椅子并在一起，像小床的样子就躺下了。有点休克的状态，印象特别深。当时，躺着的时候，有人在拽我，轻轻地拽我。睁眼一看，一个日本人，就是那个负责人对我说，对不起，现在是到工作的时间了，卡车已经到了，赶紧工作吧。当时，我一起来，一下痛得很厉害。我说，对不起，我马上就来。结果把眼睛闭上又躺下了。之后，那个日本人也很固执，又来拽我。对我说到工作时间了，赶紧起来工作。我说我胃痛得很厉害，歇一会儿就起来干了，就歇两三分钟吧。结果又把眼睛闭上了，真的，很难受的，受不了了。结果那个日本人又来拽我，说话的声音也比较大了，“对不起，到该工作的时间了，赶紧起来干活。”在日本，你就明白，他不是因为你是中国人才那样对你，而是你是拿钱才工作的。我也没办法，也没法跟谁商量，一咬牙就起来干活了。又卸了几大卡车，慢慢挺过来了。

实际上，回到住的地方就天明了。离住的地方距离很远的。前后走路，中间坐车，加起来要花两个多小时的时间。天亮了还要到学校上研究生的课程，连躺下休息一会儿的时间都没有。赶紧洗洗脸，吃点面包，换上牛仔裤，穿上上课的衣服，就赶到学校上课了。听完课大概是中午了，回到住的地方吃点饭后，又马上去上工了。因为我的工作是从下午3点开始，一直干到深夜的。所以，我得一点钟出发才能赶得上，几乎没有睡觉休息的时间。从学校回来后，赶紧吃点东西，换上衣服后，直奔邮局开始工作。开始工作以后，一口气下来就是十多个小时。这样干下来以后，身体就达到极限了。从第一天、第二天，到第三天的时候，胃痛的痉挛就更难受了。痛起来时，一下一下地，到后来，完全受不了了。

笔者：那您打工的这几天，一天能拿到多少钱？

王：一天能拿到15000多日元吧。确实收入很高的，相当于两天连着打工嘛，做16个小时呢。到第三天的时候，胃就疼得更难受了。不停地痉挛，痛得难受得很。做到第五天的时候，严格意义上说是到了四天半的时候，就彻底不行了。那天一到那里我就数着，一个麻袋一个麻袋地卸了上百个。到了半夜的时候，就是从下午 3 点到晚上 12 点的时候，一共发生了 32 次胃痉挛。腰也痛得完全直不起来了。面色发青，头顶冒汗。在那里打工的很多日本大学生都过来看我。看我满脸都是汗，面色发青什么的，都知道我病得相当严重了。等到半夜的时候，我就觉得不行了，痛得不能坚持了，感觉到自己要出危险了。有可能是胃穿孔，或者发生别的什么的。痛得一点都不缓解了。而且，都不会思维了，头脑发木了，分神了，没办法集中思考一件事情了。痛到这种程度时，面临着危险的状态了。这个时候，断断续续地想，想自己这些天赚了多少钱。开始算，一天 15000 元，两天 3 万元，就这么算，到今天已经第五天了，就算今天的钱不要了，只算前四天的，也能拿到 6 万日元了。这样交房租 2 万，其他吃的、喝的、水、电、气的钱算在一起，一个月是足够了。这个时候，自己就下工走了。走到门口打卡的地方，我把卡拿去刷的时候，那个看门的日本人说，对不起，你在干什么？我说我病了，但是，他没有听清楚。因为我病得说话的声音都很小很小的了。他说，你怎么啦，现在是上班的时间，你干吗呢？意思是说，我不能中途退出的意思。我因为病得那份上了，再没有什么精力跟他理论了，还是把卡抓在手里去刷。他也很奇怪，哪有半夜下工的，活都没干完呢。我把卡刷了。他说不能走，我说能走也得走，不能走也得走，不管那么多了，就踉踉跄跄地出去了。我隐约地记得，我在车的中间走着，两边的车都在躲我。实际上，我可能已经走入了汽车专用车道里了，而没有走人行道。平时是走地下通道后人行道的。但是，我已经痛得不知道了，只知道前面是电车站，顺着马路走过去就到了。那个汽车道也没有什么护栏，就过去了。过去后就到了一个大广场，我已经痛得不行了，就坐下来休息。那时候，胃痉挛已经疼得极限了。我就掏出一根烟点燃后抽上了，想用抽烟来缓解镇定一下，结果可能失去知觉了。等我睁开眼睛的时候，我发现自己躺在水泥地板上，满天都是星星，天还没亮，手上的烟还夹着，烟头已经熄灭了，就那样躺在那里，躺在一个露天水泥地板上。当时，我在想一个问题，而且很快就付诸行动了。就是人从哪儿跌倒就要从哪儿爬起来，不能被吓倒，一定要站起来。就这样下定决心爬起来了。日本有什么了不起嘛，自己给自己发了誓，我一定要从这里爬起来。而且，在各个方面一定要做出一些成绩出来，一定要把日本人压下去，让日本人看看，什么是一个有理想、有志气的真正优秀的中国留学生。就这样，这个工就不打了。四天半的工钱，省吃俭用也能抵挡一阵子了。过了一段时间以后，经别人介绍，在一个医疗检测中心做计算机录入工作，一直到回国前才辞掉那份工作。

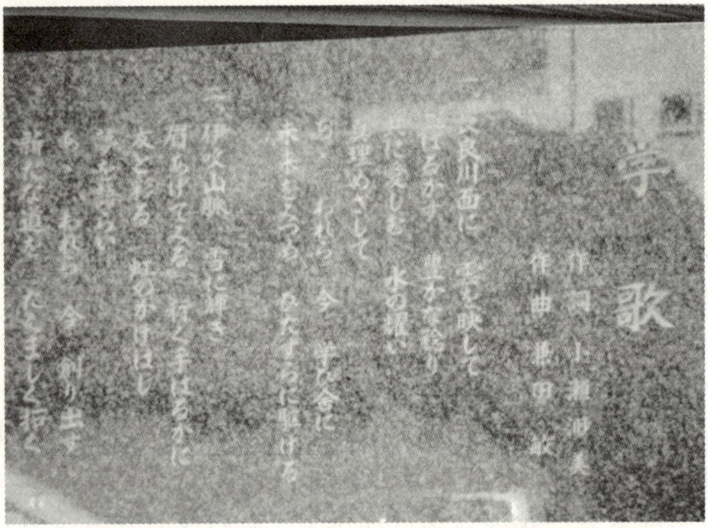

刻在石壁上的岐阜圣德学园大学的校歌歌词

笔者：您怎么看待日本的教育？

王：日本教育有优点也有缺点，总体来讲，日本人是一个非常认真的民族，日本传统的教育非常好。明治维新以后，日本很快就普及了全民教育，消灭了文盲和半文盲。日本国民教育的普及，在世界上都是走在前列的国家。而且，日本一直有重视教育的传统。因为国土面积狭小，物质资源匮乏。日本人一直认为自己在这个列岛上生存、发展，一定要依靠知识和高科技。所以，日本早在明治维新的时候，就提出教育要优先发展，把教育发展当成是国家发展的支柱来看待。二战以后，日本经济处于一片废墟状态。但是，国家首先保障学校的教师和学生的吃饭问题。日本的教育有很多值得我们学习的东西。日本教育的问题，主要表现在创造性人才培养方面比较弱，创新教育跟不上。这跟日本长期的文化传统有关，跟社会结构有关。因为日本从某种意义上说，是一个等级社会，长幼有序，先辈后辈也好，上下级也好，都有根深蒂固的传统。这种传统有好的一面，也有不好的一面。尤其是在教育上，科学研究方面，就碰到很大的障碍。有许多独特的想法，有不少个性的做法，在一定程度上是压抑的。比如，在学校里面，正教授的意见是至高无上的，一个副教授或者一个讲师很难去反驳或批判一个正教授的观点和意见，学生也很少有勇气跟教授或者教师提出意见。这样，长此下来以后，在教育当中，缺乏像美国等一些国家那样的自由学术氛围，敢于挑战学术权威的现象。长久下来以后，对日本的年轻人，特别是对那些有个性、有独到见解的创造性的人才的教育，就有很大的不利影响。

跟中学生交流后写给我们的感谢信

笔者：您怎么看待日本传统文化与现代文化的结合？

王：这个问题嘛，我的观点可能跟一般人的看法不一样。日本人的想法与一般人的想法也可能不一样。我不认为日本人一定是古为今用，一定要去结合些什么。实际上，有关日本的文化，应当分段去看。怎么看呢？日本在中国历史上的隋朝、唐朝时期，就把中国的文化当作上等的文化，大批大批地引入了日本，并加进日本本土的文化，逐步形成具有日本特色的整套文化。无论从服装、饮食，还是从居住、习俗等各个方面，都形成了自己一套独特的文化。这其中，有很大一部分是受中国文化的影响，或者就是中国文化。这是一方面。到了明治维新的前前后后，中国在世界上的地位下降了。到清朝，清朝末年的时候，西方列强打进了中国。在这种情况下，日本就开始把眼光转向欧洲的国家，特别是欧洲的法国等。日本国家开始提出“脱亚入欧”的口号。追寻欧美的文化，作为当时最先进的文化，并及时引入了日本后，积极倡导，不断推广。自然科学、社会科学都得到了全面的发展。我们国家也开始提出一些变法的口号，这个跟当时的日本有相似的地方，或者是效仿日本的做法。但是，很不彻底。那么，从那个时候开始，从明治维新到现在，1868 年明治维新到现在，已经一百三四十年过去了。在这漫长的一个多世纪当中，日本大量吸收了欧美的先进思想、科学技术和先进文化。日本逐步成为世界上的经济强国，科学技术走在世界的前列。在日本的历史发展过程当中，既有它的传统文化，也有中国文化和后来引进的欧美文化。当然，我觉得日本人似乎不是强行地去效仿外国的文化，而是一个自然而然的过程。日本人认为好的东西，一定要保留下去。比如，日本的和服，觉得很独特。而且穿起来起居上、生活上很舒适，袖子很宽大，很大方，很漂亮。当然，它也有不断改革的东西。如把传统日本和服的图案变成欧美的流行图案和样式等。改成什么样，日本人不追求这个东西。就像今天日本的住房建筑、起居习惯，可能有许多改变。但是，绝大多数日本人还是喜欢日本和式的房间，榻榻米、纯木头做的东西，原始的、自然的东西。房间宽敞明亮，不需要有多少当代的科学技术去结合，去雕琢。所以，从整体上看，日本人是一个真实的民族，不是一个特别虚荣的民族。也就是说，日本人喜欢什么东西，就追求什么东西，想用什么东西，就用什么东西，一点都不掩饰这个观点和做法。喜欢榻榻米就用榻榻米，美国好莱坞的大片好就喜欢看好莱坞大片。在古代的时候，喜欢和崇拜中国的文化，就喜欢和崇拜中国的文化。后来“脱亚入欧”后，就学习和引进欧美的文化。因为当时欧洲已经取代了中国，没有什么遮遮掩掩的东西，哪个先进就用哪个。当美国的汽车发达了，就向美国学习。但是，在这个过程中，像我们中国那样“中体西用”等的东西，日本不去作太多的研究。就是说，在这个过程当中，自然而然地就演化了，或者被老百姓接受了。总体上讲，不在意这个东西一定是谁的，一定不是谁的。这跟我们国家的价值观是有很大的区别的。

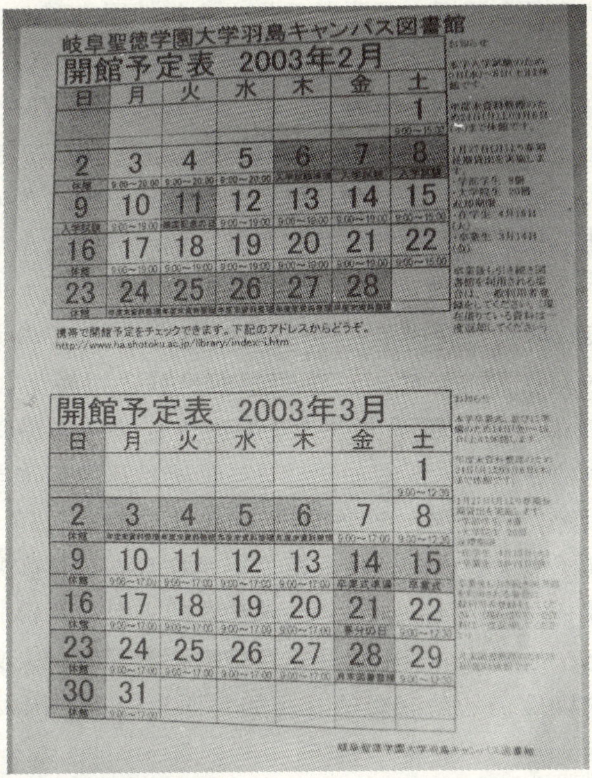

岐阜圣德学园大学图书馆开放时间安排表

笔者：日本社会给您留下什么深刻的印象没有？

王：这个很难说，这个题很大。不好细说。

笔者：您在日本留学期间给您印象最深的是什么东西？除了刚才讲的以外。

王：我跟别人，跟许多留学生的看法并不相同，或许因为我待的时间比较长的缘故，或许因为我是专门研究日本教育、中日文化比较的缘故。也有可能我是从文化的角度，从比较的角度来审视很多事情，很多方面的原因。所以说，我的看法跟别人的看法有不一样的地方。比如，拿中国人与日本人做生意、做买卖来说吧。无论经济交往也好，人际沟通也好，许多人认为日本人比较狡猾，非常不好合作，谈判的成功率很低，好像不如美国或其他一些国家的人那样好办事。实际上，我的感觉不是那样的。这个时候是由文化心理的差异所决定的。你真正理解了就不一样了。从我的角度看，觉得与日本人合作比跟中国人合作是更为简单的一件事。因为总的来讲，日本人是讲信誉的，讲诚信的。他们做事有他们自己对人、对物的一套看法，或者叫信念，道德的准则。很多留学生到了日本以后，打工不容易，都想挣点快钱，很快地赚到钱。但是，成功的人不多，尤其是早期的留学生。我认识的一些人，我跟他们都探讨过这些事情。如，在日本看到卖蔬菜的小店或者是小的超市，个人经营的百货店里，中国留学生在买东西的时候，自然就想到一个问题。在买黄瓜、西瓜、大白菜这些东西的时候，觉得买得太贵，有没有更便宜一点的。我记得当时买一个西瓜的价钱，相当于在中国买至少20个以上的西瓜，甚至还不止。买大米也是有同样的感受，有几十倍差价之差。各种各样的东西都一样，日本的物价比我们中国的物价高很多很多。买大葱，在中国，上个世纪90年代的时候，10块钱人民币，大概可以买几十根大葱，一大捆大葱。可是在日本，顶多买两根葱，差别很大。尤其是一些干菜，如木耳、蘑菇等的东西，差价非常大。中国留学生们就想，如果从中国把这些东西带去，拿到日本去交易，哪怕压价，压多少倍以后仍然是有赚的。比如卖西瓜，从中国发一船西瓜过

岐阜县白川乡五崮山里的日本传统民居

去，到日本了得卖多少钱呢。还有卖干木耳，压缩木耳。假如在日本一百元一公斤，但在中国，只需几块钱一公斤，顶多十多二十块钱就能买

到了。那是多么诱人的一件事。但是，许多中国留学生跟日本人谈的时候，没有一个人是谈成功的。无论是广州人、上海人还是东北人，没有一个谈成的。因为我的语言比较好，与日本人交往比较多，处得也好。有时候，我就跟那些卖菜的日本人聊天，问起这件事的时候就明白了。我说你们怎么不做这样的生意呢？难道赚不到钱吗？他们说，他们也知道，把中国的这些东西运往日本去销售的话，有很大的利润可赚的。我问那你们为什么样不做呢？他们说，他们不能做。因为有个信誉在里面。日本是有成熟的行业协会的。卖蔬菜的有蔬菜协会，开饭店的有餐饮协会等，每个行业都有行业协会。这些做买卖的人组成一个民间的行业协会。有点像过去我们国家的合作社、互助组那样的组织。就蔬菜那么一个协会里面，你就是这个协会的会员。你是会员，你就得按这个协会的统一规定来行事，就得讲这个职业道德。那么，在这样一种情况下，你要卖白菜，白菜就给你送到你的店里来。你要卖大虾，就把大虾给你送过来。只要你打个电话，发个传真，说明几时几分要，人家立马就给你送到。大家都靠这个规矩来生存发展。如果说，你看到什么便宜，你就自行其是地卖什么，那是不可取的。中国的西瓜便宜，韩国的白菜便宜，你不从行业里去进货，而是自己单独从中国进货了，或者从韩国进货了，你是赚到高额利润了。但是，行业协会立马就把你开除了。认为你不守信誉，不遵守这个行业的约定。如果大家都这么去做，那么这个协会的存在，还有什么用呢？这个市场不就乱套了吗？所以，他们都有一个同舟共济的意识和信念在里头。一个人如果不顾行业的规定，不遵守约定，按日本的话说，相当于自杀。你今天赚了很多钱，但明天，全日本没有一家会给你提供货源。因为你是一个不守信誉的人，是道德败坏的人。这种人是不能再去做事情的，是被鄙视的。日本社会的这点，在我们看来是很保守的。但是，它是社会的一种诚信，是一种很稳定的机制，是市场的游戏规则。从这个角度讲，你跟日本人打交道，为什么认为日本人那么固执，那么死板，放着这么好的事情不去做。实际上不是这样的。这里有道德观念，有价值理念，有做人做事的底线等一系列的东西存在。你不了解这些东西，而用我们的价值观，用我们的处事行为去评判、去衡量，得到的结论，可能是不客观的，可能是不真实的。这样看来，日本社会有很多很好的传统和行为规范。有些中国留学生，认为日本人很坏、很小气等这样那样的评价，也许是不一定对的。当然，情况也有不一样的时候。

我们跟日本岐阜县柳津町的大婶大妈们交流中、日料理的做法

在我周围的日本人都很好，许多留学生都感到很吃惊。说你怎么运气这么好，你认识的日本人怎么都这么好。比如说，我回国了，当时我的女儿病了，我认识的日本人或我的日本同学知道这个消息以后，无论是已经工作多年的，还是那些刚毕业不久的，他们收入也并不算很高。但是，他们都纷纷拿出自己一个月的工资或者半个月的工资，往我这边邮寄过来。像我认识的长岛这家人，我一直跟他们家保持很好的关系。在日本的时候，几乎每周都去一次。他们家专门留了一间房子给我专用，里面有我的衣服、被褥、毛巾什么的。每次打工完以后，只要我去他们家，无论是早上还是晚上，他们都给我准备好了所有的东西。洗完澡之后，马上把吃的端上来，还有安眠药、胃痛药等都给我准备好了。我吃完药以后，他们轻轻地把门关上，让我美美地睡上一觉。起来以后，跟全家人一起吃饭。就是这么一种关系，保持了很多年，一直非常好。到现在，长岛老人已经 90 多岁了，走不动了。他的儿子都已经退休了。他儿子每次来中国，都给我带来大米、点心等日本的各种各样的东西，每年都一定来中国看我一次。我们的关系非常非常好。但是，你

说像这种东西，怎么说呢？世界上任何一个民族，都是善良的，友好的，世界上没有哪一个民族是坏的。当然，也有些民族败类。但是，总体上讲，都是好的。作为多数人来讲，是不分民族、种族的，就是人与人之间的正常的交往。长岛这家人为什么对我这么好，我给你讲一下你就明白了。我在日本打工的时候，我一天只能买二三两面条吃，连一个鸡蛋都不敢买来吃的时候，长岛夫妇从千叶县，每个星期都来看我一次。来看我的时候，给我带来油、盐、酱、醋，还有好多吃的东西和日常用品。经常问我缺不缺钱，生活困不困难什么的。我从来都是乐呵呵地告诉他们，我什么都不缺。而且，有时候我还包点饺子送给他们。在送他们回去到车站的时候，我都跑过去跟老两口子买回程的火车票。那个时候，我身上只剩下几千日元了。10 个鸡蛋才 100 日元我都不敢买，我连吃一个鸡蛋都舍不得，已经困窘到这个程度。但是，我给他们买的火车票是多少呢？一个人从东京到千叶县的火车票是 1030 日元，两个人就是 2060 日元，也就是说相当于 200 多个鸡蛋的钱。但是，那个时候，他们第一次来我这样做，第二次来我也这样做。到第三次的时候，他们早就把火车票买好了，不用我买了。期间，他们有病也好，有点什么事也好，只要告诉我一声，或者我知道了，我都去帮忙。我休息期间去他们家玩的时候，也帮着他们收拾家务，下地干点活儿什么的。这样，我们之间就建立起了一种信任，一种友谊。所以，他们经常跟他们的朋友讲，他们认识的是一个最优秀的中国人。无论是诚信、善良、友好还是别的什么，从他们的眼里来看，我是最优秀的中国人。所以后来，他们为我做任何事情，都是真心的付出。我的日本朋友和同学中，好多都是这样的，这样的故事太多了。但是有一点，前提是你真正尊重人，真心对待人，真诚做事，这是相互的。在这点上，我认为从整体上来讲，日本人仍然保持着一种很朴实、很诚实、很好的一种传统。

笔者：很多人从日本回来以后都说日本街道很干净，您认为呢？

王：确实很干净。总的来讲，在日本，无论是城市的街道还是乡村的小路，除了一些地方有些烟头以外，都是很干净的。因为日本人从小就养成一种习惯，就是除了烟头是个例外以外，不会把垃圾混杂在一起的。他们对垃圾的分类是做得非常好的，怎么扔金属，怎么样扔印刷纸等等，都分得很清楚，有明确的要求。尤其是怎么扔啤酒瓶，这点我怎治的、经济的、教育的，有什么感受就谈什么吧。随便谈谈。

Y：我感觉，日本社会非常讲礼，讲礼仪，讲礼貌。而且，这个礼是一种秩序。就是做什么事情都是井然有序的。比如，开会，所有的日程安排都非常的详细，时间节点非常清楚，地点也非常明确，都是一步步做好的。从来没有感觉到，日本人办事是慌乱的。非常稳当，井然有序，所有的事情都是有序进行的。包括人与人之间的往来，非常有礼貌。说话、交谈轻声细语的。人与人之间，总是客客气气的。没有见到谁与谁争吵、打架、骂人的，都非常的客气。所有的感觉都是上帝的感觉，消费者才是上帝嘛。日本人那种礼貌、鞠躬什么的，在非常熟悉的人之间都是彬彬有礼的，做了什么事情都要道谢。所以，这方面，我们常说自己国家是礼仪之邦。但是，还是赶不上日本。在日本，人与人之间交往的那种客气、有礼等很多方面，我们都是欠缺的。另外，我感觉，日本人真的太勤劳了。勤劳得像一只蜜蜂一样不停地工作。而且，非常的自觉自律。在工作中，没有人监督，没有人偷懒，这是我亲身体验到的。因为我在做工的时候，发现没有人是偷懒的。因为常理上，人工作累了，体能没有了，就得磨一磨、混一混什么的。但日本人中，没有一个人是这样子的。还有，日本人工作非常认真。我在一个店里打工的时候，主要工作是做寿司。我在国内从事的工作，都是校门对校门，没有到社会上去做过其他任何工作。我觉得我有这个体验，感到非常难得，非常幸运。因此，当应聘到这份工作的时候，非常激动、非常兴奋。不是说我可以打工挣钱了，而是我终于能够近距离地观察日本人，而且，不是学校里的人，而是社会上的人了。因为我已经在学校里，对日本老师和学生有所了解了。但是，对日本普通民众的了解还很少。通过这样一个打工的机会，去了解日本的社会、日本的民众是怎么对待工作和生活的。所以，我感到很兴奋，很激动。尽管那个时候，我的语言会话还不怎么样。但是，我觉得这个打工，也是锻炼语言会话的好机会。去了以后，在工作中有很多交流的机会。然后，回家以后，反复地练习，加强掌握。这样对语言的掌握就更好更快了。

我在店里工作的时候，店里的那个女店长，我没有看出来，她已经是70多岁的人了，我以为是60多岁呢。因为每天她很精神，很能干，没有觉得她有疲惫的时候。她非常敬业，早上很早就从名古屋开车到岐阜来上班，本来是很累很辛苦的，但一点都看不出来。所以，当她说出她年龄的时候，我一点都不相信。在店里工作，可以了解日本语言的方言土语以及这些方言土语的使用情况，只有在这些场合才能学到。比如，否定式什么的，他们说的时候，开始我怎么也不明白，听不懂，时间长了才明白，那是当地的方言。可以那样讲否定式，这是书上学不到、学不来的。日本人工作的敬业精神，确实是让人佩服的。另外，日本的高中生需要零花钱，也得去打工。我所在的那个店里，就有一个高中生在打工。她打工的时间，是课余的时间。每次做的时间都很短。我问她打工挣钱干什么，她说挣钱买手机，交手机费，出去玩，旅游，买小礼物什么的。店里的其他人也很关照她，认为她还是孩子，不会让她干更多更重的活。除了她以外，家庭主妇也有好几位在店里打工。我觉得日本人在做寿司的时候，材料上很浪费。比如，做生鱼片，就把鱼的好的部位留下来，其他都扔进垃圾筒里了。我觉得好可惜，因为还可以食用的。如果是在中国，店家会把剩余的部分收起来，做成其他菜卖钱或自己吃的。但是，日本人却把它扔掉了。我还问过他们，这个还能吃的，为什么扔掉呢？他们说这个不能要了，都是不好的东西。日本的一些商家，由于经济不景气，也会做点小小的私利。比如，让打工的人多打一会时间，或偷偷地把时间延长一点。不过，这样也会引起一些劳资纠纷什么的。这种情况，一般在小的公司或作坊里存在，大公司是不会存在的吧？当然，被打工者发现了，且有理有据的话，老板也会改过来的，找个借口就改过来了。另外，也计较时间，比如说，你是7:10来，就把你算成7:30到。你是7:50来，就把你算成8:00到。商家肯定是找自己合适的方式去做的，如果你提前10分钟到，也只能给你算成整点到。因为，我刚开始没有在意，时间长了就有些发觉了，包括下班的时间也是一样的。比如说12:00就可以走了，但你工作到12点十多分钟，多的那十多分钟是不算的。这就体现了劳资双方的博弈了。当然，这种情况也不是普遍存在的。据我了解，其他一些公司是不那么做的。比如8:10到，就从8:10开始算，12:00下工，但做到12:10，那十分钟也是算的。我当时在寿司店的工作，门店和总店都做过。总店里主要是做寿司的原料，做好以后送到门店里，还有做盒饭。

笔者：总店有什么特点吗？

Y：我感觉日本人做的盒饭，颜色特漂亮，真是眼睛的食物。而且，好像都是凉的，冷的，没有热的。好像里面有水果，有咸菜，有梅子。看上去赏心悦目，很有意思，很有食欲。我在总店里，知道了寿司和盒饭的全程做法，也学会做了。而且，我做的饭团黄瓜卷，还得到了店长和店里其他人的夸赞呢。日本人的饮食很健康，以吃素为主，比较清淡，没有太油腻的东西。而且，日本人吃得很少的。

与日本朋友在住宿楼前留影

笔者：这是您在寿司店里打工的情况，除了这份工以外，还有其他工作吗？

Y：当时为什么去餐饮业呢？主要是想了解日本的饮食文化。因为饮食文化是一个国家文化中比较重要的部分，尤其是日本有名的料理，如寿司、汤面等，老百姓都会做。所以，想了解老百姓的生活状况，各种各样的事都想知道。日本人做事很细致，很守规矩。比如说做寿司中各种各样材料的搭配、选配等都很讲究。我的语言还没那么好的时候，就开始开动脑筋，怎么样才能更好地完成任务。我就把各种寿司的形状，需要什么样的材料等都写在纸上，再把怎么摆放的形状画好了。然后问他们各个形状在计算机里的编号是多少，然后一一记住，这样做起来就快了。我把店里所有做的东西都画下来，记起来也方便，做起来也快。这么一件事，店长就夸了我半天，说我太聪明了，太好学了。我自己倒觉得没什么，但她夸我聪明什么的，心里也是美滋滋的。这样做以后，我就问几号做多少盒，几号做多少盒，做起来很快，上手起来就容易多了。还有，如果语言不好的时候，只能干最累的活。所以，为了尽快掌握语言，就跑去收银台收钱。收钱的活对数字很敏感，收了多少钱，应当给客人找多少钱等，对数字的语言学习非常有帮助。所以，学习语言，打工是很重要的。不但学好了语言，还能够了解社会。到后来，有人跟我打电话，问别人电话号码时，我很快就把电话号码告诉给他们，或很快就记下来了，他们都感到很惊讶！另外，在寿司店里打工，还可以品尝到各种各样的寿司美食。下工的时候，店里会让你带走一些卖剩下的。当然，跟日本人交往的时候，我是没有占便宜的心态的。比如，打工时感冒了，用了一些店里的纸巾什么的，我就买一些纸巾送过去。这样他们就非常尊重你，也教给你许多知识。比如，有些食物过期了，他们就告诉你这个不能卖了，还有哪些东西不能生着吃，必须做熟了才能吃等等。我也会做一些中国的食品给他们送去，他们就把我当做店里的一个成员，而不仅仅是一个打工的中国人了。尤其是知道我的身份是大学教师以后，他们都特别地尊敬我。我给他们包了几回饺子送过去，让他们感觉一下中国的饺子和日本的饺子有什么区别。他们都说中国的饺子更好吃。

笔者：您在日本期间的一日三餐是怎么样解决的？

Y：自己做来吃。我感觉日本菜的种类太少了。中国的农产品很丰富，价格也便宜。日本的农产品很贵，品种不多。因为那个时候是1998年嘛。后来，2009年我再去广岛的时候就不一样了。那个地方农产品很丰富。自己做饭比较可口，符合自己的饮食习惯。我们住的那个地方比较偏僻，商店也不多。所以，回国以后，我对圆白菜很反感。因为在那个地方，没什么吃的，只有圆白菜、大白菜、胡萝卜、土豆等，想吃点青菜的话，种类少，又很贵。我觉得日本吃得少是把饭分成一人份、两人份的。一人份的，我根本不够吃，得吃一份半的才行。日本人的食量太小了，难怪日本人很苗条。当然，日本人吃海产品比较多，比较健康。还有一个有意思的是，日本人一般都不带水，都在自动售货机里现场买来喝。而我是留学生，钱不太多，一开始他们给我买，我也给他们买，花钱不少。后来，我自己带个水杯，自己从家里带水去喝。慢慢地，我发现他们也都带水杯喝了，可能是碍于情面吧。这样以后，大家都不买饮料喝了。不然的话，他们买给我喝，我也买给他们喝，回赠一下，特麻烦的不说，花钱也不少哦。另外，给我印象比较深的是，在日本，人与人之间的信任和诚信很好。比如说换零钱，店长让我去其他店里换零钱，换回来以后，给她时，她数都不数就放进去了。我说您数一下，她说不用。刚开始，我想她是不是只是对我很信任，后来，我发现在她店里打工的其他人去换，换回来也不数。我才感觉到日本人相互之间特别信任，感到很舒服。所以，你出国在外，不仅是代表你个人，而且是代表学校，代表国家。因此，许多方面就要非常自律。日本人在公共场合里，很重要的一点是不能打扰别人，妨碍别人。说话时，轻声细气的。开门时，轻手轻脚的，互相关照。在马路上碰面时，互相谦让，非常有礼有序的。整个感觉是彬彬有礼的社会。因为1998年是我第一次出国，所以，对这种感受特别强烈。比如说我自己是北方人，干什么事情都是风风火火、大大咧咧的，说话声音又大。但是，到日本以后就收敛多了。而且，到哪里都“谢谢”，“麻烦你了”，“你好”等用语挂在嘴边，彼此感觉非常温暖，哪怕只是嘴上也感到很好，很舒服。还有，你在超市或者商店里买东西，你把买好的东西放在那里，又去买别的东西，你的东西是没有人拿走的。在路边或者店外，你把东西放在自行车筐里，也没有人拿走，不会丢掉的。很多日本人家的煤气罐等东西都放在房子外面，没有人去拿，去破坏。虽然，还没有达到“夜不闭户”的情况，但至少“路不拾遗”是做到了的。这跟日本整体的社会发展进步有很大关系吧，也许跟人的素养有关。日本人都很勤劳，很热爱生活。日本的妇女很辛苦。还有，上公共厕所，里面都有非常干净的手纸为你准备好，全体国民都能享受到。在处理垃圾上，家家户户对垃圾都处理得非常干净，非常细致。2009年以后，更严格了。玻璃瓶、金属瓶上面的盖子要和瓶身分开。一个易拉罐弄平后再分开。湿的垃圾要烤干才能扔掉，报纸要放得整整齐齐并捆好后才能扔掉。市政所也定期发放传单进行教育，免费赠送日历单等。所以，在我儿子房间里的冰箱上面有一张表，哪天扔什么东西，不能扔什么东西都很清楚。如果某个东西你没有及时扔掉，就等下一次才能扔了，有时等一二个月才能扔。许多垃圾扔掉的时间都有固定的日子。比如可燃的、不可燃的、厨余垃圾等都有具体扔的时间的规定。而且，必须买专用的不同颜色的垃圾袋来分装后，在指定的时间里放在指定的地点。所以，日本的街道非常干净，日本的环境保护非常好。在屋内规整垃圾，旧衣服放一摞，废电池放一摞，废纸张放一摞，包括纸瓶的牛奶盒，也得弄得整整齐齐以后扔掉，也不得去卖钱的。不像在中国，自己攒起来以后还可以去卖钱，但许多人攒好，收集好，去卖也不值几个钱。日本人不卖钱，但所有人都主动把垃圾分好，统一回收，排着队扔掉。大件的垃圾，如电器类还要交钱，交污染费才能扔掉。当然 1998 年的时候还没那么严格，我们还可以到外面去捡电器回来用呢。也有极个别日本人不守规矩，就把电视机、照相机、微波炉等需要交钱才能扔掉的旧电器扔在外面，我们就捡回来用了，许多东西是可以用的。但是，不守规矩的人就把它给扔了，不然，要交钱才能被收走的。所以，日本人的二手货其实也挺好的。他送给你使用，实际上他就不用花钱扔了，也提高了利用率。这点非常好，我还捡过录像机呢，好好的一个。电视机是学校备好的。我们那批中，有的人捡微波炉，有的捡烤箱什么的。学校里也会集中处理一些什么烧水的壶、锅什么的，谁要谁可以拿走。那个时候，网络还没有那么发达，现在可不一样了。我儿子还没到日本，行李就有了，去了以后不用再买了。全套都是在网上相互转让的，花很少的钱就搞定了。有的还不用花钱，别人送的。日本人关心国际时事的人不多。那个时候，我的语言也不太好，交流也不太多。他们问我中国有这个吗？有那个吗？实际上，很多东西，在中国已经很普及了。如电视、微波炉什么的，很普遍了。他们对中国的了解，从日本电视节目中也可以看出，他们对本国的很小的一件事没完没了地说，但国际视野不够。介绍国际的节目不多。娱乐节目太多了，我回国后，好多节目在国内开始上演，可能是拷贝过来的。而且，都是商业性的娱乐节目，有的真是俗不可耐，当然有些我们引进了，有些还没有。所以，传媒国际化的市场很大的。日本的电视台中，NHK台是不错的，经常搞一些日本热点事情的辩论、讨论什么的节目，挺好的。但日本的很多电视节目，我感觉很变态，很恐怖，看了挺吓人的，尤其是杀人的节目太吓人了。

我在的时候，日本人也在讨论关于少女援助交际的事情，性开放的问题。少女通过援助这种行为获得一些零花钱，有的是出于好奇心，为了好玩，追求时尚什么的。有些非洲的留学生，在和我们一起的时候，有个日本学生就问他性开放的问题。那个非洲留学生说他还是处男时，立刻招致日本女学生的嘲笑，觉得在日本是不可想象的。认为都没有接触过女孩子，没有性经历，是没有什么女孩子喜欢的。不过，日本也是有传统的严格的儒教的。比较传统的也有。当然，整体上讲，在日本的文化里头，总感觉男人对女人是歧视的，女人是男人的附属。所以，在有的历史文化中有歌舞伎文化、风俗区等。但是，日本社会里也有封建儒教传统文化的部分，如对女性贤淑的要求。不过，从现在的少女援助交际来看，这种儒家的文化已经被打破。可能受到欧美文化的影响，日本人对美国非常崇拜，特别是女孩子。认为美国男人非常高大、彪悍。因此，她们对英语的学习，有比较浓厚的兴趣。跟她们聊天的时候，我有时候用英语跟她们交流，她们讲得很不错。我去应聘过教小孩子双语的老师呢。

我感觉日本的文化观念是强者逻辑。强的话就服从，弱的话看不起。无论是群体或者是个体都一样。但是，我觉得人与人之间，国家与国家之间，彼此尊重才是交往的重要前提。如果自己不尊重自己，别人是不尊重你的。如果一方尊重，另一方不是很尊重，交往是很难持续的。所以，你在国外时，也要热爱自己的国家，称赞自己的国家。虽然也有这样那样的不足，但不能跟别人讲自己国家如何如何的不好、自己的学校不好，如何如何差什么的。如果这样的话，人家是看不起你的。对自己的国家、自己的学校都不爱的人，别人是没法尊重你的。所以，我感觉一个国家的强大，是人民的自豪。在国外，对自己国家的认同是很重要的。因此，这种对国家的认同感、自豪感，要从小就培养。当然，更多的是，出国以后才能体会到，尤其是我们国家改革开放以后，与外国人进行比较以后，才更有认同感和自豪感。

笔者：您对日本的教育有什么感受吗？对日本的社会教育、家庭教育和学校教育有何感想？

Y：我感受最深的是民间教育吧。高等教育感受不是很深，或者不全面。因为我们留学所在的学校是私立学校，学校不是很大，所以感受不到什么东西。而且，日本学生的课堂纪律不太好，老师在前面讲的时候，后面的学生干啥的都有。还有一些老师上课迟到什么的。但是，这些老师在上课前，都要到教学事务处去打卡的。当然，我感受到的只是我们所在的学校的情况，可能也说明不了什么问题。民间教育，也就是社会教育，才感受非常深，非常好。因为我参加过岐阜市里一些公民馆的教育。有不少来自公司的、企业的和学校的志愿者，他们经常搞一些国际交流的项目，比如国际理解教育，他们利用一切机会去宣扬自己的文化，也了解外国的文化。我们这些交换留学生都成为他们公民馆的讲师，我们可以做一些中国的特色食品、菜肴，他们让我们告诉用什么材料、原料、调味品，需要多少等。告诉他们以后，他们会及时买回来，和我们一起做。搞这样的活动，他们注重不同文化之间的交流，加强国际间的教育、理解等。他们很重视对小孩子的培养和教育，很多地方都有实习和见习的营地、基地。让孩子们一起吃住，一起认识一些动物、植物，一起交流。这看起来是一种常态的教育，然而从这些活动中能看到，日本学生有一种很强的生存能力。他们做什么事都轻车熟路的，非常有序。如搭帐篷，只要拿出设备，他们就自然分工，自然去做自己该做的事。他们都有野外使用的手套、鞋子，一穿上就开始干活了。怎么去搭架子，怎么样钉钉子等都非常熟练。我们就看着他们做，他们真的是训练有素。做饭时，在野外“钻木取火”。在山里都有很多现成的炊事设备，碗筷都是装在仓库里，事先就准备好的，一拿来就可以使用了。整个活动，他们每个人都去干自己该干的活，没有人去指挥的，也没有人偷懒，大家都干得非常好，我们也做饺子什么的。然后，一起吃，一起喝酒，一起唱歌，一起玩游戏。完了以后，大家把所有的东西都收拾得干干净净，包括烧水的木条，使用过的废纸、啤酒罐什么的，都收拾起来。有的东西就当场烧掉了，有的东西分类装好，把所有的垃圾都处理得干干净净。碗筷洗好后放回仓库里，非常有序。来参加活动的人，都是来自于不同的大学、企业、公司什么的。虽然都是来自于不同单位的年轻人，但个个都训练有素，做事有序。另外在救护教育方面，也做得很好。怎么包扎伤口，怎么抬担架等，他们都做得非常熟

房东父子俩在盂兰盆节之夜烤肉串卖

练。相反，我们就笨拙得多了。后来才了解到，参加活动的志愿者都有证书的，都是经过很多次培训，学习了许多课程，考核合格以后才拿到这方面的志愿者证书的。所以，一些应急活动，他们就去做了。比如救人、野外生活等，我参加以后，感觉很好。因为参加活动的人，都是青年人，来自于不同单位的人，交流起来很好。大家相互了解，增进友谊，扩大人际交往。而且，有来自不同国家的外国人参加。还有，日本的环境很好，举办活动的地方，离市区远，古树参天，自然环境保护得非常好。另外，有电视报道，日本人把我们国家的柏桦木做出来的一次性筷子，用完以后，全部收集起来做成高档纸张，返销给中国。日本国土小，但山区里、山村里、城市与城市之间有一片片的原始森林和自然风光，令人很是惊讶啊！

我感觉我们中日之间的差异还是很大的。比如媒体反应的速度，日本的媒体，反应非常快。比如，发生地震以后，马上在广播里就播出，

或在电视屏幕上就打出字幕来，在哪儿发生了地震，震中在哪儿，有多深等。所以，在日本生活，感觉很安心，很安全。我经历过一次台风，以前从来都没有经历过，吓死了，差点把房间的玻璃都吹掉了。台风期间没法出门，大家都不上班的。我们几个留学生聚在一起做饭吃，喝酒，玩闹什么的。那次台风把树叶都刮没了，非常恐怖的。由于从来都没有经历过，所以，心里很害怕。但是，之前媒体报道详细，市政和学校通知及时，所以，人们都作了充分的应对准备。因此，也没有任何伤亡的事情发生。日本的冬天很难过，太冷了。房子保暖性差，我们习惯了室内的温暖，冷得受不了。学校给我们配了“可它词”的电炉子，但是，只能烤烤腿脚，烤烤手。说是电炉子，其实是燃油的那种炉子。点燃后不久，屋里就暖和起来了。那个油非常干净，没有什么味道，纯度非常高。

笔者：您在日本期间去过哪些地方呢？

Y：去过大坂国立博物馆，是去参观的。我跟几位留学生一起去的，还去过京都等，都是一些日本古老的地方，寺庙等景点都看过了。那个博物馆，收藏了世界各地的文化景观，包括非洲的房屋、中国的蒙古包等建筑模型。还有世界各地的语言库等。由于比较匆忙，所以没有好好看。在名古屋附近，参观了一个野外博物馆。这个博物馆很有特点，把世界各地的民居原封不动地从生产国买来以后放在那里。包括屋里烧的炉子，灰黑的颜色都还有。法国的、非洲的、韩国的、中国的都有。是一个野外的民族博物馆，主要是民居的模型。参观这个博物馆，如果是外国人，带有护照的话，门票还可以打折呢。此外，还到东京去转过。2009年，我还去了许多免费的场馆。在国外做得特别好的是，有许多便利的东西。比如，在地铁里，有许多免费的广告单子，随便拿。单子一面是地图，是地铁车的路线图。另一面是广告。在一些宾馆里还有世界各国语言文字的广告。有韩国语的，有英语的，有中文的。有各种坐车路线图的介绍，也有介绍城市美术馆、图书馆、公民馆什么的。上面还写着，拿此广告去消费，能打多少折什么的，应有尽有。所以，你拿到这样的广告单以后，非常方便。而且，有的旅游景点对外国人免票或打折。不像我们国家，觉得外国人有钱，想办法多挣一点，多赚一点。如有的地方，有的景点门票，中国人是10元钱，外国人得花三四十元才能进去。2009年，我去日本的时候，看了许多民俗馆、美术馆、收藏馆。我们国家不太注重，现在虽然也有收藏家什么的，但作为一个国家，一个地方，应当有当地民俗的东西。历史上每个阶段的东西都应当分类出来，分类收藏下来。当时老百姓用什么，吃什么，都留存下来就好了。我们国家许多博物馆都是缺乏实物的东西。几千年的，上万年的考古发现有一些，但还在延用的东西就少了。比如，老百姓用什么锅，什么碗筷等，应当还原当时的生活状况。而日本是有很多的，记载了什么时期用什么物品，用照片配上文字说明以外，还有实物在展出。每个东西的主人是谁，张三的，李四的，在什么时期，怎么用的，什么时候收集来的，都做了非常详细的记录，呈现出活的历史，给后代一种形象的东西。2009年，我去时看到了很多，给我留下了很深的印象。尤其是那个海外移民馆，这个跟我做文化传承的研究有关。馆里面展现了日本人向海外移民的情况，什么时候开始移民的，去到了世界的哪些国家，哪些地区，现在怎么样了等等。其中，就包括日本人的家族谱系图。这些日本人的家族教育、文化传播，是如何与当地人的文化教育结合起来的。简单说，就是讲一个国家的历史，所有去别的国家的人统统算在本国内。这样做，就能使那些移民在国外的日本人看到以后，时时感觉到自己的国家在关注他们，认为自己是日本大和民族的一部分，感觉非常好。所以，2009年我去日本的时候，就有意识地参观、研究一些东西。1998年去的时候，因为时间有限，语言也不太好等多种条件的限制，就没怎么关心文化方面的内容。

在考察过程中，发现日本很多古老的地方或街区，保护得非常好。许多建筑物都很古朴，没有刷什么油漆。还有做手工艺品的地方很特别，印象最深的是做酱的地方，可以自己去做酱，也可以品尝各种各样的酱。可以现场自学或请人教什么的，有各种各样的体验。日本人称为见学。每一种小物品都做得非常细致，这点有可能跟日本的文化太少有关系。中国人一看到这些就不屑一顾，因为中国的文化太多太多了。经常看到中小学的老师带着不同学生在参观，在体验什么的。2009年我去东京的博物馆参观，里面有很多我们中国各个时代的物品，上面还写上国家最重要的物品等字样。实际上是中国古代的，是中国人的。看了这些以后，你就真的体会到，一个国家不强大，是要被欺负的。当然，也有专门的中国文化馆。1998 年去的时候，就是一个从来也没有出过国的老师或者交换留学生的体会，感受不太一样。中国与日本的文化有许多相像的地方。日本的国民性格太有忍性了，太有耐性了，整体素质很高。2009 年，我去看了许多地方以后，真的，感到日本人做事很精细。比如，做一个勺子，他们都有各种影像记录，是如何制作的，经过哪些工序等，介绍得非常清楚。还有许多图片展示，整得特别严谨。此外，还要做个实物，做得特别大，特别夸张的物品，放在那里供游人参观。我们认为做个勺子，需要什么工序嘛。但是，日本人做得工工整整、井然有序的。觉得他们真的了不起。

笔者：您两次去日本，哪一次对您触动更深？

Y：当然是第二次了。因为回国 10 年后再去的嘛，重新感受第一次体验的东西。从个人的角度讲，也更加成熟。做学问、搞研究也有了一定的积累和明确的方向。而 1998 年的时候，我自己的学术研究方向还很不明确。去了日本以后，主要是学习和交流。所以，除了岐阜以外，别的地方去得也不多。2009 年这次，是带有研究性的问题，去看待日本文化及其他东西的。从孩子学习的角度来讲，中日也是有很大差异的。比如，学习英语，中国的感觉是意译的学习方法，普通学生没有太多的专业外语课程。还有，日本的建筑很有特点。在到处观光中，我发现日本人特别重视夜景的照明情况。在东京和大阪的最高建筑物上，看夜景是一种享受，夜景特别的漂亮，特别壮美。中国也有夜景景观，但好像不被重视。在日本，每到一个地方，夜景都非常好看。上去时，都是坐高速电梯，瞬间就上去了。下来以后，大厅里都有详细的介绍。有纸制的，有电子影像的，什么都有。比如，在东京塔里，有地震的体验，你一按按钮，周围就全动起来了，像真的一样。你立马就明白建筑物为什么抗震的道理，很有真情实感。日本的抗灾、减灾的设备特别多。日本的建筑有两种，一种是高楼大厦，一座座的；另一种是两三层的房子，基本材料都是用木头木料做的。用木材搭好空架子以后，镶上隔音板，非常抗震，也十分环保，很少看到水泥混砖的房子。中国到处都是水泥房子。此外，在日本旅游的中国人非常多。2009 年我去的时候，每到一个地方，都有中国人的影子。我去富士山下玩的时候，有用繁体字写着“欢迎中国人来过春节”的大条横幅标语。这样大陆人、台湾人、香港人都能看懂了。我到东京皇宫游玩时，一会儿来一辆车，一会儿来一辆车，下来的人，有广东口音的，有四川口音的。有时听到南方话，有时听到东北话。春节期间，中国人都跑到日本旅游了，中国的改革开放，真是好啊！

另外，我第一次去日本留学的时候，还学习过花道和茶道呢。插花是一件很优雅的事情。日本的插花很雅致，很简洁，富有浓厚的文化内涵。插花的颜色清雅，没有大红大紫的那种感觉。第一感觉像古琴、流水，呈现非常低调的文化内容和文雅的、含蓄的、典雅的文化景致。插花，对女性的审美，表现得很极致。但茶道却不一样。茶道像一种宗教仪式。感觉整个茶道的过程，有点好笑。我在做的过程中，心里在暗暗发笑。是什么呀，神神秘秘的。但是，在插花的过程中，就没有那种感觉。当然，在做茶道时，我是不能露出来的。因为是学生社团请我去的，是学生教我做的，是专门安排我们学习的，是新岛老师让学生社团请我们去的。去了以后，发现女学生多，也有极少的男生。做的过程中，烧上一壶水，手拿着一块布，端着开水和杯子走几步，然后对杯子左右各擦几下。然后，放入抹茶，进行搅拌等，反正都是一些程式性的过程。包括走几步，怎么蹲下，怎么喝，有时候感觉很繁琐，很好笑，很机械的感觉，特别程式化的过程。但是，后来我在想，通过做这个茶道，这个花道，使人一定要沉下来，静下来，放松心情。所以，日本女人为什么看起来那么优雅，那么文静，那样端庄，轻声细语地说话。这样，你想不弘扬都没戏。大量的这样的文化，使得日本的女性有这样一种说话的特点和做事的方式。包括服饰，对日本女性性情的影响都是非常大的。我穿过和服的，试穿的。穿了和服以后，我不能弯腰。必须保持身体的挺直，保持笔直婷立的身姿。穿上以后的感觉很特别，不是穿上就穿上的，也不是随便穿的，而是非常正式的场合才穿上的。穿好以后，不能弯腰，必须挺直，保持形体的美，也不能大笑。穿上和服以后，穿鞋子也是很讲究的。所以，我的感觉是服饰对女性的肢体、语言、动作的力度和幅度都有深刻的影响。穿上摆裙，不得不保持那个匀称的姿势，想大步流星地走，或者跑都是不行的，是跑不了的。只有一尺宽，能跑得动吗？所以，穿上和服的日本女人，看起来婀娜多姿，端庄秀丽。试想，穿上和服以后，后背上面露出一个雪白的脖子是什么感觉？在脖子的后面露出一点雪白的肤色，看上去难道不性感吗？这样的身姿，是很好看的。脖子和服饰的匹配非常好。含蓄中又露一点，给人以无限的遐想。不像别的，"咔嚓"就露出来了，给人没有更多幻想的空间。这种装束打扮，特别地体现一种女性的美。前面不露，而在脖子

日本传统民居建筑一角

的后面露一点，若隐若现，似出非出，通过这样来传递一种女性的美。现在，和服的款式也不断在改变。2009 年我去的时候，专门去看过店里的演出。快看完时，才意识到应当录下来就好了。和服后背的那个结，可难打了，怎么缠，怎么打，可复杂了。有的年轻女孩子，觉得很繁杂，就直接用扣子扣起来了。这样省事多了，简单多了。人类好像有一种追求，从繁杂到简单的过程，追求这样一种境界。当时，新岛老师就问我，对日本文化有什么感受，用几个字进行概括。我就说日本文化是一种沙拉，这是我给日本文化下的定义。沙拉的意思就是，把本国文化和外来文化结合得非常好。日本的文化，西化部分是很厉害的，许多

都是生冷的东西。但是，日本的传统文化又传承和保留得非常好。比如成人礼，平时看上去，穿着上穿成乱七八糟的样子，但是，一到举行成人仪式的时候，又穿得非常正统。我拿了两本杂志看过，专门刊载和服照片的杂志，而且带回国了，各种各样的款式都有，从衣服、裤子到手袋、帽子都能感觉到，这不是服装，是艺术。那种颜色的调配，衣裤款式的搭配，色彩的调和等等，都非常协调。如上下身的款式不一样，花色不一样，但搭配在一起的时候，就非常的协调、顺眼，赏心悦目。非常温馨，非常淡雅，非常高贵。日本学生毕业的仪式里，是多么的花枝招展，五颜六色，绝对是西化的样子，跟美国、英国等西方学生的毕业仪式没有什么区别。但是，到了成人仪式的时候，就是另一种情景和文化景色了。还有，日本人非常重视仪式，我们留学的那个学校有宗教性质的仪式，是佛教内容的。所以，有一个点灯仪式。开学的时候，到寺庙前举行开学仪式。还有通过新年举行仪式，把文化传播传承下去。新年时，都到神社去燃香拍手，进行祭拜和祈祷。大家都穿着传统和服去参加，非常的壮丽。所以，我感觉，日本的传统文化保留得非常好，传承得非常棒。那些大学毕业生，跟全世界任何一个国家的大学生一样，都处于那个年龄阶段，有的把头发染成五颜六色、乱七八糟的。但在现代化的进程中，受西方文化影响很大的情况下，把自己的文化保留下来，仍然坚守着自己的传统文化，这是特别难得的。而中国却不那样了，许多传统文化消失得差不多了。所以，我感觉到日本人是非常重视自己的民族文化和传统文化的。而且，日本的民居基本上都是传统居住方式，地上铺的都是“榻榻米”，从我们住的公寓里就能一目了然。那个“榻榻米”席地而坐，特别好。但有的人，已经不习惯了。所以，有些日本人在自己的家里，设有西式的有椅子沙发坐着的房间，其他房间都是日本传统式的。总之，我感觉日本是把传统文化和西方文化结合得非常好的国家。今天就谈这么多吧。

笔者：谢谢您！今天非常感谢您了。

（三）李德龙

访谈时间：2011 年 12 月 15 日

访谈地点：百万庄园

被访谈人：李德龙　中央民族大学图书馆馆长、历史学教授、博士研究生导师

笔者：李教授，您好。您是什么时候第一次去日本的？为什么去？

李德龙教授（以下简称李）：我是很早的时候就对日本感兴趣，因为从上大学的时候，一边上英语课，一边开始自学日语。大概是从 1978 年开始自学的。后来找了一个曾在日本学中医的老先生，跟着他学习。他一共教我们 4 个学生。这位老先生是 20 世纪 30 年代中期去日本早稻田大学留学的。我上大学的时候，曾想在毕业后去日本留学，毕业的时候考上了硕士研究生就没有去。上了研究生以后又想去，当时我有个中国社会科学院的朋友，是朝鲜族人，我们俩人共同翻译了几篇日本学者研究中国历史和敦煌学的文章并合作翻译了一本书。他去过日本多次，劝我一定要去日本走走、看看。但我一直没有机会去。硕士研究生毕业后来到中央民族大学工作，教学和科研任务很多，也没来得及去日本。直到 1998 年，学校有个公派交换留学生的项目，派我去了。当时，我日语口语不太好，但书面语言还可以，已经翻译过七八十万字的日文论著。此前，我已经有多位日本朋友了，他们多半是学者，搞历史学的、研究敦煌的、研究丝绸之路的、研究藏学的都有。我经常跟他们一些人通信联系。那时，我翻译小田义久、池田温、西川正夫、土肥义和、冲本克己、松村润、河内良弘、户川芳郎等多位日本学者的论著，对日本学术已经有了一定的了解，所以，初次到日本之后，在日本学习语言、了解社会、查阅资料都比较顺手。但是留学的时间只有一年，而且我还要赶着回过来报考著名清史大家王钟翰先生的博士研究生，于是只在日本留学短短一年的时间，好像没做什么事情就回国了。

笔者：您 1998 年初到现在，又去过几次日本？和第一次赴日有何不同？有什么收获和体会？

李：后面又去过日本几次，包括去日本访问、讲学、开会和旅游。2002年、2005年、2006年、2007年都去过，每次停留的时间也都不长，一般一两个月，最短的只有一个星期。有一次是去韩国参加世界IFLA大会，顺便去了一趟日本。2002年去日本搞讲座，也是短期的，一个多月。在4所大学进行讲演，跑的地方倒是不少。我在日本做讲座，讲的是敦煌佛教禅宗文献的价值以及敦煌学、佛教文化等方面的问题，这是我的专业，讲起来比较容易，只要写好日文讲义，再准备一些听众可能提出的问题的解答，就可以了。

每次去日本的时间虽然不长，但都有所收获。收获最大的是提高了我的日语水平。回国后，中国唐史学会主动找我翻译日本国际著名学者池田温先生的著作《中国史书和〈续日本纪〉》，1999年由中国社会科学出版社出版。我翻译的五井直弘先生的著作《中国古代史论稿》，也在2001年初由北京大学出版社出版了。同时，我又与本系的一位教师合作，翻译了冈田宏二先生研究中国民族史的力作《中国华南民族社会史研究》，2002年3月由民族出版社出版。

对于我个人而言，去日本的另一个较大的收获是，在日本期间，我跑遍了自己从大学时代就梦寐以求要去的多所日本大学的图书馆和东洋文库这样的专业图书馆，查阅搜集了很多我在从事历史研究工作中所需要的资料。日本图书馆里收藏的好多资料，是我们国内所缺少的，比如日本大谷光瑞探险队在19世纪末20世纪初在我国西域发现的大谷文书，20多年前我在国内翻译日本学者小田义久的论文时，就知道这些文书藏在日本的大谷大学和龙谷大学，但始终没机会看到这些来自我国古代西域的文化遗珍。2002年，我利用到日本讲学的机会，专程跑到这两所大学查阅相关资料，亲眼看到了我国唐代文书的真品，如同饱览了一顿丰盛的古代文化的大餐，真是不虚此行，回国后我立即针对其中的13件唐代写经，撰写了学术论文，参加了在西北民族大学召开的国际敦煌学学术讨论会。龙谷大学和大谷大学，都是佛教专业性强的大学。当时，我突然造访他们的图书馆和研究所，要求查看西域、敦煌和丝绸之路相关的资料，一开始他们也不愿意更不主动拿出资料来让我看，可当我递上名片并向他们介绍我是中国敦煌吐鲁番学会会员，一直从事敦煌、吐鲁番文献的研究，并翻译过许多日本学者的研究成果，这次来日本就是在几个大学作敦煌佛教文献的讲座，又特意向他们的图书馆课长介绍说，我也是大学图书馆馆长，这时，他们才热情地请我看资料，并主动赠送给我一些影印的资料照片和杂志。

学生制作的本莊中学校庆日手册封面

去东洋文库收集资料时，由于该文库是日本国立国会图书馆分馆，又是研究所谓东洋学的中心，因此对中国学者比较欢迎。在那里，他们的馆员向我推荐有关敦煌学研究的图书文献时，我看到了我在1990年与周绍良先生一同编辑、由四川人民出版社出版的大型文献资料丛书《英藏敦煌文献》，并对帮助我查阅资料的日本馆员介绍说这部书是我参与编辑的，那位馆员显得似乎有些惊讶，很快给她的科长说我是这部大书的作者，于是，他们更加主动热情地给我提供了很多资料，并且亲自帮助我复印、装订，使我感觉到挺有面子的，到底是学术交流比较容易沟通。

去日本的有些体会是从书本上了解日本所得不到的。记得1998年去日本时，我一个人跑到了京都和奈良。刚到奈良时，就看到一面高墙上绘制了一幅巨大的奈良古城图像，看到这幅图，我的眼前立刻呈现出了我国唐朝长安城的景象，因为搞唐史研究的人都熟知唐朝首都长安城的布局，朱雀大街、东西两市、大明宫、慈恩寺、曲江池和104坊，眼前的奈良城图像从城市布局到建筑式样、再到大街小巷，简直一模一样，甚至有的名称都是相同或相似的。这使我看到了唐朝文化向日本的传播是多么的深入和广泛，也使我想到了唐朝在当时世界上独一无二的领先地位。对于我这个研究隋唐史的人来说，感到无比的自豪。其实，从奈良的建筑到日本人的服饰和生活用品，以及文字、音乐、诗歌、礼仪甚至社会制度，都能够看到我们伟大的汉唐文化的强力影响，看到我们先人的伟大智慧和对人类所做出的丰功伟绩。这样的印象和感受，在我后来去韩国、泰国和越南等国之后，也会同样产生。可惜的是，中国古代很多优秀的东西，我们自己并没有继承和发扬得很好，反而在日本和韩国的一些地方还能够有所保留。比如我们很多精美的古建筑都人为地拆掉了，而经受二战洗礼的日本京都、奈良却保存了许多中国式古香古色的亭台楼阁、佛教寺庙。我们传统的家族观念随着市场经济的发达，显得越来越淡漠了，而在日本和韩国倒显得一如当初。我想，这也是当下大力提倡重视传统文化的原因吧。

说到文化传承，我在日本亲眼看到并亲手参与过他们举办的民间手工艺制作活动，也让我产生了许多感慨。日本的手工艺制作是相当精致的，记得在那次活动中，有手工造纸、手工制伞、木工制作以及插花、茶道等等。在去日本之前，曾经学过一篇日语课文叫做《壁纸》，当时就不明白为什么把“壁纸”当作课文写进日语教材，参加了日本手工艺制作后，才真正了解到日本人对于壁纸是相当讲究的，其色彩、样式又是数不胜数、应有尽有的。壁纸在日本人的生活当中是不可缺少的，每个日本人的家庭中，没有哪一间房子的墙壁不贴壁纸，很少有像我们的房子用白灰一涂（所谓的“四白落地”）就入住了的。在我回国时，日本的一个老板送给我一个非常精致的木工首饰盒，那个不大的盒子不仅外表涂漆极为精美，更精致之处是这个盒子看上去就是一块方方的木块儿，根本看不出这是一个可以打开的盒子，从任何一处都看不出上面还有可开启的缝隙。整个盒子没有一根哪怕是很小的铁钉。但是，要打开它则需要对其盒面上下左右经过16道手工程序才得以完成，而且每一道程序都不能错，这些开启程序设计靠的是木工在盒子内部所做的木梢机关，这个小盒子充分体现着日本木工手艺制作的精良。其实，在工业化、现代化进程一日千里、发展迅速令人目不暇接的今天，手工制作也是继承传统的一个重要方面，而且是具有极高价值的一个重要方面，正所谓“家藏万贯，不抵钧窑一片”。

日本很重视传统的文化和技术，但谁都知道日本是世界上数一数二的现代化国家，他们一方面继承传统，另一方面善于向外国学习，这是由日本的地理环境所决定的。日本是个岛国，紧挨着东亚大陆。它被四面的海洋所包围，自然资源比较贫乏，基本没有什么矿藏资源，粮棉生产也很少。70%都是山地，森林覆盖面积不小，但可用木材不多，整个国土面积是中国的1/25，但人口却是中国的1/10。而且日本的自然灾害频发，地震、海啸、台风、火山等影响严重。这就决定了日本人的性格和经济走向必然要学习外国，向外发展，我去过日本东京的东洋文库，是个不大的图书馆。但是这个图书馆却有很多研究小组，每年出版很多研究成果，这些研究人员什么都研究，研究整个亚洲和整个世界，为的是让日本吸收借鉴全世界发展建设的经验教训。我也去过日本的国会图书馆，那里每周都要及时地公开日本的国会会议纪要，供广大读者阅读，为民众直接参与政治提供参考资料。这使我看到日本的政治制度中，既有原来的传统因素，又有西方的民主自由的成分。在现在日本的政治体制之下，基本上可以保证不将庸才选举成国家层面的领导，而能够把具有较高能力的人荐举出来，这一点是从西方学来的。日本人在学习外国方面显得很聪明。如今，日本的精密仪器、电子设备、化学工业、海洋渔业、交通运输、汽车制造等方面都处在世界领先地位。全世界的人都在使用他们生产出来的照相、摄影、录音工具，连美国的高速路上也随时可见日本制造的节能汽车。说到汽车，如果单从质量上讲，日本的汽车比不上德国的汽车，德国奔驰、宝马、奥迪、大众都是很厉害的。我也去参观过德国奔驰汽车博物馆，很了不起。但是，日本的汽车，在节约用油方面做得比德国强，可能是世界上最好的。我参观过日本的丰田汽车公司，车型非常多，一年有数百种车型开发出来，有几百个研究所专门进行研发工作。日本自然环境逼迫它必须不断研发出新的产品，一旦别人不买它的东西就完了。所以，日本的产品不断推陈出新，而且做得很细致。细到一个小零部件不合格都不行。现在，日本的经济实力仍是世界第二。近年有资料显示中国经济总量在世界排名第二，超过了日本，但稍微对日本有所了解的中国人都明白，我们和他们的差距绝不是十年、八年就可以赶上去的。你看在中国，位于世界500强的企业有多少？而日本又有多少就会明白。你没有几个企业进入世界500强，经济总量大又能说明什么问题呢？经济总量怎么算出来的？钱从哪里来的？不能把自己的土地价格提高后，再卖给开发商，开发商高价卖出房子就算增加了经济总量。而进入世界500强的企业增加了可就完全不一样了。500强企业的产品，一定是全世界都要争相使用的，大量出口到国外就不一样了。

笔者：您认为日本的教育搞得怎么样？

李：日本的教育具有非常悠久的历史传统。有的教科书上说，日本在明治维新以后才重视教育，那是不懂日本历史的人所说的片面观点。实际上明治维新以后，日本更加重视现代化的教育，而自古以来日本就非常重视教育。上世纪80年代，我初学日语的时候，就学过一篇日文课文叫做《寺子屋》，我记得课文讲的是早在中国唐朝的时候，日本的城镇、乡村就有很多“寺子屋”，用来作学校，里面的学生被称为“寺子”，在全日本每个地方的“寺子屋”都是最好的建筑，说明从那时起日本就非常重视教育。而且，日本重视教育的传统一直没有改变过。所以，日本的教育非常发达，接受教育的观念非常先进。在日本，人们不上学、成为文盲，是令人不可想象的，是不可能理解的事情。不像我们有些地方的少年儿童不上学就不上学了，放羊也照样生活，不行就进城干苦力，拉板车。可是，在日本，拉板车的人，也是有文化的。其实，这种现象，在发达国家都是如此。我在日本留学打工时跟一些日本干建筑防水工程的工人聊过天，问他们二战前的生活怎么样，战后又如何，他们总会说有些时候生活水平跟中国差不多。但是，问起他们上学的事情时，他们回忆说，即使生活很困难了，也要让小孩人人都去上学。不论官方还是民间，从来没有放松过教育。

如今的日本除了各种正规的学校之外，大街小巷随处可以看到英语教室、围棋教室、汉语教室、茶道、花道教室、乒乓教室等等，只要你想学什么东西，到处都有可以学习的地方。说明他们是真正重视教育的民族。日本人不像我们那样喊口号，“要重视教育”，“要重视培训”等。但人家是实实在在地做。所以，日本整体的国民素质是非常高的。

你去日本以后，会发现最大的特点是社会上人与人之间的关系很客气、很和谐。在大街上、商店里，在公司和学校，人与人之间很少有互相吵架的，甚至连大声说话的都很少见。他们没有树立过雷锋式的英雄人物，也没有类似于学雷锋的活动，但他们多数人都像雷锋。比如，你向陌生人问路，他们一定会告诉你怎么怎么走，如果你听不明白该怎么走，或者被询问的人也不十分清楚，他就会放下自己要去办的事情，帮你打电话问询、给你寻找地图，或者直接领着你走。我在日本的时候，不止一次地遇到这种情况。据我的一个留学美国多年的同学、著名的社会学家郑也夫说，他在美国西部的荒漠路上也遇到过放弃自己原来的行动，冒着酷暑帮助你修理抛锚的汽车，并将随身携带的矿泉水全部给你，又跟随你走的方向一路陪伴，生怕你的汽车再出毛病并再次帮你修车的人。很多人把出国留学叫做“洋插队”，多数人的意思是指留学时打工挣学费的艰苦程度类似于知青插队，实际上，“洋插队”的另外一层意思应该是受到了国外文明观念的教育。这种教育不是说教，而是身教。我们的知青插队，名义上是接受贫下中农再教育，其结果是不少人学会了怎么偷老乡的鸡，而不少人倒是通过“洋插队”学会了文明。你说在国外经常遇到这样的“洋雷锋”，如果他们没有受过很好的教育，可能吗？那是不可能的。那样高的素质，没有教育怎么养成呢？

日本还很重视家庭教育。通过观察他们的一些生活细节就可得知，比如，你到日本人家里去作客，一进屋在门口脱了鞋进入客厅，当你出来时主人一定将你的鞋子脚尖朝外整整齐齐地给你摆好了，你就可以很方便、很顺利地穿上了。有一次，我应邀到一位日本教授家里去吃饭，这位教授跟我的关系不错，他来中国我曾经给他做翻译并陪同调研。为了在他家招待我，他的夫人和已经出嫁的女儿做了一上午饭菜，从早上

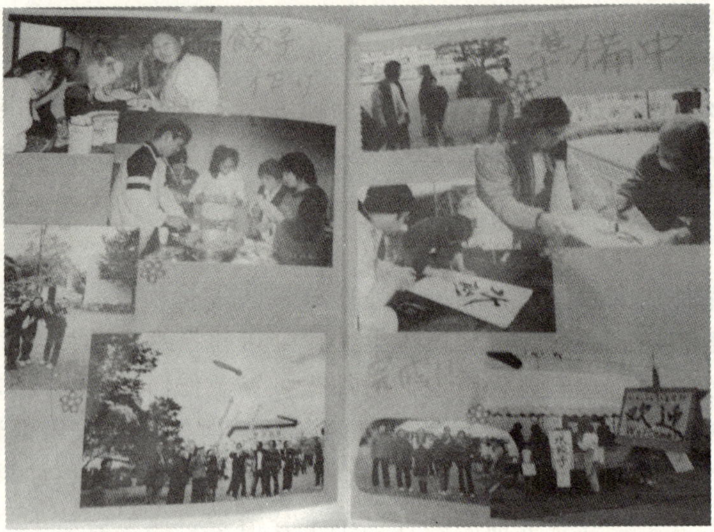

留学结束时学校国际交流处给我们制作的纪念册

9 点一直做到下午 2 点，做得非常认真。到吃饭的时候，教授陪我喝酒，夫人和女儿只拿啤酒杯象征性地祝贺我一下就离开了，我想是担心我在他全家人面前吃不好。他们的一举一动都是在为别人着想。

日本人一乘上公共汽车就不怎么交谈了，在饭馆吃饭也没有大声喧哗的，不像我们有些地方还要划拳猜令的。我专门问他们为什么上了公共汽车就不讲话，他们说是为了不影响旁边的人。日本人就是这样一代一代地传承着这样的教育，因此他们的社会才显得如此和谐。这样的教育是没有人把它写成条文来逼迫你遵守的，也没有到处写着要“践行什么精神”；要“几讲几美几热爱几个文明一起抓”；要“德、智、体、美、劳全面发展”；要提高“德、能、勤、绩、廉素质”等等，可那种身体力行的教育就是管用。就是很人性化，很文明。这样的教育，是不得了的，需要从小就潜移默化地教育和养成。你到日本的乡村去看看，那里到处都是干干净净、整整齐齐的，废弃物、垃圾也不随便乱扔，都码得整整齐齐的。当然，也不是说马路边一点垃圾都没有。但是，整个社会来看，几乎是没有乱扔垃圾的现象存在。别人都那么守规矩了，你不守规矩行吗？所以，日本的社会里，小偷小摸很少，是世界上最安全的国家之一。

日本的义务教育也做得很好。我们的义务教育能做成日本那样就好了，不用说9年义务制教育，就算6年、5年上学不花钱，坐校车不花钱，那也不得了哇。义务教育就是不用花一分钱上学，现在的学生家长总觉得越提倡义务教育，事实是上学花钱越多。我很盼望真正的义务教育的实现。倒是在我上中学的时期，真正有过几年上学基本不用花钱的，那是在“文化大革命”当中，农村贫下中农子女一律不交学费，书本费也很低，其他费用基本没有，那倒像是义务教育。

日本从家庭教育开始，如何对待父母、姐妹、兄长、邻居都有规矩。来了客人女人不上餐桌，做好饭端到桌上面就走了。人家没有一点怨言，就是一种习惯，也有人说那样不好，可人家是自愿的，是一种文化习惯，是一种社会分工。男的做什么，女的做什么，非常清楚。日本女性也有参加工作的。西方人在研究日本的社会、家庭、企业、社区，研究日本人与人之间的关系时得出了一些结论。美国人认为，如果把美国的现代化管理和日本的人际关系结合起来，将形成世界上最好的社会制度。在日本社会里，你骑自行车在马路上，你很着急，遇到黄灯也想尽快通过，日本人的汽车开过来会马上停下来，本来是你应该停的，对方是可以通行的绿灯，但他们一定是停下来让你先走。而日本行人或骑自行车的人遇到红灯，即使是冒着大雨也会止步。说到这里我想起了我在日本过新年时在一个停车场打工的经历。日本人过新年如同中国人过春节，都放假不工作了，而且他们要到附近的神社去为新的一年祈福，其主要方式是到神社去烧香并投钱，所有神社附近的交通压力都很大，停车场缺乏管理人员，于是警备保安公司就雇我们外国留学生到停车场做临时工，类似于我们的交通协管员。到现场后换上警备服，头戴钢盔，手持闪光棒，身背对讲机，显得很神气，其实就是站在停车场通往马路的出入口给进出场的汽车发指令，看到马路上没有直行的车了，就放行从停车场准备离开的车，用指挥棒一挥，等待回家的车就可以开出停车场。只要你不放行，人人都会耐心地等待，绝没有埋怨之声，更没有大声按喇叭的事。而当你给他们放行后，他们就会打开车窗向你再三点头称谢。当时我就想，他们肯定知道我是被雇来的临时工，而且是外国人，放他们从停车场上路回家，也是必须的，可他们为什么人人都会如此客气呢，大概就是日本人多年养成的文明习惯所使然。回国后看到我们的交通协管员和行人、骑车人、司机的关系，可就大不一样了。日本人的这种文明，我个人是很推崇的，尽管有人说他们是虚假文明，但我还是觉得这种“虚假”文明要比大吵大闹甚至满口脏话好得多。

笔者：那么，您就是认为日本社会特别和谐，特别有规矩，是吗？

李：是的。日本社会的那种和谐，从国家的角度讲，也是非常有秩序的、有规矩的。各种法律规章都很齐全，凡事都有法可依。从个人小事上讲，人人以不妨碍他人、为他人提供便利为准绳，因此，社会就很和谐了。我还想举一个日本人乘电梯的例子，日本人乘电梯，不像我们有些人乘电梯，不管有多少人都往里挤，进去之后就按自己要去的楼层号码，这样做电梯门会马上关闭，也不管后面的人是否会被电梯门夹住。我发现，日本人进电梯的时候，总是有一个人抢先进去，进去以后立即按住电梯的开关键，让后面的人都进来以后才放手关上。出电梯的时候，总有一个人按住开门键，等别人都出去了才最后出电梯。我观察了好多次都是这样的。如果是乘滚梯，日本人一定是站在左边一排，空出右边让有急事的人快步前行。像这样的事情不是靠在电梯上写着一些条条，规定一些框框，要求人们必须怎么样怎么样，而是靠每个人的文明程度。日本人不像我们那样时常讲要为人民服务什么的，而在实际行动中时时刻刻想着我做的事会不会妨碍他人。这是他们的一种理念，就是不给别人添麻烦。其实只要有了这么一个理念也就不愁社会不和谐了。试想如果每位司机在马路上开车，都尽量不为超一两辆车而随便并线，都想到改道并线会对后面直行的车有影响，还会有那么多的交通事故吗？我在日本的时候，也赶上过塞车，可你看日本人开车，眼看自己行驶线内的这条道被堵死了，旁边的线外道路没什么车，也不去随意并道。而是规规矩矩地排着队跟着走，更没有违章走应急车道的。为什么呢？他们是担心如果自己并道，就会给后边急速开来的车造成不方便。所以，在这种规矩的社会里，日本的老头、老太太也敢在高速路上开车。他们开上车以后，只要沿着一条道路一直往前走，到达目的地再离开马路就可以了，不必担心别人会无意间突然越线改道而产生事故，因为大家都为别人着想。有一次，我在日本朋友家作客。吃完饭以后，他的女婿送我，下着大雨，在一个很长的过街天桥下堵车了，旁边那条道上偶尔有一两辆车通过，但司机也不并线改道往前抢路。我问他为什么不走旁边的那条道，他说现在天气不好，下着雨，旁人不好观察，车速不好把握，这个时候改道并线，会给他人造成不便。日本人讲文明守规矩的事例真正是俯拾皆是，随处可见。

笔者：是这样的，我在日本也有同样感受。再问您另外一个问题，您在日本留学期间打过工吧？都干过什么样的工作？

李：打过工。前面说过做过几次交通协管员，就是刚才我跟你讲的那种场合，在停车场指挥车辆进出，一般都是在节日的时候去帮忙的。也在一个防水工程公司当过小工，那个公司叫做“长良工业株式会社”。该会社好像属于日本东海防水工程集团，其实就是给新旧建筑做防水，经常是在楼顶上干活，铺油毡、刷防水涂料之类的。我还在物流公司的货运中转站打过工，具体工作是用台车分散运往各地的货物。晚间也曾在一个叫做“神田精工”的汽车零件加工厂干过，每天在这个工厂看机器。每天下午放学后5点钟上班，工作到晚上10点。我的工作是看管10台自动加工零件的车床，添加备加工的原材料，检验加工出来的零件孔的直径是否合格。为了去打这份工，每天要在放学后骑上自行车在田间公路上走30分钟，晚上再骑车回到住处自己做饭。这家工厂很小，在马路两旁各有一处车间，但他们却为日本40多家著名汽车制造企业加工细小的零部件，经济效益相当可观。在这个工厂打工使我感受最深的事情是，那家公司A事长唯一的孙子正在上大学，家里为他上学买了一辆名牌汽车，但是，这位大学生每天放学后也要同我们一样到这个车间上班，看机器、搬货物，直到晚上10点钟离开，回到自己的学生寮。工厂同样按他工作的小时开工钱。据他讲，他爷爷说将来这个公司要由他来继承，从现在起就让他熟悉工厂的工作，并让他学会艰苦创业，自己要挣一些学费和生活费，所以每天要来打工。在噪音很大的车间里工作，他没有一声怨言，一点也看不出他将来就是这个工厂的老板。他和我到这个工厂打工不同的是他每天开着名牌汽车上下班，而我要自己骑自行车。你想，如果是中国的孩子，这还了得，家里一年十几亿日元的收入，还要每天晚上来自家的工厂打工？你说这个教育的理念，是不是值得我们学习。了解到这件事后，我就想人家那么大的家产，开着名牌汽车，将来不愁事业，这样的富家子弟却还要夜里打工，真是奇闻逸闻，可这样的事就在眼前，令你不能不信，这使我看到了日本对青年教育的另一个重要方面——要让青年人保持艰苦奋斗、脚踏实地的精神，要培养青年人实际工作的能力。

在这个工厂打工还有一件令我感动的事情是日本人的那种认真劲儿，不得不让人佩服。我所看管的机床加工的是一种至今我也不知道名称的汽车零件，每天要加工上千个。那种零件约 3 公分长，1 公分粗，一头加工成圆球，有个细脖，另一头为圆柱，在圆柱的中心通过机床加工一个长约 2 公分、直径 1 毫米左右的孔。对那个孔的要求是既不能粗也不能细。我负责的最初检验工作是用一根标准的细铁棍，往每个零件孔里插一下，日本师傅告诉我，合格的标准是，那跟小铁棍如果很痛快地就插进了那个孔，就说明孔加工粗了，属于不合格，要马上调整机器加工尺度，如果那个小铁棍比较费力才插进去，说明零件的孔加工细了，也要停下来调整机器。只有小铁棍既可以插进去、又不是很痛快地插进去、在向里插的时候稍微有些涩的感觉，这样的零件才算合格。我当时就觉得日本人干事真是较真，这是多么难把握的程度呀！我只好按照师傅的交代一一检验加工出来到零件。可是有一天，我又去上班的时候，老板对我说，昨天晚上我看的那台床子加工的零件都不合格，全部作废了。这时我才知道，那种零件要经过三道程序的检验才算确定合格与否，我负责的只是最初的手工检验，后面还要运到车间楼上由一些女性工人第二次检验，最后再用仪器进行检验，全部合格之后，才可以出厂运到日本各家汽车制造工厂使用。难怪日本生产出来的产品都那么的精致、耐用。当我知道头天晚间我负责初检的零件不合格就被送到楼上进行第二道检验的事情之后，首先想到这家工厂的老板肯定要解雇我了，大概明天就不用来上班了，自己又要到处求职了。可没想到的是，工厂老板很和气地对我说，好在这批不合格的零件还没有出厂就在第二道检验时就被及时地检查出来了。他既没有解雇我，也没有批评我浪费了原材料，只是说没把不合格产品出厂就不是大错。对此我很感动，从此我的第一道检验也更加认真，以后加工的产品再也没有在第二道检验时发现不合格的产品，第三道检验有没有不合格的就不得而知了。

笔者一家与日本好友山田惠美子夫妇留影

笔者：您开始说您有一些日本朋友，他们都是做什么工作的呀？

李：大部分都是搞学术研究的。日本人搞学术研究也显得很认真，我在日本搞讲座，要事先发给听讲座的人每人一份讲座大纲，但听讲座的教授和研究生还是认真做笔记。日本人搞研究，也有政府支持的项目，我有一位朋友来中国研究华南民族问题，我陪他去调研，他每天都要记日记，每次都有调研计划，最后一定写出调研报告，与接触的人合影他就一定冲洗若干张照片寄给每一个人，甚至出差每花一分钱都要记账，字迹工工整整，一丝不苟。而且，这些学者非常能吃苦，为了工作一天不吃饭也没问题。有一次，我带他们到广西瑶族的大山里头搞田野调查，夏天穿着大皮鞋走了一天的山路，晚上照样整理笔记到深夜，第二天还是继续工作。他有些时候也和当地的干部、老乡共同吃饭喝酒，但绝不会忘记自己的任务，而我们当地的干部们一喝起酒来就什么都忘记了，也不工作了。日本人就是认真、严谨。我还认识几位搞藏学研究的中青年学者，他们为了研究藏学，先到法国留学，研究在法国的敦煌藏文文献，为了学习藏语，又到我国西藏生活学习好几年，真不得了，他们的研究成就很快在国际学术界引起很大的反响。

笔者：如果让您总结一下，您在日本期间留下最深刻的印象是什么呢？

李：我觉得最重要的印象之一就是刚才给你说的日本人讲文明、守规矩。日本社会很有规矩，它那个规矩跟西方社会有规矩是不一样的。我去过许多国家，欧洲的芬兰、法国、德国、瑞典、奥地利、比利时，亚洲的韩国、泰国、越南，美国、俄罗斯我也去过。这些国家也都很干净。但是，不一样的地方就是日本的规矩，不完全是靠法律来维持的，而是很大程度上靠礼仪来维持运行的。最主要的是用礼来维持人与人之间的关系。你看唐朝的礼仪，就十分细致具体，唐朝人杜佑撰写的《通典》200 卷，其中 100 卷都是“礼典”，这些“礼”传到了日本，他们至今仍在遵守其中的绝大部分，而且形成了习惯。礼典规定了许许多多的行为规范，这个不是以法来约束的。路上碰到老人一同走路该怎么办？是跑到前面抢道？还是给老人让开一点儿，处处体现着文明和规矩。这是日本文化的重要组成部分。我估计再过一百年日本恐怕还是那样的。虽然西方文化给了日本以很大的冲击，美国的文化、法国的文化，都冲击进来，但基本的习惯性的东西是很难改变的。比如说鞠躬的习惯，日本人什么时候会改成西方的拥抱？我看他们会一直鞠下去，不知何年何月因何原因会改变。他们的鞠躬行礼，不是装出来的，也不是有人理解的只有下级给上级、晚辈给长辈行鞠躬之礼，实际上，日本人与人之间行鞠躬礼是司空见惯的事情。我在日本时曾经去过一家公司应聘，由于我不具备条件被人家拒绝了，但拒绝之后，那家公司的一位年龄在 50 多岁、头发梳理得十分整齐的负责人一直把我送出公司大门，并在门口向我深深地鞠躬并连声说对不起、谢谢。后来，我们几个中国求职者才知道，那家公司是日本一家国际知名的大企业，送我出门并行鞠躬礼的就是该公司的 A 事长先生，真想不到那么有名的大公司 A 事长居然也会给找零活的外国青年人深深地鞠躬。这件事情，如果放在其他国家的国际大公司，可能连门都不让你进去，这是给我印象最深刻的。再比如日本岐阜县的县厅，我也进去过。那个县厅，相当于我们国家的省会政府机关。我们进去问路，找地图，大楼门口只有一个老头儿在那里看守。我们问他什么地方怎么走，那个老头儿说不清楚就进去拿地图来给我们讲，讲得很清楚。这在我们国家是不可想象的。那么大的国家机关还不都是武警站岗守卫大门，老百姓哪能随便进入。

其次的印象是日本很干净，我觉得这种干净的习惯也来源于他们的文化心理。日本人觉得，自己弄不干净，到处都是垃圾，是会给别人造成不舒服的。如果我不按照垃圾分类的规定去做的话，收垃圾的人就会非常的麻烦，给人添乱是不应该的。

还有一个印象是日本人生活富裕后仍然艰苦奋斗，这似乎跟他们资源短缺有关。其实，我觉得也是长期教育的结果。我留学时住在加藤寮，那家一共5口人，一个老奶奶、男女主人、两个孩子。房东有三栋楼房出租，男主人每天早出晚归去工作，我计算过他们家的年收入，每年要有折合人民币七八百万的收入，到他们家重孙子辈都花不完。光出租房子的收入每年都有上亿日元。可是，他们家的男主人每到星期日都要开着车去山里采摘一种神社供奉用的树叶，一麻袋一麻袋地拉回家，然后分成一小把一小把地用皮筋捆起来，再送到店里去卖。他们家的那个老奶奶80多岁了，每天晚上分捆那个树叶，有时干到夜里十一二点。他家的两个孩子分别在上中学和小学，也会在写完作业后帮助大人捆树叶。其实，他们是不愁没钱花的。但人家从小不吃闲饭，也特别能吃苦。

最后一个印象是日本的节日很多，有春分节、秋分节、成人节、敬老节、儿童节、国庆节、宪法纪念日、天皇生日、海节、水节、文化节、体育节、劳动感恩节、情人节、樱花节、盂兰盆节、男孩节、圣诞节等等，简直数不胜数。经常看到日本的男男女女在过节时穿着干净、漂亮的传统和服，尤其是女性打扮得如花似玉，趿拉着木屐在大街小巷穿梭、购物、观花、赏月，别有一番情趣，这在西方所谓的发达国家是很难看到的美景。

笔者：说了很多印象了，您觉得中日之间存在的差异有哪些呢？能否做点简单的分析。

李：差异很多，比如政治、经济、文化教育、风俗习惯、宗教信仰、思想意识等诸方面都存在很大差距。产生这些差距的原因也是多方面的。中日两国之间有许多基础是不一样，地理环境不一样，人口结构也不一样，因此存在差距也是必然的。和日本比，有人说中国不够民主，不够开放，其实，这是地理环境和长期封建专制的历史因素所形成的。地理环境会决定很多东西，包括政治制度。比如说，中国古代的集权制度，为什么会形成专制集权呢？中国这样的地理环境，必然形成集权。你想想，在古代的中国，地主要把土地分租出去，怎么才能把地租收回来呢？一定要靠地方政权的力量。因为中国的地主没有西方领主那样拥有很多的家兵，只有依靠政权来维系自己的地位，于是，中国有钱人要和政权结合，形成权贵，权力和地主贵族结合起来，就能够镇压接连发生的农民起义。从而形成地主维护乡政权、乡里维护县政权、县里维持州府、全国维护中央的集权体制。一级一级对上负责，到皇帝那里就是至高无上了。在日本，也有过集权时代，但早在18世纪就被西方人打破了。

中日在经济发展过程中也存在很大差距。中国的经济基础比日本弱很多，我们以经济建设为中心才真正搞了30多年，而日本早在明治维新以后就全面进行经济建设了，不存在差距才是怪事呢。

在教育方面，我们是想改革、创新，但在方式方法上却始终没有找对路子。看看今日多半中学生戴着深度近视眼镜和每年北京的高考状元多数去香港大学读书的现实，就知道我们的教育还需要大力改进，否则与日本的差距还会拉大。

笔者：您分析得很有道理。关于日本，您看您还有什么要补充的？

李：我还想说的是，事物是在不断变化的，凡事都不是绝对的。日本社会固然有许多值得全世界向他们学习的地方，但也绝不是说他们的社会就是世外桃源、人间仙境。他们也有他们的问题。有人说美国人写的《菊与刀》，已经把日本人的性格剖析得很透彻了。其实不然。我认为社会在不断变化，日本受到外来科技文化的冲击日益加大，很多影响恐怕连日本人自己也不会准确做出预测。尤其是在全球一体化的今天，日本社会的变化日新月异，他们面临的新问题也会越来越多。好在随着人类的文明和进步，世界将会变得越来越美好。但愿世界上的各民族互相取长补短，共同创造美好的未来。

笔者：最后向您提个请求，能否将您翻译并公开出版的日本学者的学术论著目录给我一份，如果您同意，我想作为对您访谈的附录放在后面，可以吗?

李：当然可以。

笔者：谢谢您。耽误您这么长时间。

李：不客气！也谢谢你！

附录：李德龙教授翻译日文学术论著目录

1. 关于龙谷大学图书馆所藏大谷文书（小田义久撰）　载《中国敦煌吐鲁番学会研究通讯》1985 年第 2 期。

2. 池田温：《初唐西州土地制度管见》（池田温撰）　载《中国敦煌吐鲁番学会研究通讯》1985 年第 3 期。

3. 中国古代买田、买园券的考察（池田温撰）　载《中国敦煌吐鲁番学会研究通讯》1986 年第 1 期。

4. 王蜀政权的变质和解体（左竹靖彦撰）　载《中国史研究动态》1987 年第 5 期。

5. 大谷探险队在新疆境内的活动（小田义久撰）　载《中国敦煌吐鲁番学会研究通讯》1989 年第 1 期。

6. 敦煌平民生活与社的关系（长泽和俊撰）　载《中国敦煌吐鲁番学会研究通讯》1989 年第 2 期

7. 敦煌发现的藏文戒律文献（冲本克己著）　载《国外藏学动态》1991 年第 5 期。

8. 唐代均田制研究选译（西川正夫、土肥义和著）　甘肃人民出版社出版　1992 年 10 月。

9. 敦煌发现的藏文禅宗文献的内容（冲本克己著）　载《国外藏学研究译文集》第 8 辑，西藏人民出版社 1992 年 8 月。

10. 清太祖武皇帝实录考（松村润撰）　载《王钟翰八十寿辰纪念学术论文集》辽宁大学出版社 1993 年 6 月。

11. 明代东北亚的貂皮贸易（河内良弘撰）　载《王钟翰八十寿辰纪念学术论文集》辽宁大学出版社 1993 年 6 月。

12. 吐蕃译经史（原田觉著）　载《国外藏学研究译文集》第 11

辑，西藏人民出版社 1994 年 4 月。

13. 古代中国的思想（户川芳郎著）　北京大学出版社　1994 年 9 月出版。

14. 敦煌出土的藏文禅宗文献的性质（木村隆德撰）　载《国外藏学研究译文集》第 12 辑，西藏人民出版社 1996 年 5 月。

15. 沙洲的写经事业——以藏文《无量寿宗要经》的写经为中心（西岗祖秀著）　载《国外藏学研究译文集》第 12 辑，西藏人民出版社 1996 年 5 月。

16. 北宋时期河西的藏族部落与佛教（岩崎力撰）　载《国外藏学研究译文集》第 13 辑，1997 年 4 月。

17. 中国的史书和《续日本记》（池田温著）　载《唐研究论文选集》中国社会科学出版社 1999 年 12 月。

18. 中国古代史论稿（五井直弘著）　北京大学出版社 2001 年 4 月出版。

19. 中国华南民族社会史研究（冈田宏二著）　民族出版社 2002 年 3 月出版。

（四）G 女士

访谈时间：2011 年 12 月 20 日中午

访谈地点：中央民族大学 8 号楼一层咖啡厅

被访谈人：G 女士　**中央民族大学某学院副教授**

笔者：您好，G 老师（以下简称 G）。您是哪年去的日本？为什么去日本留学？

G：我是 1999 年 4 月 9 日去的日本，是从天津飞机场坐国航班机飞抵日本名古屋机场的。然后，岐阜圣德学园大学派人到名古屋机场接我们。到了日本一周以后才开始上课，我们是新岛翠老师担任班主任，属于中文系的学生，特有意思的。当时那个学校外国留学生很少，没有健全的留学生服务机构，就把外国留学生放在中文系了，或者在外语系。

日语不叫系，而叫学部，如中国语学部、外国语学部就是中文系、外语系的意思。

说起去日本的原因，我就有点儿难忘。我是1976年来中央民族大学（中央民族学院）就学的。我们那批人上完学后没有学历，没有学位，什么都没有。1980年毕业就开始留校工作，一切都开始步入正轨，但什么都没有。学校领导就让我们补补课，说把那些课程重新听一遍，就重新学了一遍。学完以后，还是没有学位。那时候没有现在分得那么细，都叫民语系。当时留校当老师是很自豪的，很值得的。因为能留校当老师的不多，很多人也不想留校，都想回家去工作。然后，我们什么证也没有，也不是本科毕业生。所以，很长的一段时间里都很尴尬。尤其是教务处、人事处让我填各种表格的时候，在学历这一栏不知写什么，我就打电话问他们应该填什么，负责人就告诉我，填大学吧。大学是什么呀，也不是学历，更不是学位。要么是本科，要么是中专，哪有大学这个学历呀！但是，一直都是这么填的。为了解决自己的这个学历问题，我就开始想办法学习了。可是，我们这些学习民族语的，没有学过外语，我们的外语其实就是汉语了。但是，没有人承认。所以，就开始自学英语。可一去考职称外语，分哪里够啊。又没有系统地学习过，怎么能考过啊，系统学习过的人都不一定考过呢。总而言之，就是为了解决外语的问题。实际上，一直都在解决，但学英语很难，也开始成家立业，结婚生孩子，养家糊口什么的，非常忙碌，就没有学好英语了。但是，还是不停地背单词，学语法，抽空学习课文。

到了1993年的时候，认识了一个日本留学生，她来学习民族语。有一次，我看到她拿着一本书，有汉字，也有一些看不懂的符号，我拿过来一看，就明白是日文书。书里汉字那么多，我就想，是不是容易学，即使不容易学，汉字我是能理解的。就是这样，从1993年开始，自学日语，除了在电视、广播里学习以外，我自己自费到理工大学的外语培训中心日语班学习了两个多月，这样就打好基础了。到了1998年11月的时候，看到学校下发的通知，有去日本留学交换生的项目申请，我就抱着一种试试的态度报名参加了考试。有一搭无一搭地去了，结果考上了，1999年4月就去了。这就是为什么去日本的原因。去了以后，在日本整整学习了一年。通过学习老师教的语法课、阅读课、会话课、听力课，在屋里看电视连续剧等，一圈下来后，基本上掌握日本语言文字了。2000 年 3 月回国以后，正好赶上当年职称外语考试，我就报考了日语，结果考了一个 85 分的成绩，一下子通过了，很高兴哦。外语通过以后，开始讲课攒课时数，做科研，写论文，发表文章什么的。到 2003 年就评上副教授了，一直到现在。前两年评职称，位置都占满了，今年开始有点松动了。

笔者参加一所学校过节时打糍粑

笔者：请您谈谈对日本的印象或者感受吧。

G：有一件事给我印象很深，就是在 1999 年留学期间的七、八月份，胡振华老师带了一个由我们学校音舞系师生组成的演出团去日本访问。组团的时候，访问团成员里缺少一名懂藏语的人，就锁定我去参加。正好我在日本，就顺便去参加了。这个访问团沿着日本西北边的岛根县等走了好几个县，都是由当地的市长等官员接待的。通过参加这个访问团，转了一圈以后，我发现日本人说一不二，很整齐、很干净。让我吃惊的一件事是，我们住在一户人家里，第二天早晨起来，发现我们所有人的鞋，都被主人擦了，擦得干干净净。我们中国人在骂人的时候才说你是擦鞋的。说你给我擦鞋，我都不要你擦什么的。但人家日本人，主人给你把鞋都擦干净了，也不索取任何报酬，也没有什么怨言。这个事，我特别特别吃惊。然后，在访问过程中，又认识了很多日本朋友。本来还没出国的时候，就认识了那个来中国留学的日本人。通过他又认识了很多来中国留学的日本留学生。到了日本以后，他们一个个都跟我联系。我就在学校放假的时候去了东京，到我认识的这些日本留学生家里去玩。尤其是元旦的时候，他们过元旦节日跟中国人不一样。最让我感动的是，日本人那种处处为他人着想的那种精神和态度。他们干什么事情，都是先想到别人的。想想是不是会妨碍别人，给别人添麻烦。所以，他们的电梯、各种服务行业都做得非常好。你想到的，他们都想到了。你没有想到的，他们也想到了。就是真正做到了以人为本的境界，非常非常棒，太好了。当然，也有不好的，就是日本人有些孤僻，不太喜欢跟别人说心里话。不熟悉的，不跟你讲话。其实，这种情况在日本深有感受。现在，在我们国家，我们身边也有这种情况。这是不是社会走向现代化的必然产物呢？我一直在思考，但还没有答案。还有，我通过询问新岛老师，了解到日本人研究藏学方面的事。新岛老师很快就给我联系好了，还帮我写上地址，让我去，告诉我怎么走。就是京都大学和大阪大学里，有日本研究藏学的机构，我就去了。去了以后见到了一个入了日本籍的藏族老师，跟他聊了聊。之前，他也来我们藏学院访问过，搞佛学研究的。在留学期间，什么事情，只要跟新岛老师说了以后，她立刻就帮你联系好了，或者帮你找到了。所以，让我很感动。

笔者：您在日本留学期间打过工吗？

G：打过，打过三个月的工。在岐阜县的“家思购”商场里打过。之前，也找过一些地方，但没有找着。后来，我爱人问过上一届去交换留学的老师。包括董老师、李老师等好几个人。他们就给我爱人说，在什么地方可以去找找，说不定能聘上呢。我爱人给我讲了以后，我就去应聘了。结果被录用了。具体做什么呢？是做寿司的，是一个专门做寿司的作坊。做出来的寿司就送到“家思购”商场里的熟食柜台去卖的。那个寿司店的女老板可厉害了，有人给她取了个外号叫“母老虎”。为什么呢？就是在布置任务、安排工作的时候，总是先训斥你一通才讲正事。至于你做得好不好，先不管，先训斥你再说。特别认真，做事太认真了。我在那里打了三个多月的工。主要的工作是，在寿司的饭团上面放生鱼片什么的。饭团是米饭捏出来的，是由高级师傅做的，不让我们打工的人做。我们就在捏好的饭团上包上紫菜皮，绕一圈一圈的。然后，放上生鱼片就可以了。这些做完了以后，就收拾案板，消毒碗筷、菜刀等工具。之后，再冲洗地板，清扫屋子。这是在“家思购”的店里做的。在那里，我只做过两三次。之后，就叫我去作坊去做。作坊里就做很多东西了。先是把饭和醋兑在一块，搅拌以后就下锅蒸上，熟了再拿出来做饭团。做完以后就洗锅什么的。洗得好不好，干不干净，那个老板娘就用手指去摸一下，检查一下。如果不合格，还要重洗，重擦。在那里干活的时候，大家说话不多，自己干自己的活，没有太多的交流。所以，后来我就不干了。我本来是抱着学习语言的态度去干的，但没有学到什么东西。两三个月了，我还是仅限于我之前会说的那些东西。当然，还是了解了日本人做寿司的各个程序和干活的态度。在那里干活的时候，正好遇上岐阜县羽岛市柳津町町长选举的时候。有一天，候选人带着一帮人马，路过小作坊门前。作坊里的人都出去迎接，握了握手，蛮有气势的。我还想，选个町长还要那么隆重。作坊里的人，还必须出去迎接，太有意思了。

在日本留学期间，我们都是自己做饭吃的，我们的交通工具是学校发的半新的自行车。没课的时候，我们就跑到岐阜市里，到处乱转。有一次，闹出一个笑话，笑死人了。我们经过一个门店，从外面看，有好多衣服挂在那里，上面标上各式各样的价格。5 块的、10 块的、20 块的，很便宜的。我们就进去看看，我们中的一个人就问这个衣服多少钱。那个老板娘瞪着眼睛看着我们，郑重其事地说，这个衣服不是卖的。我们又问，为什么不卖。那个老板娘瞪大眼珠子说到，这是别人拿到这里来洗的。哦，原来是个洗衣房，是别人送衣服到那里去洗的。简直笑死人了。上课的时候，我们就把这个事给新岛老师讲了。新岛教师说，好，有这样的经历就很好，就能学到东西了。这是我们闹的第一个笑话。还有，去见警察的事，也挺好笑的。我们留学生中的李老师特别想见警察，我们待了快一年了，还没见到警察。李老师心里着急，就特别想见到日本警察。他就经常对我们说，我是不是弄出点什么事情，警察才能出来见我啊！然后，有一次，通知外国人要去登记一下，去名古屋登记。我们就到名古屋去登记了。但是，那天怎么也找不到登记的地方。我就说，有难事找警察嘛。我们就在名古屋火车站上面的商场那一带，找到了派出所。我们就进去问，怎么才能找到外国人登记的地方。那个警察边说边画，忙忙碌碌，怕我们听不懂。我真的很佩服日本人的画画能力。那个警察画出了一个非常详细的地图给我们讲，怎么走，在哪儿左拐，哪儿右拐什么的。然后，我们就拿着地图去找，不一会儿就找到了。从派出所出来以后，李老师就说，瞧，今天见到警察了吧。很得意的样子，又感到有些失落。在日本的街上，很少看见警察的。在我们住的房子过去不远的三岔路口上，偶尔有个警察出现在那里。有一次，是那个地方出事了，两个车碰在一起了。我正好骑车路过那里，看见两个司机把车挪到一边，默默地站在那个警察的两边，不时地点头。警察看见我停在那里看他们，他就不停地摆手，招呼我赶紧走。然后，警察又站在两个司机的中间听他们讲，不断地点头询问后，两个司机就走了，警察也走了。之后的事情，就由保险公司来解决了。我就这样看到一次警察在处理交通事故。你看人家日本人出了车事故，不像我们国家的有些人那样吵吵闹闹，甚至动手打架什么的，人家真的很文明。日本的公园、图书馆、展览馆等公共场所，都不用买票，觉得人家上缴了税，国家和政府就得把公共使用的地方修好了，给老百姓去使用。弄得那么好。我去过岐阜市的图书馆、柳津厅的图书馆，服务都非常好。我好好地利用了一下，没有留下什么遗憾。

放秋假的时候，我到东京我朋友家里去玩。他家是地道的日式房间，进门后左边是他父母住的，我去以后就腾给我住了。每天那个浴缸放满温水以后，第一个让客人洗，泡澡，就是让我先泡。特别不好意思，怕弄脏了水，就先用淋浴洗干净了以后，再进缸里泡一会儿，一动不动地在里面待着，待一会儿后就出来了。就是怕给人家弄脏了。每次泡澡前，我都做好功课，就是把身子洗得干干净净以后，才能进入缸里去泡。这是我在书里看到的。日本人泡澡的习俗，在家里泡澡就是让客人先洗，先泡的。然后，那个水也不换，后面的人又进去泡。这在中国是不可能的。过年的时候，也玩得非常好。总的感觉是，日本人看上去很温和，日本社会也很平和，人与人之间崇尚礼仪，很规矩。什么事情都很程序化地进行着，不乱来的。在超市里买东西的时候，因为留学生都比较省吃俭用嘛。所以，快关门的时候，有很多打折的东西在卖。我们留学生就争先恐后地去买。有时候，你从这个店里买来的东西，放在店外的车筐里。然后，又进另一个商店里去买东西，出来以后，你的东西还在，没有人去拿的。没有人动你的东西。这点非常好。你去别的地方，坐车把包放在车厢上面，离自己远的地方，也没有人动你的。不像我们国内，你得提心吊胆的。还有，在东京，住在我朋友那里，出去玩的时候，有一次坐地铁时，在地铁车厢里看见一群年轻人。我一看就是问题青年。他们进来以后不坐在椅子上，而是坐在地板上。在那个车厢与车厢连接的地方坐着，乱七八糟、歪歪扭扭地坐在那里，又吃又喝又闹的，在那里折腾。但是，快下车的时候，这些年轻人都迅速起来，把所有吃喝零食时掉下去的纸屑和饼干块全部捡起来，分类装在不同的塑料袋里拿走，很让我惊讶。尽管你看着他们不怎么样，一个个像问题青年。但是，一片纸屑都没有留在那里。事后我在想，人家的教育真厉害，很不错，社会风气很好。

还有一次，我去我朋友家住，她上班走的时候拎着一包垃圾走了。她走后半个小时左右，突然有人敲们。我一开门，看见一个年轻人拎着一包垃圾袋递给我，我一眼就看出来，那是之前我朋友拎出去的那个垃圾袋。那个二十多岁的小伙子把垃圾袋递给我后，严肃地对我说，扔垃圾是有规定的，如果人人都不遵守的话，社会变成什么样子了。今天不是扔这个垃圾的时候，你们怎么能扔呢？我说对不起，我是客人，我们今后一定注意。然后，那个垃圾袋又放回厨房里。等我那个朋友回来以后，看见那个垃圾袋，问我怎么回事，那个垃圾袋怎么又回来了。我说你今天不该扔的，有个年轻人把它捡回来的。我朋友说，哎呀，错了，错了，今天是不该扔这种垃圾的。实际上，那个年轻人也不是收垃圾的，是我朋友的邻居。这件事，到现在，我都记忆犹新。10 年前的事，仿佛就像昨天发生的一样，给我一种震撼。按理说，已经过去 10 年了，那些细节应该早就忘掉了的。但不是，真的记忆很深刻。还有，给我一个特别大的改变，就是教育孩子，教育孩子的态度的改变。过去，我看见孩子做得不好，就立马说，立马批评教育。本来我的性格就爱嚷嚷，但从日本回来以后，我就改变了，对孩子的学习和发展不是我主观臆断去纠正她，而是看她的发展，顺着她的发展，指引和引导她。而不是这里错那里错了，去否定孩子的行为。我孩子也发现了我的变化，说，你原来爱说我这里错了，那里错了，这不许做，那不许做，现在怎么改变那么大。我说，我说你干吗呢，做什么事都由你自己去做主呗。去日本之前，我都是传统的观点。回来以后，很多事就见怪不怪了。孩子做的事，只要不出格就让她自己做吧，强行阻挡是挡不过来的。

笔者：您对日本文化有哪些感受？

G：我觉得日本文化中，学西方的、学中国的，学得更成功一些。但也不是照搬，如麻婆豆腐，就做成了日式的麻婆豆腐，一点也不赖。但有些地道的咖啡，铁板牛柳什么的，也做得很特别。喝那个咖啡，一点一点来，特别精致的感觉。把中国文化、西方文化精致化了，顶尖化了。我们中国要的是大众化，他们要的是精细化。茶道也好，花道也罢，据说都源自中国，是从中国传过去的。但现在，他们做精致了，顶尖了。没有太多的中国味道了，变成自己独有的特有的文化了。西方的饮食文化也是如此，吃个蛋糕什么的，非常讲究。当然，也有不太好的。日本人稍微放松一下，就坏了规矩了。不放松的时候，干什么事情都是紧绷着神经的样子，头头是道。一到放松、娱乐的时候，就完全不一样了。公司里的职员，到了下班以后，大家聚一聚、喝一喝的时候，就有点放肆了。男的就特别好色，对女子动手动脚，看上去很放肆，把握不住而走向极端的一面。男的喝酒的时候，必须要有女的陪着，不管是公务活动还是娱乐活动，都得有女的陪着。有一种“没有女士的酒喝得香吗”的感觉。日本的酒文化有个特点，就是自己不给自己倒酒。倒酒的都是女的，女的长得漂亮一点就更好了。都是那种心理，特别有意思的。

笔者：您认为日本的教育怎么样？

G：教育了解得不多。学校交流只去过一次，那是在东京外国语大学打工的时候，在东京外国语大学亚洲研究所藏学研究室帮忙。那个日本女人的母亲是搞拉萨语研究的，女儿继承了妈妈的研究意志，是东京大学博士毕业以后学了藏语的。不是在我们国家学的，而是在印度学

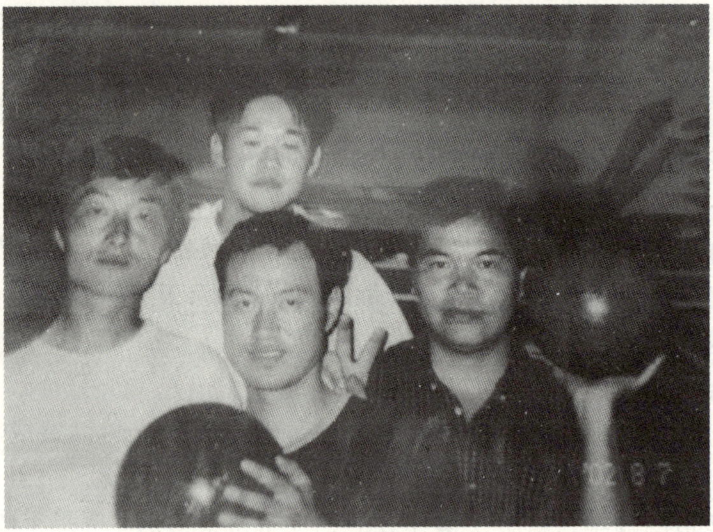

笔者在课余时间里与中日学生交流保龄球

的，学得特别好，就是专门研究拉萨语语法的。听说我在日本东京，就打电话请我去，我就去了。住在她家，她还没有结婚，她父母都出去了。她在编一部藏日辞典，我就帮她的忙，算是打工吧，高级打工。她安排让我去给日本小学生讲藏族文化，我就去了。那次算是我在日本，第一次真正去日本小学校讲课交流了。另外，胡老师带队去日本访问那次，也到了一些学校去交流。日本的小学生很面生，你不能随便摸他们的脑袋，不能有身体上的接触。在与他们的交流沟通当中，你就是你，我就是我，界线很分明的。胡老师带队去的那次，我们队员有个老师，在跳完舞之后，走到前面摸了一下一个日本小学生的头并问他好的时候，那个小学生“哇”地一下子哭起来，把我们都吓坏了。其他方面的教育就不怎么了解了。在日本留学期间，中午有时候，我在学校里买饭吃。有时候，自己在家里做好以后，放在饭盒里带到学校去吃。我们几个交换留学生，经常围在一起吃饭。有时候，新岛老师也过来和我们一起坐着吃。有时候，其他的一两个任课老师过来和我们一起吃。人家都是一个人一个碗，自己吃自己的。只有我们热闹，噢，你的好吃，哦，我的好吃。互相吹捧，互相夹着吃。就算我们热闹。我觉得日本人，一声不吭地自己吃自己的，一点儿都不习惯。可能他们也不能接受我们的那种做法，这就是文化的差异了。日本人抽烟，自己抽自己的，不会主动给别人递烟的，也不会问你抽不抽什么的。这就是差异，文化的差异。所以，我也学会了。日本学生来以后，很好招待。一起去吃饭的时候，事先说好，如果我请客，整桌饭钱就全部由我付款。如果说咱们一起去吃饭吧，我就什么也没说。那么吃完饭以后，就 AA 制付款了，自己付自己的那份钱。吃是一起吃，但算账的时候，各自分摊，每个人都平均付钱的。这点，我也学会了。不管客人是不是吃好了，菜点得好不好的事了。这就是文化的差异。

笔者：您看您还有什么要说的？

G：其他也没什么要说的了。在藏学研究方面说一点吧。藏学研究方面，日本人研究得比较单一。我去东京外国语大学帮忙的时候，我问那个搞语言研究的日本朋友。我说，我去东洋文库怎么去？东洋文库里有很多藏学研究的成果。她告诉我怎么去，找什么样的人以后，我就去了。我是坐电车去的，到了以后，我找到文库负责人，他接待了我。他问我搞什么研究的，我说，我是搞藏族文学史方面的研究的。他问我藏族有文学吗？我很吃惊。然后，我们寒暄几句以后，他就不理我了，我也没再理他。在那里见到其他许多研究藏学的人。有的在输录大藏经的内容。日本人看藏文的那个手写体的长条书比较困难。所以，聘了好几个藏族人，都是从印度来的，尼泊尔来的，帮他们输录。我待了一会儿就回去了。回去以后，我就给我的朋友讲。我说那个人是那样性格的吗？他说性格不是这样的，是因为他没有兴趣，就没有进一步交流了。我猜想，你搞的研究内容不是跟他搞的一回事。所以，没有什么共同语言。因为他搞的是因明学，属于哲学宗教类的，属于佛教范畴。难怪他不是搞文学的，还问我藏族有文学吗。他搞藏学研究，也搞得太窄了吧？日本人所说的藏学，基本上都是佛教的。因此，我认为搞藏学研究，还是我们国内好，国内是强的。他们只用一些现代化的手段，录入一些佛教的内容。他们研究这些内容就很不容易了。今天就谈这些吧，不是很系统，谢谢您了。

笔者：我才应该谢谢您呢。真的，太感谢您了。

G：不客气。

（五）L 先生

访谈时间：2011 年 12 月 14 日

访谈地点：中央民族大学 8 号楼二层教室

被访谈人：L 先生　中央民族大学某学院副院长

笔者：L 先生，您好。今天太麻烦您了。您是什么时候去的日本？去过几次？

L 先生（以下简称 L）：我去过两次。第一次是 1996 年 4 月到 1997 年 1 月，将近 10 个月的时间，是学校第一批派去的交换留学生。我去的时候，那个学校叫岐阜教育大学。第二年改为岐阜圣德学园大学。第二次是隔了 10 年后才去的，是 2006 年 4 月去的岛根县立大学。是去读学位，在那里待了两年，是我自己联系的。

笔者：那您算日本通了。

L：哪里哪里。第一次去主要是学习日本语言和体验文化，去了以后学校给我们安排了很多活动。第二次去的岛根县立大学，是去读研究生学位的，攻读的是开发研究专业，主要研究日本接收外国留学生方面的政策。这跟我的工作联系相当紧密。

笔者：请您谈谈您在日本留学期间的所见所闻吧。随便谈，政治的、经济的、教育的、社会的，什么都可以。

L：因为我这两次去的地方只是日本的二、三线城市，所以，我看到的不一定全面。第一感觉是，总体而言，日本人对中国人还是友善的。我去的那些城市，人们对政治不感兴趣，政治热情比较低。不像我们这些在北京等一些大城市待着的人，好像对政治敏感一些。另外，彼此对一些事情的看法也不一样。比如，我们从电视媒体上看到，日本政府里头发生的一些事情，他们当地人可能都不知道，也不关心。他们只关心自己的生活是否富裕，主要是围绕生活状况来做事的。关心个人职位是否升职，工作待遇是否提高等这些问题。我接触到的日本当地人中，有些人的做法我也不理解。比如说，有些是通过打工与别人交往，经常性地换地方打工。而且，好像更享受这种生活状态，到现在我也不太理解。包括我的朋友，在北大毕业的日本研究生，一直都在做打工的工作。本来他的汉语非常好，说得非常流利。我想应当在大公司里工作，一点都没问题。但他们的生活目标跟我们的不一样。

在教育方面，总的来说，给我的感觉跟我们国内差不多，尽管日本的经济比我们好，处于亚洲乃至世界的前列。但教育理念什么的，跟我们很相像。学生还是很注重课堂学习，不像欧美那种启发式的学习，注重实践，注重动手能力方面的教育。感觉日本在实践教学环节做得比中国大学好一些，但跟欧美的教育相比还有差距。比如外语教学方面。岐阜圣德学园大学外语系的日本学生，在学习外语上，我觉得基本上停留在填鸭式的学习方式中。这点有可能中国比他们还做得好一些。不过，都不是一种理想的语言教育方式。他们的学生已经到大四了，但对外语的掌握还是很不好。他们中的大部分人无法使用外语进行工作。所以，我觉得他们的外语教育还是有些问题的。

我具体了解的日本文化，无论是岐阜县还是岛根县，都对传统文化保留得非常好。日本对传统文化的保护和尊重是我非常推崇的。日本特别讲究对传统文化的保护和传承。比如说，在岐阜县，有一种传统文化就是在长良川上，举办鹭鸶捕鱼的节日活动。在举行节日活动的时候，会邀请很多当地的外国留学生去观看。看渔人怎么带鱼鹰去捉鱼，这给我的印象非常深刻。这是我到日本后第一次参加的文化体验活动。活动在夜晚举行，船头燃起熊熊篝火，照在长良川上，穿着传统蓑衣的渔人，带着鹭鸶在捕鱼。载满游人的船只，排在长良川边停靠，人们在游船上观看捕鱼活动。2006 年我第二次来到日本，到了岛根县，在当地也参加了一些文化交流活动。其中，有一种类似中国的传统戏剧表演。这个表演是由一个戏剧故事改编而来的，就是围绕着杀一条龙的故事传说改编出来的。在岛根县的街头、车站、路边，到处都可以看到这种形式的东西。而且，在校园节或城市的集会上，都有这种演出。学校还特别安排我们去观看。这种对传统文化的保护措施很值得中国学习。

下面简单说一下我在日本留学期间打工的情况。

我第一次去岐阜的时候，是以交换留学生的身份去的，生活费是有保障的。所以，那个时候打工，只是想体验打工是什么感觉。因此，我同时做了两份工作，一份是送报纸，一份是在食品店里工作。送报纸这份工作是很辛苦的。每天风雨无阻，早晨五点半左右开始，一个半小时就差不多送完了。应聘成功以后，送报纸之前，那个公司的负责人骑车带你转一圈，让你熟悉要送给报纸的每家每户的位置。然后，每天早晨把所有报纸数齐以后，放在你宿舍门口的自行车车筐里，每天都能按时送来，你要去送的报纸整齐地放到你的自行车车筐里。如果是下雨天，就用防雨塑料袋包好，然后你再送到每家每户去。送报的工作，特别能避免我睡懒觉，还可以挣点生活费，这是我打送报纸这份工的出发点。这份工作，我干了差不多10个月，直到快回国的时候才不做的。

日本岐阜县羽岛郡公立高中80周年校庆手册封面

笔者：工资有多少？

L：工资大概一小时1000日元左右，一天大约1500日元左右吧。但是，我最喜欢的是，早晨的空气特别好。尤其是那种一望无垠的景致里，穿梭在日本的大街小巷里的感觉。不过，也有最痛苦的时候。那就是在夏天下暴雨的时候，你想，早晨五点钟起来，外面在下着暴雨，你是不能说你不去送的。这份工作对意志品质真是一个很好的磨炼。因为那个时候刚去日本，对自己的语言也不是很自信，这种送报纸是不用太多的语言的。所以，我就去做了。第二个工作就是在“家思购”商厦里的炸食品店里工作，就是在炸“天芙萝”等油炸食品的那个店里工作。那份工作干得很短。为什么很短呢？其实我特别喜欢那份工作的。但是，出了一点小状况。就是干了几天以后，自我感觉良好。跟很多日本大学生一起工作。大概做了三四天的时候，有一天，我拿着大油桶倒油时，搞砸了。倒大油桶里的油的时候，一手提起来，另一只手要在桶的后面托着才能倒的。可是，我不知道，一手提起来的时候就把那一桶油都洒了。我就很不好意思，很自责。但是，人家老板一句话也没责备我。但我因歉疚提出辞职，不做了。那几天的工资，我都没有去要。当时打倒油桶以后，我就有想法要赔人家钱来着。但是，没有勇气提出来。那些一起打工的日本大学生还开玩笑，“那个工资你不要的话给我吧。”我的确是不好意思去拿了。这是干得很短的一份工作。

第二次去日本时打工就不是这样的了。第二次去日本留学是我自费去的，所有都是我自己花钱的。因为有了第一次的经历，第二次去了不久，就找了一份工作做了。这样说起来都是违反学校规定的。因为日本政府有规定，到日本后三个月内是不允许打工的。但是，毕竟自己是自费留学，要考虑花销的事情。所以，很快就打上工了。而且，第二次去日本的两年期间，打了很多工。长的短的都算上，我至少打了七八份不同的工了。最长的工作，是在学校所在山下海边的一个食品公司做工。公司主要做盒饭，每天我所在城市的商店里卖的盒饭，都是那个公司做的。有时，我去超市里购物的时候，我都知道那些饭盒是我们公司做的。我在那个公司工作的时间很长，到日本三个月起开始做，一直到我回国前才不做的，基本上没有停过。因为在那个公司打工的时间比较灵活，时间段上的安排都可以由自己选定。这对我来讲是最方便的，可以跟学校上课时间错开。而且，那个公司对中国人比较友善，彼此合作得很融洽。干得很熟悉了，就不想换地方了。虽然工资不是很高，一小时大概 700 多日元，但是干得不是那么累，很省心。所以，一直都在那里做。除了那个公司以外，就是打一些短工了。包括在学校图书馆里整理图书的工作，都在做。这个工作主要是把图书的相关信息输录到电脑里去，还有学校开学时的迎新工作。比如说，迎接外国留学生什么的，都在做。这也是我想体验的。新学年开学报到时，学校都会招募一些老留学生，让这些留学生去迎接刚来的外国留学生和日本的新生，主要是展现学校的国际化。还有一项我比较喜欢做的工作。在我所在城市的文化会馆，经常有一些日本的艺术家巡回演出。这些艺术家来演出时，要搭舞台，布置场景什么的。包括演出完以后收拾舞台的工作。这个工作一般耗时一整天，我们也干不了专业工作，只是给打打下手。这种工作我一共做了三四次，感觉特别有意思。工作一般是早上 8 点开始做，基本上是早 8 点到晚 8 点吧。先是搭台，由专业公司的技术人员来装布景，我们做些力所能及的工作，中午大家一起吃盒饭，休息一下。下午开演之前，作为工作人员，我们要去收票、验票、领位什么的。然后，开演时，我们也可以看演出。这是我最喜欢的环节。演出结束以后，我们就负责把所有的人都送走。送走以后，就开始拆那些布景，收拾道具。大概干到晚上八九点钟的样子，就干完了。说是早 8 点到晚 8 点，但真正做工的时间，也就五六个小时，足够了。这种活是有文化内涵的，并且可以体验文化内容。所以，挺有意思的，也特别喜欢去干。跟我一起做的人，也都是二十多岁的大学生，一起交流，感觉特别好。有的还是认识的人，这是我干的一个工作。本来在岛根的时候，也想去送报纸的，但那个地方比较偏僻一些，是在农村，面积也比较广，招募是要求会骑摩托车的。因为我不会骑摩托车，就错过了。这是第二次打工的事情。

笔者：您打这么多份工，主要有哪些体会和感受呢？

L：到了日本以后才发现，原来日本社会不像从电视媒体上看到的那么严重，给我最大的触动是，每个人在自己的岗位上都是兢兢业业地工作。无论是 60 多岁负责看门的，还是公司里的白领，都是非常敬业。不像我们国内，我接触的很多人，都好像很屈才似的，干什么都好像很委屈。而日本人却不那么想。每个人，做什么事都非常认真，非常努力。反而，我们国内，上海人可能好一些，他们的工作态度有点像日本人。在日本打工的时候，送外卖的那些人，都非常敬业。这一点，是值得我们好好去学习的。也就是干一行爱一行，这是我们一直提倡的。但我发现，高就的可以，低就的就不好说了。而日本人，至少从表面上来看，没有人去敷衍，没有人去糊弄。包括我刚才讲的在食品工厂里做工的每一个人，都非常的认真。有时候，我看见弯着腰起不来的老太太，她们照样去做活。而且做得很好。我一个朋友夫人，就在医院的食堂里打工。其实，我朋友家很有钱，不需要打什么工的，但那个老太太就是要去打工。还说，只有两个老人在一起，说话也不多，要跟那些年龄差不多的人一起工作，聊聊天也是一种幸福。日本人打工，觉得是一种生活，而不都是为了钱。

您：您去过日本的哪些地方？

L：待过的地方，刚才说了就是岐阜县和岛根县。因为岐阜离名古屋很近，而且，我特别喜欢名古屋。那个城市有动有静，我喜欢那种物流集市。所以，我经常到古玩市场去转转、玩玩，平均每个月至少去一次吧。自己坐车去，坐车很方便的。从岐阜坐电车去，半个小时就到了。反而岐阜市里头，我很不熟悉。岐阜市里的商业街，我总共只去过两次，而名古屋是去得最多的。另外，有朋友在东京。所以，去过东京和大阪各一次。主要是去朋友那里玩，让朋友带我去到处转转。比如，大阪的海洋馆去得多，东京的街里去得也不少，去后住在朋友家里。因为朋友也一个人住。所以，每天早晨起来后，他去工作，我就背着书包出去转了。在新宿、银座那些地方的街上、路边，看着艺人的表演，一看就是好几个小时。反正，也没有人认识我，是很好的一种体验。东京的皇宫、迪斯尼乐园什么的，这些旅游热点却没有去过。我不太喜欢热闹繁杂的地方。北海道、冲绳等地方就更不提了。刚才说的都是第一次去日本的时候去过的地方。因为第一次去日本，经费也可以。到处看看，有很多收获，开阔开阔眼界什么的，是这样一种想法。所以，去了一些地方，都是自费去的。第二次去日本，待了两年。但只去过大坂一次，去看朋友了，唯一的一次去转悠，是我一月份交完毕业论文，三月份答辩通过了。二月份的时候，跟我爱人一起去京都玩了玩，顺便去看看我京都的朋友。

笔者：京都给您留下什么印象？

L：京都是典型的那种古典美的城市，大街小巷里很幽静。我们还看了周总理批示的那个碑和一些寺庙以及一些小的街巷。有许多传统的日本物品，在沿街销售，很热闹。到现在来讲，在日本，我喜欢去的城市只有两个，一个是京都，一个是名古屋。名古屋比较现代，京都是很古典的，跟名古屋相比完全是两个模样，两种风格的城市，都是很有味道的城市。到现在，我还留存有歌舞伎的照片。后来我想，那不是真正的歌舞伎，可能是一些游客，打扮成那样来吸引别人的眼球，或自己娱乐玩耍的。那种小亭园非常好，跟那里的主人聊几句，拍个照什么的，很有趣，是一种很好的体验。我那些日本朋友都很忙，一般不去打扰他们的。去打扰的都是在大学里教书的，或者是老人退休的。

笔者：您这些朋友当中，给您留下什么深刻的印象没有？

L：当然有了。我一个很好的日本朋友，刚开始是工作关系认识的，我刚到民族大学工作的时候，他是来民族大学留学的。而且，来民族大学学习的时候，他在日本已经是退休的人了。他以前是名古屋一个公司的高层管理者，是京都大学毕业的。懂一点汉语，能说一些简单的话。但是，因年纪大了，学的东西都还给老师了。所以，我们经常用口语交流。他特别爱学习。在他家，关上卫生间的门，在马桶后面贴满了汉语拼音的表和图，非常认真的一个老头。他与他夫人住在一起，是我非常好的朋友。第一次去日本的时候，就去过他家，他家在大阪旁边的小镇里。我第一次去日本的时候，他知道我去日本留学以后，从大阪开车到岐阜来看我。

笔者：日本朋友给您最大的影响是什么？

L：影响，怎么说呢。他们都很严谨。办事是典型的日本那种商人的做法，特别注重每个细节，特别细心，认真细致。做事情，有时候时间长了，我们就会松懈，不是那么坚韧，也就是说上进心不够，而他们却不是那样的。他给我的感觉是像我父亲对我的那种态度。他比我父亲年岁大一点。所以，在他眼里，我也像他的孩子一样。因此，有什么说什么，夸奖过我，也批评过我。我觉得人生中有这么一个朋友是很庆幸的。现在都还健在呢。

笔者：您在日本留学期间，总的给您留下的印象还有哪些？

L：日本给我的印象就是现代化发展到一定的高度了。我常跟日本人说，如果中国两三年不在北京的话，回来一看变化非常大。而日本，我觉得回国10年以后再来一次，也没有什么太多的变化。这就是日本和中国的差异。美国、日本这样的国家，每年GDP的增长有1%的话，总统或首相肯定是连任的。就像一个学生老考95分一样，再去长一分都很不容易了。如果常常只考70分，而某次能考80分就是很大的进步了。但是，没什么值得炫耀的。所以，跟日本人在一起的时候，他们常说我们中国发展得很好，经济增长得很快什么的。但听起来有点酸酸的感觉。所以，他们说这些话的时候，我们得客气一下。哎呀，我们是13亿人口啦。13亿人口的总体经济水平跟日本一样，但除以13亿人口就少了13倍呀！日本人听了好像很高兴的样子。所以，可能他们心理也很矛盾。一方面，不希望中国一直那么落后。另一方面，也不希望中国发展得太好。不说中国威胁论吧，中国发展起来他们有些紧张，也许对他们还是有影响的，尤其是在心理上不可接受。因为他们在亚洲当惯了老大的缘故吧。另外，日本的文化，传统的部分，传承得很好。而我们的文化，经过几次大的运动以后，消失了很多。现在，我们说各个方面都出问题，地沟油啦，这假的那假的。其实，这些都只是一个点，还有其他一些呢。这跟个人的修养，群体文化的缺失，信仰的危机等等都有关系。这些人没有一个正确的价值观，只要自己有利，害人的事是无所谓的。这是很危险的。日本这方面就是做得好，有一种精神在支撑着，不管这种精神是不是合理。可能容易变成极致，一种极端。但是，他们还有一种精神，有一种理念在支撑着，一种道德在约束着。所以在日本，他们不敢去做那么多越轨的事情。这个是我一直在思考的问题，怎么尽快把中国人的那种价值观，在心理上能够约束一下，使每个人都有底线而不去做出轨事情，不去做坏事。“不以善小而不为，不以恶小而为之”。说太多了吧。其实，说一点，就完全可以展开去说很多很多的。

笔者：您对日本垃圾分类有何看法？

L：日本的垃圾分类是很棒的，没得说。刚去日本的时候，你不会日语，连日常生活都不太会。但是，知道垃圾怎么扔，这是值得我们学习的。不过，只是简单的学习，我自己是学不来的，其他人也够

日本岐阜市旅游导图

呛。有很多东西，是像刚才我说的，有很多素质在体现的。比如，我们的硬件已经达到了，有三个垃圾桶分别回收不同的垃圾。但谁去认真做，谁去分类呢？距离日本人的水平，那就不知有多大的距离了，不是简单的学习就可以的。在日本，还有一点是，很多小的地方都做好了。国民的素质，很小的事情都做好了，国家的形象就提升了。包括我在岛根学习的时候，那个学校在山上。从学校往下面走，是从山上走小路下去的。在山脚下，有个厕所，我去过几次，那个厕所位置很偏僻，可能一天就只有那么两三个人去过那个厕所，甚至可能只有一个人去过。但是，每天马桶都是干干净净的，马桶旁边的手纸都没有空过。每天一定有人去打扫，每天都在更换手纸。厕所旁边的山里头，道路没有人踩的，有人为种的菜花，还有很多野生的小树、花草，环境非常美。有时候，我们觉得日本人很古板，很简单。比如，我在岐阜留学的时候，看到打谷子，打完那些谷子以后，把稻草收集起来堆成堆，用塑料缠起来，包得非常紧。我们有时候，觉得这么做有必要吗？但是，做什么事情都这样认真细致，是很好的。而我们是不可能认真到这个地步的。这是差距啊！

笔者：您觉得这是中日之间的差异吗？

L：这肯定是一种差异，但我在日本的角色，可能看不到更多的东西，看不到整个的东西。所以，我说的都是一个个的点，一件件的事。不过，你这次来做这种采访，采访了很多人以后，整合起来就能看出很多差异了。所以，你让我说对整个日本的总体看法，我也说不上太多，也不可能做比较客观的描述，我只能在一个一个地点上去讲了。所以，今天就说这些吧。

笔者：谢谢您。十分感谢您。

L：不客气嘛！有空再聊。

附　　录

一、问卷调查

日本大学生打工现象抽样问卷调查

姓名：　　　　性别：　　　　年龄：

年级：　　　　专业：　　　　家住（乡村、城市）

一、您第一次打工是什么时候？

A. 读高二以前；B. 读高三时；C. 读大一时；D. 读大三时；E. 没有打过工

二、您现在正在打工吗？

A. 正在打工；B. 没有在打工

三、您打工的理由是什么？

A. 为了减轻家庭的经济负担；B. 为了得到更多的钱；C. 为了充实学生生活，锻炼自己的能力；D. 为毕业后的工作积累经验；E. 其他

四、您每周打工的时间是多少小时？

A. 10 小时以内；B. 10—16 小时；C. 16—22 小时；D. 22 小时以上

五、您一般什么时间打工？

A. 只在周六周日和节日；B. 只在春假、暑期、寒假；C. 平日白天；D. 平日晚上

六、您在什么行业里打工？

A. 家教业；B. 商品销售业；C. 饮食业；D. 维修、建筑业；E. 其他

七、您找打工的工作时最优先考虑的是什么？

A. 自己感兴趣的工作；B. 适合于自己做的工作；C. 来回安全、方便的地方；D. 离住地、学校近的地方；E. 每小时给钱多的工作；F. 工作时间灵活、小时数多的地方；G. 其他

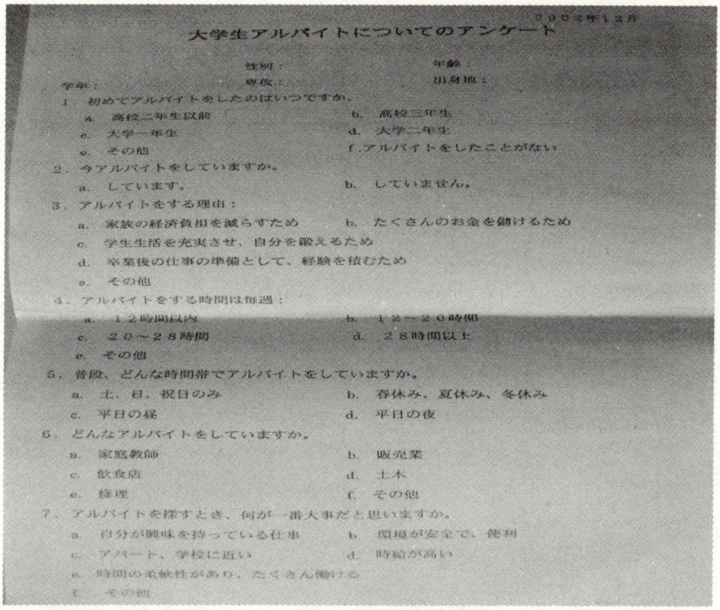

2002年12月

大学生アルバイトについてのアンケート

性別：　　　　　　　　年齢：

学年：　　　　専攻：　　　　　　　　出身地：

1．初めてアルバイトをしたのはいつですか。

a．高校二年生以前　　　　b．高校三年生

c．大学一年生　　　　d．大学二年生

e．その他　　　　f.アルバイトをしたことがない

2．今アルバイトをしていますか。

a．しています。　　　　b．していません。

3．アルバイトをする理由：

a．家族の経済負担を減らすため　　b．たくさんのお金を儲けるため

c．学生生活を充実させ、自分を鍛えるため

d．卒業後の仕事の準備として、経験を積むため

e．その他

4．アルバイトをする時間は毎週：

a．１２時間以内　　　　b．１２～２０時間

c．２０～２８時間　　　　d．２８時間以上

e．その他

5．普段、どんな時間帯でアルバイトをしていますか。

a．土、日、祝日のみ　　　　b．春休み、夏休み、冬休み

c．平日の昼　　　　d．平日の夜

6．どんなアルバイトをしていますか。

a．家庭教師　　　　b．販売業

c．飲食店　　　　d．土木

e．修理　　　　f．その他

7．アルバイトを探すとき、何が一番大事だと思いますか。

a．自分が興味を持っている仕事　　b．環境が安全で、便利

c．アパート、学校に近い　　d．時給が高い

e．時間の柔軟性があり、たくさん働ける

f．その他

问卷日语版第一页

八、您是怎样找到钟点工的？

A. 通过家人、朋友的介绍；B. 通过因特网；C. 通过学校的相关部门；D. 通过广播电视报纸杂志上的广告；E. 通过店铺门前的广告；F. 其他

九、您打工的收入用来做什么？

A. 存起来；B. 全交给父母；C. 旅游费；D. 日常生活费；E. 学杂费；F. 娱乐费；G. 其他

十、您打工影响你学习的是什么？

有好的影响，因为：A. 能学到社会上的各种各样的知识；B. 能帮助理解和实践书本上学到的知识；C. 能锻炼能力提高技能；D. 能磨炼意志；

有不好的影响：因为：A. 没有时间做家庭作业，考试成绩不好；B. 没有学习时间；C. 上课常迟到、早退、请假；D. 上课没精神，常睡觉；E. 没有时间参加其他课外活动；F. 其他

十一、您持续打工还是临时打工？

A. 持续；B. 临时；C. 持续 + 临时

十二、您打工后最大的收益是什么？

A. 得到了一些钱；B. 学到了一些知识；C. 建立了一些工作和人际关系；D. 自己各方面的能力得到了锻炼和提高；E. 其他

十三、今后您打算继续打工吗？

A. 继续去打工；B. 不打算去打工了；C. 想打时去打；D. 需要钱时去打；E. 有机会时去打；F. 其他

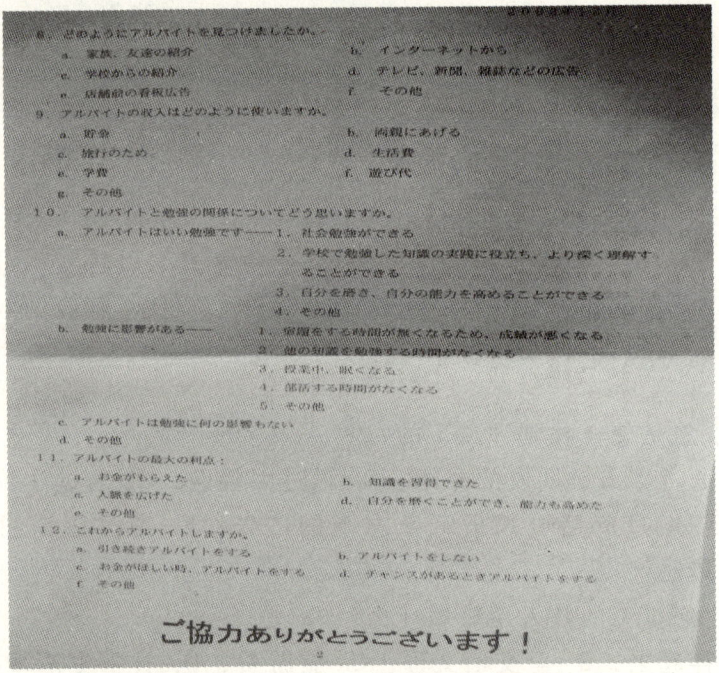

8．どのようにアルバイトを見つけましたか。

a．家族、友達の紹介　　b．インターネットから

c．学校からの紹介　　d．テレビ、新聞、雑誌などの広告

e．店舗前の看板広告　　f．その他

9．アルバイトの収入はどのように使いますか。

a．貯金　　b．両親にあげる

c．旅行のため　　d．生活費

e．学費　　f．遊び代

g．その他

10．アルバイトと勉強の関係についてどう思いますか。

a．アルバイトはいい勉強です——1．社会勉強ができる

2．学校で勉強した知識の実践に役立ち、より深く理解することができる

3．自分を磨き、自分の能力を高めることができる

4．その他

b．勉強に影響がある——1．宿題をする時間が無くなるため、成績が悪くなる

2．他の知識を勉強する時間がなくなる

3．授業中、眠くなる

4．部活する時間がなくなる

5．その他

c．アルバイトは勉強に何の影響もない

d．その他

11．アルバイトの最大の利点：

a．お金がもらえた　　b．知識を習得できた

c．人脈を広げた　　d．自分を磨くことができ、能力も高めた

e．その他

12．これからアルバイトしますか。

a．引き続きアルバイトをする　　b．アルバイトをしない

c．お金がほしい時、アルバイトをする　　d．チャンスがあるときアルバイトをする

f．その他

ご協力ありがとうございます！

2

问卷日语版第二页　2002 年 11 月

二、访谈提纲

中央民族大学部分留日归来者访谈提纲

1. 您是什么时候留学日本的？去的是哪些学校？留学时间有多久？

2. 您为什么去日本留学？在日本学什么专业？

3. 请您谈谈您在日本留学期间的所见所闻（可谈谈日本的政治、经济、文化、教育等等；也可谈谈您在日本的学习、生活、工作、感受

等等）？

4. 您具体了解日本的哪些文化？

5. 您在日本留学期间打过工吗？为什么？如打过工，具体都做些什么呢？

6. 您在日本留学期间都去过日本的哪些地方？怎么去的？是一个人去的还是和别人去的？为什么？

7. 您在日本留学期间有要好的日本朋友吗？

8. 日本给您留下最深刻的东西（印象）是什么？为什么？有没有最难忘的事？

9. 您觉得中日之间最大的差异是什么？为什么？

10. 您还有什么要说的吗？

2010 年 11 月

三、留日后撰写的三篇有关日本的学术研究论文

（一）日本大学生打工现象的调查研究

日本在二战后迅速崛起，现已成为世界第二经济大国。日本的成功得益于它的国民教育。有关日本教育的文章这些年大量见诸报纸、杂志，本文关注的是日本大学生中普遍存在的打工现象。

笔者作为中央民族大学的交换留学生，于 2002 年 4 月至 2003 年 3 月，在日本岐阜县岐阜圣德学园大学学习一年。这期间接触到了日本大学生学习和生活的方方面面，利用闲暇，在该校国际交流部部长新岛翠教授和外国语学部非常勤讲师、城崇代老师的鼎力相助下，对岐阜圣德学园大学、岐阜女子大学和岐阜女子短期大学的部分在校大学生进行了有关大学生打工方面的问卷调查，并就调查结果做深入的分析和研究。

一

岐阜圣德学园大学的主校坐落在日本中部岐阜县羽岛郡柳津町高桑 2078 番地，分校位于岐阜市内，是一所综合性私立学校，每年招

收近3000名大学各类新生。岐阜女子大学也是一所私立学校，岐阜女子短期大学则是一所公立学校。两校校址均位于岐阜市内。

2002年12月8日至2003年1月19日间，笔者采取现场发放问卷，当场填答并回收调查问卷的形式，对以上三所大学的在校大学生进行了打工方面的问卷调查。总共发放问卷200份，回收192份，回收率96%。调查对象包括以上三所大学一年级到四年级的部分日本大学生和岐阜圣德学园大学的部分外国留学生。其中，男生95人，占被调查总数的50%；女生95人，占被调查总数的50%。调查对象来自日本岐阜县、爱知县、北海道、京都府等全国各地25个县（市、都、道、府），就读于音乐、教育、英美语、家政、食物营养等专业。年龄在18—23岁之间，其中102人为19岁。留学生11名，其中9名来自中国，1名来自美国，另外1名来自斯里兰卡，年龄在22—32岁之间。

1. 您第一次打工是在什么时候（见表1）？从表中可以看出，占总人数53.7%的大学生第一次打工是在中学阶段。其中，39.1%的学生在高中二年级以前开始打工，14.6%的学生在高中三年级前开始打工，38.5%的学生在大学一年级时开始打工。接受问卷调查时还没有打过工的学生仅占被调查总人数的4.7%。留学生中除了中国留学生外，美国和斯里兰卡人也是在中学阶段开始打工的。

表1　您第一次打工是在什么时候？（限选项）

	一年级学生		二年级学生		三年级学生		四年级学生		留学生		总　计	
	人数	%	人数	%	人数	%	人数	%	人数	%	总数	%
高中二年级以前	38	40.4	18	31.6	11	61.1	6	50	2	18.2	75	39.1
高中三年级以前	15	16	9	15.8	3	16.7	1	8.3			28	14.6
大学一年级	31	33	28	49.2	4	22.2	4	33.4	7	63.6	74	38.5
大学二年级			1	1.7							1	0.5
还没有打过工	9	9.5									9	4.7
其他	1	1.1	1	1.7			1	8.3	2	18.2	5	2.6
合计	94	100	57	100	18	100	12	100	11	100	192	100

2. 您现在正在打工吗（见表2）？表2显示，在接受问卷调查时，正在打工的学生占总人数的71.4%，比不打工的学生多出2倍多。其中，大学二年级的学生正在打工的比例远远大于大学一年级和大学三年级的学生，大学四年级学生和留学生100%都在打工，且到大学四年级时所有的人都有过打工经历。这是因为与大学一年级的学生相比，大学二年级的学生已完全适应了大学生活，相比大学三年级的学生而言，学习任务相对轻松；大学四年级的学生已基本修满了学校规定的取得毕业资格应修的最低总学分，除了毕业论文或毕业设计外几乎没有什么课程了；留学生为了缴纳高额的学费、杂费和维持生计不得不去打工。就读于岐阜圣德学园大学的留学生，在免掉了入学金、维修建设费等费用的情况下，本科生每年需缴费84万日元，研究生每年需缴纳54万日元。在没有申请到奖学金的情况下，对绝大多数留学生来说，打工比上课更重要。

笔者在调查中发现，日本大学生打工的工种多种多样，覆盖各行业。“你在什么行业里打工”的问卷统计显示：占总人数30.8%的学生在饮食行业里打工，在商品销售行业和家教业里打工的分别占24.1%和17.9%。此外，还有不少学生在工厂里组装零部件，在宾馆里当服务生，在商场里当保安员，在马路上或礼堂里当清洁工，为报社送报纸，为邮局送信件等。有趣的是，除了少数大学生是结合自己所学的专业在相应的行业里打工外，大多数大学生打工的内容几乎与自己所学的专业无关。

表2　您现在正在打工吗？（限选项）

	一年级学生		二年级学生		三年级学生		四年级学生		留学生		总　计	
	人数	%	人数	%	人数	%	人数	%	人数	%	总数	%
正在打工	53	56.4	50	87.7	11	61.1	12	100	11	100	137	71.4
没有在打工	41	43.6	7	12.3	7	38.9					55	28.6
合计	94	100	57	100	18	100	12	100	11	100	192	100

3. 您打工的理由是什么（见表3）？在表3中，选择打工是“为

了得到更多的钱”的人数占总人数的50.8%。除了留学生外，各年级的学生选此项均为所有选项之最。而且，男生选此项的比例远远高于女生。其次，选择“为了减轻家庭的经济负担”的占15.1%，而选择“为了充实学生生活、锻炼自己”和“为了毕业后的工作积累经验”的学生均为13.5%。“你打工后最大的收益是什么?”38.7%的学生认为自己打工后最大的收益就是得到了钱，22.2%的学生认为建立了一些工作关系和人际关系，19.4%的学生认为自身各方面的能力得到了提高和锻炼，16.8%的学生认为从中学到了一些知识。

表3　您打工的理由是什么?（不限选项）

	一年级学生		二年级学生		三年级学生		四年级学生		留学生		总计	
	人数	%	人数	%	人数	%	人数	%	人数	%	总数	%
为减轻家庭经济负担	18	16.4	6	8.5	3	12.5	3	15	6	46.2	36	15.1
为得到更多的钱	64	58.2	44	62	6	25	6	30	1	7.7	121	50.8
为充实生活，锻炼自己	11	10	8	11.2	7	29.2	4	20	2	15.4	32	13.5
为积累经验	11	10	9	12.8	6	25	5	25	1	7.7	32	13.5
其他	6	5.4	4	5.5	2	8.3	2	10	3	23	17	7.1

4. 您每周打工的时间是多少小时（见表4）？从表4中可以看出，占总人数34.9%的大学生每周打工12—20小时，在20—28小时之间的学生占总人数的20.2%，11.7%的学生每周打工28小时以上，只有25.2%的学生在12小时以内。日本法务省规定留学生打工要有特别许可，即要办理《资格外活动许可证》。《资格外活动许可证》规定留学生在夏、冬、春假期以外的时间里打工，每周不得超过28小时，假期里每天不得超过8小时，禁止到特殊行业（风俗业）打工挣钱。从表4中可以看出，63.6%的留学生每周打工的时间都在20—28小时之间。而日本大学生中，占41.7%的大学四年级的学生每周打工的时间都超过28小时。调查中，即将毕业的学生加藤对笔者坦言，

他在大学三年级时就把学校规定的学分都修满了，大学四年级的他每天都在打工。

表 4　您每周打工的时间是多少小时？（不限选项）

	一年级学生		二年级学生		三年级学生		四年级学生		留学生		总计	
	人数	%	人数	%	人数	%	人数	%	人数	%	总数	%
12 小时以内	26	36.6	11	20	4	28.6					41	25.2
12—20 小时	22	30.9	25	45.5	5	35.7	4	33.3	1	9.1	57	34.9
20—28 小时	11	15.5	12	21.8	2	14.3	1	8.3	7	63.6	33	20.2
28 小时以上	6	8.5	4	7.3	2	14.3	5	41.7	2	18.2	19	11.7
其他	6	8.5	3	5.4	1	7.1	2	16.7	1	9.1	13	8

在日本，周末和假日及平时的晚上，大学生们基本上都在打工或参加义务劳动、体育活动等，几乎没有学生在教室或在图书馆里学习，更看不到花前月下搂搂抱抱的情侣。除了睡觉之外，几乎没有人会闲待在宿舍里。假期里也很少回家或不回家。

在问卷调查中回答“您一般在什么时间打工”这一选项时，45.9%的学生选择“在平时的晚上打工”。选择“在周末和节日里打工”和“在春、夏、冬假里打工”的学生分别占 31.7%和 19.7%。占 2.7%的学生选择“在平时的白天里打工”。

5. 您是怎样找到钟点工的（见表 5）？从表 5 可以看出，占总人数 35.4%的大学生是通过家人或朋友的介绍找到钟点工的，通过广播、电视、报纸、杂志上的广告及用人单位张贴的广告找到工作的分别占 26.5%和 26.9%，通过学校的相关部门和互联网找到工作的人很少。笔者从许多学生的口中了解到，在日本，众多招聘单位都非常看重熟人或员工介绍来的应聘者，特别是那些干得不错的人的介绍。当然，相当一部分大学生还是愿意亲自去找而不愿麻烦他人，通过“广告”找工作的大学生就属于这类人，占总人数的 53.4%。

表5　您是怎样找到钟点工的？（不限选项）

	一年级学生		二年级学生		三年级学生		四年级学生		留学生		总　计	
	人数	%	人数	%	人数	%	人数	%	人数	%	总数	%
通过家庭、朋友介绍	31	36.9	24	41.4	8	34.8	1	8.3	3	25	67	35.4
通过互联网			1	1.7							1	0.5
通过学校相关部门	3	3.6	1	1.7	1	4.4					5	2.6
通过广播、电视、报纸、杂志上的广告	21	25	11	19	6	26.1	6	50	6	50	50	26.5
通过店铺前的广告	21	25	13	22.4	7	30.3	4	33.4	2	16.7	47	24.9
其　他	8	9.5	8	13.8	1	4.4	1	8.3	1	8.3	19	10.1

“您在找钟点工时，最优先考虑的问题是什么？”占总人数27%的学生选择了“自己感兴趣的工作”，26.2%的学生“选择每小时给钱高的地方”，20.2%的学生选择“离住地、学校近的地方”，选择“安全、方便”和“工作时间灵活、小时数多”的学生分别占11.4%和11%。多数男生最优先考虑的是“自己感兴趣的工作”和“每小时给钱高的地方”，女生选择“环境安全、方便”和“离住地、学校近的地方”者占多数。

6. 您打工的收入用来做什么（见表6）？表6中的数字显示，占总人数35%的学生把打工挣来的钱用作娱乐费，27%的学生把打工挣来的钱用来补贴日常生活，部分学生把打工挣来的钱存起来，把钱交给父母的学生只占2%。留学生则把挣来的钱主要用于日常生活开支和缴纳学杂费。

表6　您打工的收入用来做什么？（不限选项）

	一年级学生		二年级学生		三年级学生		四年级学生		留学生		总　计	
	人数	%	人数	%	人数	%	人数	%	人数	%	总数	%
储蓄	32	24.6	22	25.6	6	16.7	4	12.9	1	5.9	65	21.7
全交给父母	2	1.5	1	1.3	1	2.8	2	6.5			6	2
旅游费	9	6.9	7	8.1	6	16.7	4	12.9			26	8.7
日常生活费	34	26.2	20	23.3	10	27.8	8	25.7	9	52.9	81	27
学杂费	4	3.1	3	3.5	3	8.2	2	6.5	7	41.2	19	6.3
娱乐费	45	34.6	29	33.7	10	27.8	9	29			93	31
其　他	4	3.1	4	4.5			2	6.5			10	3.3

7. 您认为打工影响学习吗（见表7）？从表7可以看出，占总人数59.3%的学生认为“打工是一种很好的学习”。为了进一步了解选此项的理由，笔者在此选项下又列出了一些具体的子选项。占62.6%的学生认为打工“能够学到社会上各种各样的知识”，占26.5%的学生认为打工“能磨炼自己的意志，提高技能”，有7.6%的学生认为打工“能帮助理解和实践书本上学到的知识”。也有34.6%的学生认为“打工对学习有不好的影响”。在子选项中，占35.5%的学生认为“因为自己打工，上课时没精神，常打瞌睡，常迟到、早退”，占20.9%的学生认为“因为自己打工，没时间学习其他知识”，占19.1%和18.2%的学生认为“因为自己打工，没有时间参加其他课外活动、志愿活动”和“没有时间做家庭作业，成绩不好”。但认为“打工是一种很好的学习”的人占大多数。在回答“你打算继续打工吗”的问题时，占60.3%的学生选择“还想继续去打工”。选择“不想去打工”的学生只占4.1%。此外，22.7%的学生选择“有机会时去打工”，尤其是那些在接受问卷调查时没有在打工的学生，几乎都选择了此项。

（二）日本高校管理制度述评

2002 年 4 月到 2003 年 3 月，笔者作为中央民族大学与日本岐阜圣德学园大学的交换留学生，在日本岐阜圣德学园大学进修学习。学习期间，多次被邀请或被安排到岐阜圣德学园大学周边的大、中、小学校，参加校庆等各种庆祝活动或座谈会，与各类学校的师生进行过广泛而深入的交流，从中接触和了解到不少日本各类学校的教育教学管理情况，并结合自身从事高校教育教学管理的职业特点，对日本教育制度进行了一些探索和研究。本文就对日本大学管理制度中给笔者留下最深印象的几个地方略作阐述，以飨读者。

1. 印象最深的日本教育制度改革和内容

日本教育为日本经济和社会的发展作出了杰出贡献。从明治维新到当今，为了不断适应政治、经济和时代发展的需求，日本教育制度历经了三次重大改革。

明治维新之前，日本教育非常落后。

1872 年，日本明治政府开始模仿欧洲的教育制度，以法国教育制度为模板，颁布设立大、中、小各级学校的《学制》，进行第一次日本教育改革，诞生了日本国民教育制度。

1880 年，日本政府针对各级各类学校，第一次公布独立的法规《学校令》，形成以小学、中学、大学和师范学校为构成的学校基本体系，制定和规范各级学校的教学内容和管理制度。

1907 年，开始规定各级学校的学制年限。即小学 6 年，初中 3 年，高中 2 年，大学预科 3 年，大学 3 年的学制。

1918 年，颁布新的《学校令》，公立大学、私立大学和专门大学与国立大学一起得到国家的承认，扩充了高等教育和高等教育制度。

1937 年，二战爆发极大地冲击了日本教育。

二战结束后，在美国操纵下，日本教育仿照美国的教育制度进行一系列改革，建立了美国式的教育制度，史称第二次日本教育改革。

这次改革的主要内容是废除以往的教育制度，重新以新法令的形式，制定日本教育的基本理论和基本原则，颁布《教育基本法》和《学校教育法》，明确日本教育的方针、政策和原则，阐述日本教育的目的是“教育必须以陶冶人格为目标，培养出和平国家和社会的建设者，爱好真理和正义，尊重个人价值，注重劳动与责任，充满独立自主精神的身心健康的国民”。形成以幼儿园、小学、初中、高中、大学、高等专门学校和特殊教育学校构成的由国家、地方、公共团体和法人开设的国立学校、公立学校和私立学校并存的学校基本体系。规定小学 6 年、初中 3 年、高中 3 年、大学以 4 年为基准的在特定场合中可以延长的弹性学制年限。此外，也颁布一系列有关教育教学改革的法令和文件，构成系统的教育制度。从而有力地推动了日本经济和社会的全面发展。

第三次日本教育改革提出于 20 世纪 70 年代，形成于 80 年代中后期，1987 年正式公开发布。

这次改革最重要的内容是，明确规定日本教育面向 21 世纪的教育目标是“培养心胸宽广、体魄强健、富有创造力的人，具有自由、自律和为公共利益服务的精神，面向世界的日本人”；集中阐明教育改革的原则为“重视个性的原则，向终生教育体系过渡，适应国际化、信息化等时代变化”；制定一整套改革方案和具体措施。

这次改革的结果，如今正在不断深化、落实和实施之中，并随着时代的发展，不断被赋予更多新的内容。这就是 20 世纪 90 年代中后期提出的“应该把在轻松愉快中培养教育孩子们的生存能力作为教育的根本出发点”，“教育要从重视形式的平等向尊重个性的教育方向转变”，“尊重每个孩子独特的个性并使之自由发展是教育的基本原则”，“以重视观察、试验、探索活动等解决问题或学习和体验式学习的方针取代重视公式和实验结果式的理科教学”等面向日本 21 世纪教育发展改革方向的内容，被提到当今日本教育制度改革的日程上来，不断深化着日本教育管理制度的改革。

因此，无论是作为一般私立大学的日本岐阜圣德学园大学还是作为赫赫有名的国立大学的东京大学等日本各类大学，如今都置身于日本 21 世纪教育改革的新时代浪潮之中。

2. 印象最深的学生管理制度

日本高校对学生的管理是开放式的制度化管理，集中体现在每年4月开学时发给学生的《学生要览》一书中。几乎所有高校，每年都制定一本学校的《学生要览》一书发给新生，而且高年级的学生或教师或其他学生也可以去索要。“学生要览”的内容，与国内一些高校编发给新生的“学生手册”里的内容更多更全更详细。不仅收录学校有关学生管理、学籍管理等规章制度的详细条款和注意事项。而且，还详细介绍学校的概貌和建筑物的立体图片，学校的组织机构，教师的基本情况、住址、通讯方式以及图书馆的藏书情况和借阅规定等方面的知识。此外，还有校长寄语，学校历史发展和校歌、校历等内容，俨然是一本学生学习、生活的指南，引导学生渡过大学时代的学习。学生通过《学生要览》认识学校，了解学校的详细情况和有关规章制度的具体内容后，在制度框架内，自主地规划、制定自己在大学时代里近期和长期的学习任务和生活目标，自主地完成学业。因此，学校每年开学时，必须把《学生要览》发给每一位新生，要求学生详细、认真地阅读和学习，彻底弄明白《学生要览》中规定的作为学生行为依据的各项内容。这样，学生在以后的学习、生活或某些事情上出现差错时，责任就由学生自行承担。这种从新生一进校的入学教育之中就通过《学生要览》让学生知晓在学校期间应当有什么样的权利和义务及行为准则等各种规章制度的做法，在学生管理方面，首先给笔者留下了很深的印象。

其次，就是有效利用学生的学号。

学号是为了辨别学生个人在学校内办理各种手续时必不可少的东西。是学生在校时的身份证明号码，是独一无二永不改变的数字。

学生不但在办理在学证明、成绩证书、毕业证书等各种证明性证件的场合上记载学号，而且在学期开学注册和选课及平常上机登录时也要利用学号来完成。

学校发布学生成绩是否合格或公告学生休学、除名时，也只用学生的学号而不用学生的姓名。因此，即使在发布单上或在揭示板上公开发布学习成绩或通知成绩不合格的学生重修、重考或公告学生个人的某些事情时，具体是谁，只有学号持有者知道，别人是不知道的。从而很好地保护了学生的隐私权。

学生还利用自己的学号和密码，可以打开学校供给学生使用的任何一台计算机，进行做作业、上网、发电子邮件或下载各种资料等操作，没有学号将无法打开和使用学校的计算机，从而有效避免了非本校人员随意使用学校计算机设备的问题。

其三，就是通过揭示板（宣传栏）向学生通告学校各种信息的做法。

日本学校非常注重校内揭示板的作用。在日本高校内，立在最显眼的校园内或楼道里的以整个学校或学院或系部为单位的具有一定规模和面积的大小不等的各种揭示板随处可见。各种揭示板都是用来通告学校各种信息的。一般除了通告任课教师、上课时间、地点的更改、调整，发布重修、重考学生名单等教学管理方面的信息外，所有应当让学生知道的校内外各种信息都放到揭示板上去公布。但与学校工作和学生学习无关的广告信息是不准贴在揭示板上的。学生通过揭示板来了解学校的新动态，掌握自身有关的信息；学校通过揭示板来联系学生，除了特别要紧的事情外，学校不会打电话也不会亲自去找学生告知信息的，也不让学生打电话到办公室去咨询。因此，揭示板成为沟通学校和学生之间必不可少的桥梁。关注揭示板的信息，成为学生每天上学或放学时必不可少的“功课”之一。

3. 印象最深的教学管理制度

日本的高校基本上都实行学分制和学分制下的各种配套的管理制度。给笔者留下印象最深的是完全的选课制度及校历安排留给学生宽裕的时间和课堂教学的灵活性方面。

日本高校几乎所有的大学都实行学分制，学生只要在规定的年限里修满规定的总学分并通过毕业论文（设计）答辩即可毕业并取得学位。课程安排按必修课和选修课相结合的形式，由学生自由选择。选择课程是开放式的，无论是必修课还是选修课的课程科目均由学生根据自己的能力和兴趣爱好自主选择，自主地选择自己想学的课程内容。学校制定某学科某专业的教学计划或培养方案是按照一定的比例，在必修课和选修课的课程科目中开出数量众多的课程科目供学生自主选择学习。选修课的课程科目自不必说，必修课的课程科目也让学生自主地选择课程科目学习。学生自主地选择课程科目学习，主要体现在学分比例的分配上。以岐阜圣德学园大学外国语学部外国语学科为例，该学科每届毕业生毕业资格最低总学分数合计为 128 个学分。其中，基础科目的总学分为 20 个学分，共开出 38 门课程科目。20 个学分中，10 个学分的科目是学校硬性规定必须无条件选择的课程科目，即学生必须学的科目。另外 10 个学分的科目由学生在剩余的课程科目中自由选择。专门科目的总学分 108 个学分，共开出 78 门课程科目。108 个学分中，只有 44 个学分是学校硬性规定必须无条件选择的课程科目，即学生必须学的科目。另外 64 个学分是在剩余的专门科目中由学生自由选择。

从以上可以看出，基础科目和专门科目中由学生自由选择学分达 74 个学分，占总学分的 57.8%。自由选择的科目数量也占总科目的一半以上。因此，学生在某个学期，除了学校规定的必选课外，学生根据自己的学习能力和时间安排，可多选或少选课，也可全选上午的课或下午的课，甚至只选一周内某几天的课，也可以在某个学期或学年里多选一些课，其他学期里少选或不选。选课自主权完全在学生手中。这样一来，学生就可以在一天内或一周内或一学期内甚至一学年里空出许多时间自由安排。

还有学校对开学、上课、复习考试等各个教学阶段的时间安排也非常灵活。以岐阜圣德学园大学平成十四年（2002 年）度学年历（校历）为例，前半学期 2002 年 4 月 1 日开学。实际上，学生正式上课是在 4 月 15 日，7 月 15 日开始停课复习、补讲、考试，8 月 1 日开始放夏假。9 月 15 日暑假结束，后半学期开学。实际上，学生正式上课是在 9 月 30 日，到 12 月 23 日停课放冬假。2003 年 1 月 8 日冬假结束，后半学期继续上课，1 月 27 日停课复习、补讲、考试，到 3 月 16 日放春假。从这个校历时间段的安排可以看出，每学期正式上课前和停课到放夏假、春假前的这段时间里，除了考试和任课老师指定的复习、补讲的时间外，大量时间都是由学生自行安排，非常灵活。

这样安排的选课制度和校历看起来松弛，实际上给大学生们指明了读大学并不只是学习书本上的知识，听老师讲的内容，而是在此基础上提供足够多的时间让学生到社会上实践、学习各种各样的知识，真正体现了“以学生为本”的教育教学管理的基本理念。

其次，日本大学里课堂教学非常灵活，非常重视动手动口和自学启发式的教学。教师在课堂上讲授的时间很短，考试也灵活。这点，笔者与个别师生交流和自己上课或听其他年级的课程中深有体会。笔者曾两次听两堂同一位美籍教师教日本大学生的英语课。两堂课大致一样。在90分钟的课堂里，老师点完名后，在黑板上写上与课本大致相似的对话句子，教读两遍后，让学生两人一组练习对话，约10分钟后，逐一请学生大声对话。接下来的时间就让学生自学书本上的对话及其他部分，老师在教室里来回走动，指点或纠正或解答学生的发音或提出的问题，直到下课前五分钟内，才做课堂小结和布置家庭作业，一堂课就结束了。到期末考试时，笔者了解到，该老师的英语课考试题中，让学生两人一组自行设置对话场景后，写出对话句子并在考堂上当场进行对话的部分，占该门期末考试总分数的50%，这与国内高校上英语课中“满堂灌”、死记硬背考笔记、语法知识、阅读理解以及“三段式”作文这种考完即忘的教学模式大相径庭。这种注重能力培养的启发式课堂教学给笔者留下了很深的印象。

4. 印象最深的后勤管理社会化制度

日本是典型的实行高校后勤管理社会化制度的国家，几乎没有一所学校是在校园里为学生盖楼提供住宿的。学生的“吃、喝、拉、撒、睡”等后勤方面事情全由学生自主决定，学校只是在宏观上实施管理。具体做法是学校与学校周边的一些能够提供租赁房屋或公寓的业主（房主）协商，签订协议，业主提供不同层次、结构、面积、数量、设施、样式等不同档次的房屋或公寓，学校将业主提供的房屋划定为学校指定的学生宿舍或公寓。然后，将有关房屋建筑构造、人员容量、契约金、月租费用、炊事设备、供暖设备、有无电话、有无停车场、距离学校多远、坐车、开车、骑车、步行所需的时间、联系人、联系方式、地址邮编、房屋外观图片和室内平面图等详细情况和租赁事项汇编成册，印成书本，在开学时发放给学生。学生根据所提供的房屋情况，结合自己的经济实力和喜好，自主地选择决定想租的房屋后与房主签订租赁协议，整个过程学校不参与任何意见。协议上明确规定学生和房主的权利、义务和注意事项，学生和房东之间以双方所签订的协议为准，履行各自的权利义务。截止 2002 年 4 月，岐阜圣德学园大学总共在其周边指定了 20 栋男子寮和 21 栋女子寮。学校为了便于管理，要求本校学生，除了住在父母家里的学生外，其他都要求住在学校指定的寮里。当然，也有个别学生既不住在父母家里，也不租住学校指定的寮，而是住在亲戚或租住公寓或宾馆或其他非学校指定的公寓里。

5. 印象最深的图书馆管理制度

在日本高校里，图书馆被誉为大学的中枢。是大学生进行学术研究、撰写毕业论文、查找文献资料、提高综合素养和获取各种知识、信息的重要场所。在图书馆管理方面，留给笔者印象最深的有三点。

其一，是图书馆实行开放式管理。即学生可以带任何包裹和书籍进入图书馆里学习。如何辨别图书是读者本人的还是图书馆里的书籍，如何防止读者浑水摸鱼而偷窃书籍，主要靠的是进出口上设置的电子报警器的识别眼来把关，同时也靠读者的素质。如果读者偷书或不经过图书馆管理员办理借阅手续就把书带出去的话，是过不了电子报警器的识别眼这一关的。因为电子报警器的识别眼能通过已设定的程序及图书识别码，识别出读者带的书籍是读者本人的还是从图书馆里已办理借阅手续借出的还是读者偷窃的书籍。如果是读者本人和已办理借阅手续的书籍，将顺利通过，反之就被识别报警。

其二，是图书馆里不但备有有偿自动复印机，供读者自由复印任何所需的资料外，还设有电视机、录音机、VCD 或 DVD 机等影视设备器材，供读者戴着耳机，在图书馆里自由播放，自由收听收看，欣赏各种电影或名歌。

其三，是图书馆里备有数十台计算机，供读者自由使用。读者通过计算机不但可以查阅本馆的图书资料，而且，能够从网上查询或预借本馆内没有的全国各地的国立、公立和私立的图书馆里或其他大学图书馆里的图书资料。因为日本全国各地的图书馆之间早已实现联网或网上业务往来。

注：本文于2005年6月发表在中央民族大学主办的《民族教育研究》第3期。

（三）简述发达国家和地区高校学籍管理制度

随着时代的进步和社会发展，高等教育与一个国家政治、经济、文化的发展、综合国力的提高和兴衰成败紧密相关，而且与个人、家庭或民族的前途命运息息相关。多年来高等教育的重要性备受世界各国政府的高度重视，尽管不同的国家对高等教育的目的和功能的认识和界定不尽相同，管理体制和管理模式有别，不同类型不同层次的高等教育也存在着明显差异。但是，各国的高等教育都处在发展中变革、变革中发展的时代潮流中。中国随着改革开放的深入，众多学者、专家和有关机构对国外高等教育的研究越来越多，尤其对那些市场经济发达国家和地区如美国、日本、法国、德国的高等教育研究的学术论文日趋增多，可谓仁者见仁，智者见智。但系统阐述或介绍发达国家和地区高等学校学籍管理制度方面的研究成果却不多见。本文就所掌握的有关资料对发达国家和地区高等学校学籍管理制度的内容作简要的阐述。

1. 入学和注册

不同国家和不同类型不同层次的高校对入学与注册的要求和规定各不相同。法国对进入高等学校学习者的规定是：进入一般大学须以高中会考及格资格才能申请；不具备该资格者可以通过大学特殊入学考试；持有法律鉴定考试证书者，则不必具备会考资格。2000年美国高中毕业生入学高等院校的入学率达66%。哈佛大学对申请报考该大学的申请者进行招生面试，考查申请者是否有过人的才华和潜力，是否有优秀品质和“正义感”，能否保持和弘扬学校的荣誉等，具备者被推荐入学，不具备者中学学业成绩再高也不被推荐。每年被哈佛大学录取的入学者95%以上是中学时学业成绩名列班级前10名的学生。

芬兰高等教育实行免费制，因此，任何人只要通过中学毕业考试，均可入大学深造，录取考试由各校各专业自行出题和操作。日本对一般进入高等学校学习者的规定是：高中毕业且入学考试成绩合格者；同等学力者和文部省科学大臣指定认可的人。

取得入学资格后就是办理注册手续。办理注册手续，一般是指在规定的时间里交纳学杂费。国外高校的学杂费一般分为入学金、讲课费和设施费。交纳方式主要是家长通过银行转账，如果因某种特殊原因而不能按期交纳学杂费，则必须在交款到期7日前向学校有关部门提出延期交款申请。如果在指定的期限内未交纳学杂费，则被开除学籍。

2. 学制年限、学分、选课、选课制

不同国家不同层次类别的高等学校对学制年限、学分和选课的规定有所不同。相同之处是执行标准学制和弹性学制相结合，不同之处是标准学制年限和弹性学制年限各不相同。多数国家大学本科的标准学制年限都是4年，医学类专业为5年，而弹性学制为3—5年到8年不等。日本传统的学制年限为学士4年、硕士2年、博士3年，如今多数大学已打破传统的框框采取更弹性的学制。有的学校的弹性学制年限最多延长到8年，即标准学制为4年的专业，学生在校学习时间最多可延长到8年才毕业，如日本岐阜圣德学园大学等。特别优秀的本科生，三年级之后可以直接进入硕士阶段的学习；有两年以上从事研究经历的学士学历者，也可超过硕士阶段的学习而直接进入博士阶段的学习。法国高等学校的学习进程分为三个阶段，第一阶段2年，即大学一、二年级不分专业学习，学习结束时可获得大学通科文凭或大学科技文凭，医学类专业有别。第二阶段2年，着重提高专业训练，第一年结业可获学士学位，第二年结业可获硕士学位；科技硕士及管理硕士一般连读，中间不另授学士学位。第三阶段主要是进行研究。

法国的学士学位的学习年限为3年。德国高等教育本科专业的学制年限为4—5年，专科为3年。美国也是如此，曾被誉为“亚洲四小龙”的新加坡和中国香港地区高校本科专业的学制是3年，北欧的芬兰高校获得学士学位的年限也是3年。

学分与学制年限和课程设置是分不开的。各个专业获得毕业资格应取得的最低总学分也是不一样的。在日本岐阜圣德学园大学教育学部的各个专业毕业资格应取得的最低总学分是132个学分，外国语学部和经济情报学部各专业毕业资格应取得的最低学分是128个学分。美国哈佛大学的各个专业毕业资格应取得的最低学分在165—195个学分之间。要获得最低总学分是需要学生在学校开出的若干门课程中选择修习的。因此，几乎所有发达国家的高等学校都实行选课制度。美国哈佛大学对学生实行“通才教育制度”。刚进大学的新生不分专业学科，注册后就开始在学校开设的涵盖外国文化、历史研究、文学艺术、道德与评价、社会分析和数理科学6大领域的152门核心课程中选修8—10门课程，且要求在每个领域里至少选修一门，否则不予毕业。修完核心课程升到大学二年级后开始在40多种不同课程分类中选修自己主攻方向的课程，到三年级时试选研究项目，四年级时一部分学生开始选修研究生课程，自然而然地与本科毕业后的研究生教育衔接起来。日本岐阜圣德学园大学外国语学部获取毕业资格应取得的最低总学分的128个学分由两大部分构成：基础科目的20个学分需在38门课程中产生，其中10个学分是学校硬性规定必修的，另10个学分则由学生在学校列出的选修课程中自由选修；专门科目的108个学分需要在该校该专业开出的主要课程的78门课程中选择，其中44个学分是学校硬性规定必修的，另64个学分由学生在未硬性规定的其他课程中自由选修。

为了保证学生比较均衡地学习每一个领域的知识与重点学习特定领域的知识的平衡性，拓展学生的知识面和各种技能，深化学生知识的广度和深度，培养学生的个性、独创性、动手能力、综合判断能力、国际知识和交往能力，美国斯坦福大学在实现专业深度学习方面，要求专业课程的学分比例占到总学分的1/3；在实现专业广度学习方面，要求主修专业课程的学分比例超过总学分的2/3。日本100多所大学都把“志愿服务教育”导入正式课程中。富山大学开设面向全校学生的“生活与福利”课和歌山大学教育系开设“终身特别实习”课和“终身健康和运动”课。加拿大许多高校和企业建立大学与企业合作项目，安排部分修完二年级课程的优秀学生到公司、企业或其他部门去实习，通常实习 4 个月后再回到学校继续选修课程；学生在校期间可利用合作项目实习 4 次。有的学校还为学生提供一种带薪连续实习一年以上的、被誉为“相互作用”的长期实习机会。

选课制是发达国家和地区高校最重要的教学制度之一。无论是日本、美国还是法国、德国，每学期前两周被称为“选购周”（shopping week），两周时间里学生可以自由选择到各处听课，最后才选定自己要选修的课程。因此，某个学期，除了学校规定的必选课程外，学生可以依据自己的学习能力和时间安排及兴趣爱好，可多选、少选或不选，也可以选某一天或某一个上课时间段里的课或某一周内某几天里的课程，学习的主动性完全掌握在学生的手中。

3. 课程考核与成绩记载

发达国家和地区高校课程考核（考试）实行笔试、口试、报告、论文和实际操练等形式相结合。考试类别有定期考试，即各学期期末考试；临时考试，即平时测试；缓考、重考等。定期考试的时间大多由学校的教务部门安排，一般在考试前 7 天公布；临时测试由任课教课老师在教学过程中自行安排；一般学生有生病、交通延误、亲人病逝、就业考试和实习体验等情况时可申请缓考，并出据有关部门相应的证明书；重考，主要是指定期末考试不及格的课程经重修或自学后进行的考试。学生参加考试时必须随身携带学生证，忘带学生证者，要在考前到学校有关部门开具证明才能允许参加考试。考试过程中听从监考者的安排，有问题提问的要举手方可接受；开考 20 分钟后不能进场，30 分钟内不能退场；不能参加自己没有登录选修的课程；不能参加缺、旷课达 2/3 以上学时数的课程；没有交纳学费的学生不能参加考试；考试中不得有抄袭等不正当的行为，若有将被停止该门课考试。

日本岐阜圣德学园大学规定，成绩 100 分为满分，60 分以上为合格，成绩合格即取得该门课程的学分，不能擅自取消已合格课程的学分而重修该门课程。合格包括优秀（A），良（B），中（C）；优的分数为100—80，良为79—70分，中为69—60分。不合格包括不及格（D），即59分以下和放弃（缺考、弃权、上课时间不足等）。定期考试成绩判定后一般利用提示板公布，公布成绩时只出现学生的学号而不出现姓名。成绩公布后，若对成绩有异议者，在规定的时间里，以书面形式向学校教务部门提出查询申请，学校有关部门也在规定时间内以书面形式给予答复。各科成绩均优秀者将受到学校的表彰并获得奖学金。许多高校还规定，学生入学前在其他大学通过选修或自学而取得某些课程的学分和参加一些资格认定考试获得通过并符合本校要求的，在不超过一定学分范围内的学分都给予认可或折算计入。

4. 学号、学生证、休学、退学、复学、再入学、转学、除籍和转专业

这部分由于掌握的资料有限，这里仅以日本岐阜圣德学园大学为例加以阐述。

学号，学号是为了辨别学生个人在学校内办理各种手续时必不可少的东西，是学生在校时的身份证明号码，是独一无二永不改变的数字。

学生不但在办理在学证明、成绩证书、毕业证书等需要证明性证件的场合记载学号，而且在学期开学注册和选课及平常上机登录时也要利用学号来完成。

学校发布学生成绩是否合格或公告学生休学、除名时，也只用学生的学号而不用学生的姓名。因此，即使在发布单上或者在揭示板上公开发布学习成绩或通知成绩不合格的学生重修、重考或公告学生个人的某些事情时，具体是谁，只有学号持有者知道，别人是不知道的。从而很好地保护了学生的隐私权。

学生利用自己的学号和密码，还可以打开学校供给学生使用的任何一台计算机，做作业、上网、发电子邮件或下载各种资料等，没有学号将无法打开和使用学校的计算机，从而有效避免了非本校人员随意使用学校计算机设备的问题。

学生证是证明某位学生是某个学校在读学生的身份证明书，是不得涂改、损毁的，不慎丢失应申请补办，是学生应随身携带的证件。岐阜圣德学园大学规定：每两年对学生证进行更新；毕业、退学、除

籍等情况下必须交回学生证。出示学生证的场合有：1. 接受考试时；2. 购买上学交通月票时；3. 申请减免学费时；4. 发给上学证明书时；5. 到图书馆查阅图书资料时；6. 选举学生会干部时。

因疾病或者其他原因连续3个月以上不能上课，可以申请休学。办理休学时先征得指导老师的认可后向学校教务部门提出申请。因疾病休学者要附上医生的诊断书；因去海外旅行者要附上旅行计划书。在校期间，休学累计不得超过两年。休学期间学杂费不能减免，休学期间的时间不计算在学年期限里。

复学，是指休学后想复学时，在休学期满之前向学校提出复学申请，经教授会审议决定报校长批准后方可复学。因病休学后复学者须附上医生认为复学后上课无障碍的诊断书。

退学，因疾病或其他原因希望退学时，先征得指导教师的认可后向学校教务部门提出退学申请，经教授会审议决定后报校长批准。退学时须交回学生证；须交清退学日所在学期的学杂费；已接受奖学金等情况时要办理返还手续。

再入学，是指给退学后想再入学者再次入学的机会。办理手续时用规定的“再入学申请书”向学校教务部门提出再入学申请。再入学者的资格是退学后3年内的退学者。因受惩戒处分而退学者不能申请再入学。

除籍，指开除学生的学籍，使之失去某校学生的身份。如下情况下将被除籍。1. 在校学习年限超过8年者；2. 经督促后仍不交纳学杂费者；3. 累计休学超过2年者；4. 长时间（1个月以上）下落不明者；5. 死亡者。

转学或转专业，国外大学对转学或转专业的规定比较宽松。某校的各学院、系、部之间或某校与他校之间的转学或转专业是比较自由的。多数学校一般都不存在转专业的情况，因为一般大学入学第一年都不分专业，学习一年或二年后才选专业，即使有也属极个别情况。有的学校也规定转专业要视拟转入的专业或班级人数未满方可允许转入，且未转入前的学分已修满。

值得一提的是，办理以上各项手续时，都由学生个人提出申请，经家长或监护人签名后向学校有关部门或院、系、部教授会提交并经院、系、部教授会审议决定后报校长批准通过才能执行。

总之，以上对发达国家和地区高校的学籍管理规定的部分内容作了较系统的阐述，由于所掌握的资料有限，加上不同国家不同类别不同层次的高校有着不同的管理模式和管理手段，学籍管理方面的规定和内容也不尽相同，难以用统一标尺来衡量谁优谁劣，但对于刚刚从“精英教育”转向“大众教育”，力争与国际教育相接轨的中国高校来说，不无启发和借鉴之处。

[参考文献]

[1] 陈学习．美国、德国、法国、日本高等教育管理体制改革研究[M]．1995年，教育科学出版社

[2] 张连庆．中美日三国高等教育比较研究［M］．1995年，复旦大学出版社

[3] 日本岐阜圣德学园大学2002年“学生要览”（日语版）[P]．日本岐阜圣德学园大学编集．平成14年4月1日发行

注：本文于2004年4月发表在内蒙古自治区软科学研究会主办的《科学管理研究》2004年第1期上。

参考文献和参考资料来源网站

1. 武心波著：《当代日本社会与文化》，上海外语教育出版社，2001 年 9 月第 1 版。

2. 日本 Japan Echo Inc. 编辑：《今日的日本》，国际教育资讯社，1989 年。

3. 佐岛群已、岩户荣、须田坦男主编：《日本文化·社会·风土》，四川大学出版社，2002 年 5 月第 1 版。

4. 彭树智主编，夏遇南著，外国人丛书：《日本人》，三秦出版社，2003 年 8 月第 1 版。

5. 郝祥满著：《日本人的“色道”》，湖北人民出版社，2009 年 5 月第 1 版。

6. 清华大学外语系编，水谷信子审订：《新世纪日本语教程》，外语教学与研究出版社，2001 年 8 月第 1 版。

7. 【美】鲁思·本尼迪克特著，吕万和、熊达云、王智新译：《菊与刀——日本文化的类型》，商务印书馆，1990 年 6 月第 1 版。

8. http：//www. baidu. com。

9. http：//www. sina. com. cn。

10. http：//www. sohu. com。

11. http：//www. ifeng. com。

12. http：//www. google. com. hk。

后　　记

岁月如梭，时光流逝。10年前的2002年4月5日那天一早，我和彭老师、格老师一起乘坐学校安排的中巴车，在大雾中行驶两个多小时以后，到达天津机场，顺利登上了飞往日本名古屋的中国国际航空公司的航班，开始了一年的留学生活。

今天，想起10年前在日本留学生活中的日日夜夜，日本的风土人情、街景街貌、来来往往的行人和车辆、擦肩而过的音容笑貌，依然历历在目。在日本留学期间，那些把我当做国际友人的日本朋友，无论是专家、学者、教师、学生，还是普通工人、居民，他们那种专注认真、敬业尽责的工作态度；彬彬有礼、轻声细语的处世之道；洁身自好，遵规守纪的行事风格，依然使我感叹不已。想想自己在日本留学的这一年，远离亲人，在一个陌生的充满各种诱惑和情思矛盾的国度里，独自生活，奋进学习，思乡念故却不能减少家人的负担，承载着太多的酸甜苦辣，真是有得有失，得多失少，失而复得。这正是我有意把在日本留学生活期间学到的、了解到的、亲身经历过的点点滴滴的文化知识和所感所悟的思想意识与他人的经历与真知灼见的感悟汇集后出版这部可读性很强的《日本印象：兼谈日本文化传承与教育》的原因吧。

在撰写本书的过程中，凝结着太多人的心血和关爱。在此，首先，真挚地感谢日本岐阜圣德学园大学国际交流学部新岛翠老师和讲授日本语会话的城老师，有了她们孜孜不倦的教导和无私的帮忙，我才顺利完成了学业和有关论文的写作。其次，真诚地感谢日本岐阜县羽岛郡柳津町国际交流委员会理事山田惠美子夫妇，因为他们的热心帮助，才有我的妻子和儿子在我留学归国前夕到达日本与我团聚并一起回国。再次，真诚地感谢在我留学日本的整个过程中，帮助、鼓励和支持过我的所有中国人和日本人。

特别感谢中央民族大学出版社的各位领导和责任编辑；感谢我的家人和朋友们对我的宽容、理解和厚爱；此外，真诚地感谢应邀接受访谈的五位专家学者的无私相助。

人生有多少个一年365天又有多少个十年3650天呢？在日本岐阜县羽岛郡柳津町大字佐坡6252番地的加藤寮101室里，我生活了整整一年。那里的花花草草，屋檐沟渠，雨雪风霜；那里的叶落秋去，人影车往，寒来暑去；那里的老太牵着爱犬遛弯，那些喜鹊落枝喳喳的叫声，那些……抹不去的回忆。那里可以算作我人生中的第三故乡了。因此，把这本书作为我留学日本10周年的纪念物，献给自己，献给柳津町，献给所有善良的人，让爱永存人间，祈福所有我爱的人和爱我的人，平安快乐！健康如意！

这本书的出版，记录了我的一些思想和认知，如果能够给对日本感兴趣的各路人士，在茶余饭后有些许谈资，就不枉劳作了。在此，也诚挚地欢迎各位读者批评指正。

刘正发（彝族名：阿里瓦萨）

2012年初春于北京天通苑寒舍